Zu diesem Buch

Das dumpfe Aufklatschen des Körpers. Ein verhaltener Schrei. Dann die Stille. Kein Gurgeln, kein Hilferuf.

Daran kann sich Friedrich Habermann erinnern, alles andere ist ausgelöscht.

Ist er der Mörder seiner Frau? Wie konnte es dazu kommen? Er und Anna waren seit neun Jahren verheiratet – eine harmonische Ehe, ein geregeltes Leben, von allen geachtet. Bis zu jenem Samstagmorgen, als Anna ihren Koffer packte und ging. Ohne einen triftigen Grund. Sie hätten sich auseinandergelebt.

Was kann über sie gekommen sein? Midlife-Crisis? Die bevorstehenden Wechseljahre? Oder ein anderer Mann? Friedrich kann sich keinen Reim daraus machen. Dann findet er Annas Tagebücher.

EINE HARMONISCHE EHE

Roman

Helga Murauer

Bibliografische Information der Deutschen Nationalbibliothek: Die Deutsche Nationalbibliothek verzeichnet diese Publikation in der Deutschen Nationalbibliografie; detaillierte bibliografische Daten sind im Internet über http://dnb.d-nb.de abrufbar.

Lektorat: Dr. Patrick Baumgärtel, Schoneburg Literarische Agentur und Autorenberatung
Covergestaltung: http://stunningbookcovers.com
Herstellung und Verlag: BoD – Books on Demand, Norderstedt

ISBN 9783750435827

Kapitel 1

Ich konnte an nichts anderes denken, als an das dumpfe Aufklatschen des Körpers. Als hätte jemand einen schweren Stein in das pechschwarze Meer geworfen, in das die müden Lichter der Marina ein paar zittrige Streifen zeichneten.

Ein verhaltener Schrei. Dann die Stille. Kein Gurgeln, kein Hilferuf. Nicht ein leises Glucksen.

Daran konnte ich mich erinnern, alles andere war ausgelöscht.

Ich wusste nicht, wie ich ins Hotel zurückgekommen war. So sehr ich meinen Kopf zermarterte, mein Gedächtnis war leer.

War ich ihr hinterher gesprungen? Kaum, denn meine Kleider, in denen ich hier auf dem Bett lag, waren trocken.

Oder hatte ich alles nur geträumt?

Nach dem Abendessen der Spaziergang hinunter zur Marina, wo dieser türkische Dreckskerl sein Boot liegen hatte, auf dem er meine Frau vögelte. Gevögelt hatte besser gesagt. Das Boot lag im Dunkeln, weder er noch Anna waren zu sehen gewesen. Ich hatte nach ihr gerufen, mehrere Male. Auch nach ihm. Von einem anderen Boot hatte jemand »Silence!«, herübergebellt.

Ich habe sie dann an Bord gesucht – an Details konnte ich mich nicht mehr erinnern. Der Schnüffler, der meine Frau im Auge hätte behalten sollen, hatte mich schließlich weggezogen. Ich schrie weiter »Anna! Anna!« Das war mein gutes Recht, ich war doch ihr rechtmäßiger – wenn auch gehörnter – Ehemann.

Während des Abendessens hatte ich Pichler, der sich großspurig Privatdetektiv schimpfte, überredet, mich zum Boot zu begleiten. Er hatte zuerst Ausflüchte gesucht, faule Ausreden, das hatte ich ihm gleich ausgetrieben. Ich bezahlte ihn ja für seine Schnüffelarbeit und nicht, damit er hier Gesellschaftsdame spielte.

Der Kellner hatte uns zum Essen eine Flasche von diesem lokalen Anisgesöff auf den Tisch gestellt – ich konnte mir den Namen nie merken, Raki, Raka, egal. Ich hatte die Flasche praktisch alleine geleert, weil Pichler allerhöchstens ab und zu ein Bier trank. Der Fusel stieg einem ganz schön zu Kopf, wer weiß, was da drin war!

Nach unserem Abstecher hinunter zum Hafen hatte der Schnüffler mich ins Hotel zurückbegleitet. Da ich etwas unsicher auf den Beinen war, befürchtete er vielleicht, dass ich ins Wasser fallen könnte und seine Kröten mit mir!

Ich hatte mir noch ein Gläschen von diesem Anistrunk genehmigt, mich dann gleich hingelegt und war eingeschlafen. Ein paar nächtliche Gröler hatten mich gegen halb zwei wieder geweckt.

Ich war in Schweiß gebadet. Selbst in der Nacht herrschte diese Affenhitze. Ich schaltete grundsätzlich Klimaanlagen nie ein und hatte das Gefühl, im Zimmer zu ersticken. Und wie konnte ich mich in meinem Bett hin- und herwälzen, während sie sich mit ihrem Lover vergnügte? Ich musste Anna finden. Wo sonst sollte sie sein, wenn nicht auf ihrem »Loveboat«?

Ich wusste nicht mehr, warum ich aus dem Fenster gestiegen war und nicht die Tür genommen hatte. Im Nachhinein konnte ich von Glück reden, dass ich in meinem Alkoholdusel nicht am Portier vorbeigewankt war.

Passenderweise lag das Hotel nicht weit vom Sporthafen entfernt. Ich kletterte im miesen Schummerlicht der Marina vorsichtig auf das Boot. Auf Deck stolperte ich über irgendwelches Gerät und fiel der Länge nach hin. Als ich vor mich hin fluchend versuchte, wieder auf die Beine zu kommen, stand plötzlich Anna neben mir. Ihr Bumser war nicht zu sehen, er war wohl ausgegangen. Vielleicht um sich noch so ein Flittchen zu angeln!

Jedenfalls war Anna alleine an Deck gekommen. Sie war wütend – ich wusste nicht mehr, was sie gesagt, oder gezischt hatte, irgendetwas wie, ich sollte verschwinden, sie in Ruhe lassen, es sei aus zwischen uns, aus, begreifst du nicht? Aus! Sie liebte diesen Cem oder wie er heißen mochte. Wieder hatte sie diese arrogante Art, als wäre sie etwas Besseres. Ich ging einen Schritt auf sie zu und sie wich zur Reling zurück. »Ich bin schwanger! Begreifst du jetzt?«

Ich hatte mit aller Macht zugeschlagen. Ihre Arroganz war wie weggeblasen. Aus ihrer Nase schoss Blut. Angst und Schrecken waren in ihren Augen, als sie nach hinten taumelte, das Gleichgewicht verlor, ihre Hände ins Leere griffen. Der verhaltene Schrei, als wäre ihr die Luft weggeblieben und dann dieses schreckliche Aufklatschen.

Ich musste weggelaufen sein. Ein Wunder, dass ich nicht selbst ins Wasser gefallen war.

Was hatte ich getan?

Warum war ich zum Boot zurückgekehrt?

Um ihr zu zeigen, dass sie mit mir nicht so umspringen konnte? Um sie zurückzuholen? Oder hatte ich sie umbringen wollen?

Nein, natürlich nicht. Es war ein Unfall, ein unglückseliger Unfall!

Hatte mich jemand gesehen?

Und jetzt? Was tun?

Zur Polizei gehen? Ich brauchte nicht viel Phantasie, um mir die Zustände in einem türkischen Gefängnis vorzustellen. Und dann die Schlagzeilen in allen gängigen Blättern »Eifersuchtsdrama in der Türkei: Universitätsprofessor ermordet untreue Ehefrau« – mit Fotos und zahllosen pikanten Details!

Wie hatte ich mich nur in diese Lage bringen können? Natürlich war es ein Unfall. Nie hätte ich Anna etwas zuleide tun können. Nicht einmal jetzt, wo sie so anders geworden war, vollkommen verwandelt, als hätte eine andere Person ihren Platz eingenommen.

Ob es stimmte, dass sie von diesem Türken schwanger war? Sicher hatte sie es erfunden, um mich zu demütigen oder um mich loszuwerden.

Mein Gehirn arbeitete, als wäre es aus flüssigem Teer. Es war etwas Entsetzliches, etwas Ungeheuerliches geschehen. Alles war so unwirklich. Meine Frau war tot. Wie war es möglich, dass ich keinen Schmerz verspürte? Nach neun glücklichen – so hatte ich Einfaltspinsel immer gedacht – Jahren. War es ihr gelungen, in diesen wenigen Wochen meine Gefühle für sie vollkommen zu ersticken? War nur mehr Hass in mir? Oder machte mich der Schock fühllos?

Warum war ich nicht hinter ihr hergesprungen? Ich war leider kein guter Schwimmer, und außerdem hatte ich keine Ahnung, wie tief das Wasser hier war. Vielleicht gerade die eineinhalb Meter, die die Boote für ihren Tiefgang brauchten. Und darunter wahrscheinlich Fels, da die ganze Küste hier ja fast nur Fels war. Anna war nach hinten getaumelt und war wahrscheinlich mit dem Hinterkopf auf einem der Felsen aufgeschlagen, daher die plötzliche Stille, kein Glucksen, kein Hilferuf. Sie war einfach untergegangen, verschwunden.

Anna, Anna! Nein, den Tod hatte ich ihr nicht gewünscht.

Und jetzt stand ich als ihr Mörder da!

Ich musste von hier verschwinden. Wenn mich jemand gesehen hatte, würde er sicher sofort die Polizei alarmieren. So schnell würden sie mich hoffentlich nicht finden. Wenn ich heute noch einen Flug bekam, dann konnte ich mich vielleicht in Sicherheit bringen. Und wenn alles schiefgehen sollte, war es immer noch besser, zu Hause vor ein Gericht zu kommen als hier! Dort würde mein guter Ruf etwas zählen, mein tadelloser Lebenswandel, mein berufliches Ansehen.

Ich sprang auf. Draußen dämmerte es bereits und im Zimmer wurde es rasch hell. Höchste Zeit, den Koffer zu packen!

Die Reisebüros öffneten sicher nicht vor neun Uhr. Vielleicht konnte der Portier mir einen Flug buchen? Ich hatte das noch nie selbst gemacht, gewöhnlich kümmerte sich Anna um diese Dinge. Ich sah auf die Uhr. Es war kurz nach sechs. Zu früh – auf keinen Fall durfte ich Verdacht wecken. Auch nicht den des Nachtportiers.

Was sollte ich Pichler sagen?

Nichts. Am besten gar nichts. Er bekam ja mein gutes Geld, ihm schuldete ich keinerlei Erklärung. Wenn wir vor meiner Abreise abrechneten, dann konnte ich wenigstens einen Teil dieses schrecklichen Abenteuers abschließen.

Ich rief sein Hotel an. Der Portier stellte mich durch. Pichler hob beim ersten Klingelzeichen ab, als hätte er meinen Anruf erwartet.

Ich sagte kurz, ich würde heute abreisen. Er möchte bitte seine Rechnung schreiben.

»Ja, Herr Professor, ich habe Ihren Anruf erwartet. Die Rechnung ist schon geschrieben. Ich habe eben den letzten Platz auf dem Mittagflug für Sie gebucht. Es war leider nicht möglich, Ihr Ticket umzubuchen, also habe ich ein neues Ticket gekauft. Ich hoffe, das war in Ihrem Sinn.«

Ich war sprachlos.

War er Hellseher? Oder wusste er etwas?

»So? Sie haben für mich gebucht?«, stammelte ich schließlich. Ich wagte es nicht, Fragen zu stellen. »Gut, ausgezeichnet! Also, ich erwarte Sie dann!«

Ich brauchte fast eine Stunde, um meine paar Sachen im Koffer zu verstauen. Die Koffer hatte bislang immer Anna gepackt, sie wusste, wie man die Kleider und die Wäsche richtig faltete.

Es war sieben. In einer halben Stunde würde ich zum

Frühstück hinuntergehen. Ich setzte mich ans Fenster und sah in den Morgen hinaus. Der etwas verwilderte Garten, eine niedrige Mauer, dahinter eine schmale Gasse, andere verwilderte Gärten, dann ein Stück der weiten Bucht, in der zahllose Guletta-Yachten lagen und ein Streifen hellblaues Meer.

Ob man Annas Leiche schon gefunden hatte? Irgendwo da draußen, angeschwemmt? Oder noch neben dem Boot in der Marina?

Oder war sie hinaus getrieben auf das offene Meer? Und vielleicht in einem Fischernetz hängen geblieben?

Würde der Türke eine Vermisstenanzeige aufgeben?

Nein, er würde sicher vermuten, sie wäre wieder zu mir, zu ihrem Mann zurückgekehrt. Was konnte er ihr denn schon bieten? Ein Hungerleiderdasein! Das war nichts für Anna, die verwöhnte Tochter aus reichem Hause, die das Geld gerne mit vollen Händen ausgab oder besser gesagt ausgegeben hätte. Wenn ich da nicht einen Riegel vorgeschoben hätte, wären wir nie auf einen grünen Zweig gekommen. Ob er wohl die Stirn hatte, in mein Hotel zu kommen, um nach ihr zu suchen? Er würde sie bestimmt nicht leichten Herzens gehen lassen, denn sie war sein Schlüssel zu einer besseren Welt, zu einer Aufenthaltsgenehmigung in unserem Land, samt Arbeitslosenunterstützung, Krankenkasse, Wohngeld, Fürsorge und was unser Staat sonst noch alles diesem Gesindel bot, und das nicht nur ihm, sondern später auch noch seiner ganzen Sippe!

Was würde er wohl tun, wenn er merkte, dass Anna nicht bei mir war? Die Polizei alarmieren? Da wäre er ja der Hauptverdächtige! Immerhin war sie auf seinem Boot gewesen. Beweggründe gab es genug, ganz besonders bei einem so ungleichen Paar wie diesem Türken und meiner Anna! Nein, von ihm hatte ich nicht viel zu befürchten. Selbst wenn es ihn noch so schmerzte, dass ihm die Henne mit den goldenen Eiern durch die Lappen gegangen war, er würde sicher nichts gegen mich unternehmen.

Aber da war noch Annas Familie. Die würden ihre Beziehungen spielen lassen und ihr weltweites Netz von Anwaltsbüros in Bewegung setzen, um sie zu finden. Natürlich wussten sie, dass Anna mich verlassen hatte, also würden sie sie an erster Stelle bei ihrem Türken suchen. Wenn er nicht ein hieb- und stichfestes Alibi hatte, dann war er dran! Wenn er aber eines hatte, würden sie auch mich unter die Lupe nehmen. Sie würden wahrscheinlich erfahren, dass ich ebenfalls zur kritischen Zeit hier in Bodrum gewesen war, vielleicht würden sie sogar herausfinden, dass ich einen Privatdetektiv engagiert und versucht hatte, Anna zu überreden, wieder nach Hause zu kommen. Daraus konnte man mir zwar keinen Strick drehen, aber ich hatte für die fragliche Nacht kein anderes Alibi als Pichler, der mich in ziemlich betrunkenem Zustand in meinem Hotel abgeliefert hatte – einige Stunden vor Annas Tod ... Vorausgesetzt, man fand sie und würde durch Obduktion die genaue Stunde ihres Todes feststellen.

Aber wie sollte man mir einen Mord oder Totschlag nachweisen, da Anna ja keinerlei Zeichen der Gewalt trug? Oder hatte sie von meinem Hieb – waren es vielleicht zwei? – einen Bluterguss davongetragen? Ein gebrochenes Nasenbein? Sie konnte auch von alleine ins Wasser gefallen sein und sich dabei das Gesicht angeschlagen haben – sie wäre nicht der erste Mensch, der versehentlich von einem Boot ins Meer stürzt.

Vorausgesetzt es hatte mich niemand gesehen.

Das war die entscheidende Frage.

Als ich hinunter in den Garten kam, wo das Frühstück serviert wurde, saß der Schnüffler an einem der Tische und schmierte dick Butter auf sein Brot. Er war wie immer ordentlich gekleidet – blütenweißes Hemd, graue Hose – trotzdem erschien er mir heute irgendwie schleimig.

»Haben Sie die Rechnung mitgebracht?«, fragte ich ohne Umschweife. Er nickte, trank seinen Tee und blickte mich an, als sähe er mich zum ersten Mal.

»Ja, dann geben Sie doch her!« Ich wurde ungeduldig. Je schneller ich ihn los war, desto besser!

»Frühstücken Sie doch zuerst!« Als hätte er auf das Kommando gewartet, servierte der Kellner. Ich ärgerte mich und schwieg, weil ich vor dem Kellner, der Deutsch konnte, kein Gespräch führen wollte.

»Sie sehen nicht gut aus, sie konnten wohl auch nicht schlafen bei dieser Hitze, wie?« Er ließ sich vom Kellner nicht stören.

Ich schwieg weiter.

Endlich war der Kellner fort.

»Mir geht es genauso«, fuhr er von meinem Schweigen unbeirrt fort. »Bei diesem Klima könnte man sich erwarten, dass alle Hotels eine Klimaanlage haben. So kann man es praktisch nur im Freien aushalten – am besten unten am Meer, da weht nachts ein kühleres Lüftchen.« Dabei sah er mich wieder so forschend an wie vorhin.

Oder bildete ich mir das ein?

»Herr Pichler, ich verstehe, dass Ihnen die Hitze auch zu schaffen macht. Ich möchte jetzt mit Ihnen abrechnen. Ich habe noch einiges zu tun vor meinem Flug.«

»Ja, natürlich. Ich will Sie nicht länger mit meinem Geplauder aufhalten!«

Er reichte mir die Rechnung über den Tisch. Ich sah eine Reihe von Posten, deren Summe den genauen Betrag von 33.734,00 Euro ergab. Einen Augenblick musste ich nach Luft ringen. Ich las Posten um Posten durch, Tagessatz mal 21, Auslandszulage, Gefahrenzulage, Erschwernisse, Versicherung, Spesen, alles sorgfältig detailliert. Endbetrag 33.734,00 Euro, inkl. Mehrwertsteuer.

»Sind Sie wahnsinnig? Wir hatten doch einen Tagessatz vereinbart ...«

»Ich hatte Ihnen, als Sie mich engagierten, meinen Tagessatz genannt, plus Spesen. Ich konnte nicht wissen, dass die Ermittlungen in der Türkei zu machen waren, und Sie haben mich nicht gefragt, was Sie das kosten würde. Sie wollten Ihre Frau wiederfinden, um jeden Preis, wie mir schien – und jetzt ist Ihnen der Preis zu hoch? Sie wollten einen Profi – und den haben Sie in mir gefunden. Ich bin nicht der kleine Pfuscher, der sich das Studium mit ein bisschen Detektivarbeit finanziert. Meine Firma ist vorschriftsmäßig registriert, ich arbeite professionell und garantiere Verschwiegenheit. Sie haben bei mir die Sicherheit, dass das Berufsgeheimnis nie verletzt wird ...« Bei den letzten Worten war sein Blick wieder durchdringend geworden.

Er wollte mich erpressen, dieser Wahnsinnsbetrag war nicht anders zu rechtfertigen.

Seine Anspielung vorhin auf die Hitze in der letzten Nacht, das kühle Lüftchen unten am Meer ... Ich musste herausfinden, was er wusste.

»Was wollen Sie damit sagen?«

»Sie haben mich verstanden. Ich sagte ja vorhin, dass ich vergangene Nacht ebenfalls nicht schlafen konnte. Außerdem bin ich hier im Dienst und besonders nachts lohnt sich die Arbeit in meiner Branche – wie auch Sie inzwischen wissen – am meisten.«

Was sollte ich tun?

Auf die Erpressung eingehen, mit dem Risiko, dass er immer wieder und vielleicht auch immer mehr Geld von mir wollte? Nein, auf keinen Fall! Ich durfte mich nicht gleich einschüchtern lassen – welche Beweise hatte er denn gegen mich?

Ich holte tief Luft. »Herr Pichler, ich verstehe Ihre Argumente, aber ...«

Ohne ein Wort zu sagen, schob er ein Foto über den Tisch. Das Foto des Fausthiebs, wie Anna rückwärts taumelte!

Ich rang nach Atem.

Mein Gott, der Mann hatte mich vollkommen in seiner Hand!

»Der Preis des Fotos plus Negativ ist in der Rechnung inbegriffen. Sie geben mir jetzt einen Scheck abzüglich der

Anzahlung von fünftausend, die Sie bei Auftragserteilung gemacht haben, also über 28.734,00 Euro, und ich quittiere Ihre Rechnung.«

»Ich habe diesen Betrag nicht auf meinem Konto ...«

»Sie haben ja morgen noch die Möglichkeit, Ihren Kontostand aufzustocken. Außerdem würde die Bank Ihren Scheck bestimmt auch ungedeckt bezahlen – bei Ihrem Wertpapierportefeuille!«

Woher wusste dieser Kerl?! Gab es denn kein Bankgeheimnis mehr?

»Und wie kann ich sicher sein, dass Sie keine anderen Fotos haben?«

»Wie gesagt, meine Firma ist seriös, wir sind keine Erpresser. Sie müssen mir einfach vertrauen ... Sie haben keine Wahl.«

Nein, ich hatte keine Wahl.

Kapitel 2

Die umständliche Passkontrolle bei der Ausreise brachte mich ordentlich ins Schwitzen. Der Polizist hinter der Scheibe schien meine Daten auswendig lernen zu wollen, während er die Passagiere vor mir einfach durchgewinkt hatte. Er schaute in den Computer, dann wieder in meinen Pass und schon befürchtete ich, dass er mir den Pass abnehmen und mich zum Mitkommen auffordern würde. Aber schließlich sah er mich streng an, schob mir den Pass zu und winkte den nächsten Passagier heran.

Im Flugzeug brauchte ich eine Weile, bis meine Hände aufhörten zu zittern. Mir wurde plötzlich schrecklich übel – bisher hatte mich der Schock, die Angst und Spannung wie einen Roboter getrieben, aber jetzt, in der Sicherheit des Flugzeugs, war ich abrupt am Ende. Mein Herz raste, der Brechreiz wurde jeden Augenblick heftiger, mein Mund war voller Speichel. Zum Glück kam eben eine Flugbegleiterin vorbei, sie begriff blitzschnell die Lage und öffnete mir gerade noch rechtzeitig eine Papiertüte, in die ich den Frühstückstee – ich hatte nichts gegessen – erbrach. Immer wieder packte mich der Brechreiz, aber jetzt hatte ich mich mit allerletzter Kraft zur Toilette geschleppt. Die Enge verursachte mir Platzangst, es würgte mich, gleichzeitig bekam ich unerträglich stechende Bauchschmerzen. Ich befürchtete, ohnmächtig zu werden, und hätte gerne um Hilfe gerufen, aber wollte um keinen Preis noch mehr Aufmerksamkeit auf mich lenken.

Jemand klopfte an die Tür. Ich antwortete nicht. Wieder klopfte es und eine weibliche Stimme fragte, ob ich okay sei.

Ich antwortete, so gut ich konnte: »Nein! No okay!« Die Stimme fragte mich, ob ich einen Arzt brauchte. Ja, ich brauchte einen Arzt, vielleicht hatte ich einen Herzinfarkt, aber ich durfte nicht noch mehr auffallen. »Nein, danke«, flüsterte ich mühsam, »es wird schon besser!«

Ich weiß nicht, wie lange ich in dieser engen Toilette war. Es wurde wieder geklopft. »Wir landen bald. Sie müssen zu Ihrem Platz zurückkehren.«

Ich versuchte, meine Kleidung ein bisschen in Ordnung zu bringen, und wankte zu meinem Sitz zurück. Die Flugbegleiterin brachte mir ein Glas Wasser und ein Päckchen Cracker.

»Gegen Übelkeit«, sagte sie freundlich und ich schluckte gehorsam die Cracker und nahm einen Schluck Wasser.

Sobald ich im Flughafengebäude war, suchte ich eine Toilette auf, um mir das Gesicht zu waschen und mein Haar zu kämmen. Ich war kreidebleich, aber sah wieder halbwegs ordentlich aus. Trotzdem raste mein Herz, als ich mich der Passkontrolle näherte, aber der Beamte blätterte nur kurz in meinem Pass, betrachtete mich und dann wieder den Pass und winkte mich durch. Auch der Zoll hatte kein Interesse an meinem Gepäck.

Ich leistete mir den Luxus, ein Taxi nach Hause zu nehmen, weil ich befürchtete, im Bus wieder zusammenzubrechen. Ich hatte vorsorglich eine saubere Papiertüte eingesteckt, überstand aber die Fahrt ohne weitere Zwischenfälle.

Ein einziger Gedanke kreiste in meinem Kopf durch die Übelkeit hindurch, durch die Bauchschmerzen, das Schwindelgefühl. Seit ich Pichler den Scheck überreicht hatte, ließ mich die Frage nicht mehr los, wer mich – außer ihm – unten in der Marina oder am Boot gesehen haben könnte. Wer könnte mich – wenn es zu einem Prozess kommen sollte – belasten? Am Eingang zur Marina gab es ein Wächterhäuschen. War es besetzt gewesen? Ich konnte mich nicht erinnern, jemanden gesehen zu haben, wahrscheinlich hatte ich gar nicht hingeschaut. Ob mich jemand auf dem Rückweg gesehen hatte, konnte ich einfach nicht rekonstruieren. Die Panik und der Schock hatten mich blindlings davonrennen lassen. Noch etwas war mir unklar - war ich im Hotel wieder durch das Fenster in mein Zimmer eingestiegen? Ich betrieb schon lange keinen Sport mehr, aber das Fenster lag tief genug, um ohne größere Mühe hineinklettern zu können.

Als ich jetzt durch die vertrauten Straßen meiner Stadt fuhr, wurde mir wieder mit aller Heftigkeit das Absurde, das Irreale meiner Lage bewusst. Bis vor Kurzem war ich ein angesehener Bürger dieser Stadt, ein geachteter Professor unserer Hochschule, der zu Recht erhobenen Hauptes durch das Leben gehen konnte. Ich genoss den verdienten Respekt meiner Kollegen und Bekannten. Niemand in meinem heutigen Freundeskreis und unter meinen Kollegen ahnte, dass ich der Sohn eines versoffenen Briefträgers und einer Halbanalphabetin war. Das wusste nur Anna. Wenn andere von ihrem Elternhaus erzählten, schwieg ich.

Als Kollege Seeger mich auf seine unverschämte Art einmal nach dem Beruf meines Vaters fragte, hatte ich ausweichend geantwortet: »Ein höherer Beamter bei der Post.« Als er dann noch weiterbohrte, sagte ich einfach, er sei sehr früh verstorben. Das stimmte nicht ganz. Er war verstorben – an Leberzirrhose – aber leider nicht sehr früh. Oft genug hatte ich seinetwegen den Spott meiner Mitschüler ertragen müssen, die ihn immer wieder betrunken durch die Straßen torkeln gesehen oder nachts die Schreie meiner Mutter gehört hatten, wenn er sie mal wieder verprügelte.

Es war mir gelungen, all das hinter mir zu lassen, als ich zum Studium nach O. zog. Mein Lehrer in der Volksschule hatte meine Eltern so lange bestürmt, bis sie endlich einwilligten, mich aufs Gymnasium zu schicken. Sobald ich die Oberstufe erreicht hatte, begann der Kampf von Neuem. Schließlich durfte ich die Schule weiter besuchen, unter der Bedingung, dass ich während der Sommer- und

Weihnachtsferien arbeitete. Ein Stipendium ebnete mir dann den Weg zum Studium.

Unter meinen Kommilitonen war keiner meiner früheren Mitschüler. Niemand kannte mich oder meine Eltern. Ich konnte mir endlich eine neue, meine eigene Identität schaffen. Auf das Ergebnis hatte ich jeden Grund, stolz zu sein. Sicher hatte mir Anna anfangs den sozialen Aufstieg erleichtert, denn ich hatte keine Verbindungen, kein Geld, keine ordentlichen Kleider, und vor allem hatte ich keinen Schliff, keine Umgangsformen, sogar die Tischmanieren musste sie mir erst beibringen. Aber ich war ein gelehriger Schüler und habe sehr bald gelernt, auch auf dem glatten Parkett ihres Elternhauses zu bestehen. Ich will nicht leugnen, dass Anna mir Zugang zur besten Gesellschaft O.s verschaffte und wir uns dank ihrer finanziellen Möglichkeiten einen Lebensstil leisten konnten, von dem ich damals mit meinem kleinen Gehalt nur hätte träumen können.

Natürlich hätte ich es auch alleine geschafft, es hätte nur länger gedauert.

Oft schon habe ich mich gefragt, warum es mir nie ganz gelungen war, die Komplexe wegen meiner Herkunft vollkommen zu überwinden. Ich hatte doch jeden Grund, stolz auf meine Laufbahn zu sein. Ich hatte es ganz allein geschafft, mich emporzuarbeiten, während sich für andere – wie auch für Anna – die Türen dank ihrer Familien – praktisch von selbst öffneten. Was für ein Verdienst war es denn, von einer angesehenen Familie abzustammen? War ich nicht besser als all die eingebildeten Snobs unter meinen Kollegen und allen voran in Annas Familie? Einen Proleten hatten mich ihre Brüder hinter nicht sehr vorgehaltener Hand genannt. Damals hatte ich mir geschworen, mich nie, nie mehr von ihnen demütigen zu lassen, es ihnen eines Tages heimzuzahlen. Heute sieht mir keiner mehr meine Herkunft an – im Gegenteil, meine Kollegen glauben wahrscheinlich, ich sei ein Snob wie sie!

Und jetzt war ich in Gefahr, als der Mörder meiner Frau

angeklagt zu werden. Man würde die Gegenwart und die Vergangenheit wenden und drehen, bis auch der allerletzte Dreck ans Tageslicht befördert war. Es wäre mein Ende. Selbst wenn es nicht gelingen sollte, mich zu überführen, mein Leben wäre zu Ende. Überallhin, wo immer ich eine andere Stelle finden würde, würde mir der Skandal vorauseilen, würde meine Chancen verbauen, die Arbeit, die Mühen meines ganzen Lebens zunichtemachen.

Es war allein Annas Schuld. Sie hatte es mit dem Tod bezahlt – gut, das wollte ich nicht – aber ich hatte jetzt die Hölle auf Erden.

Nie würde ich die Szene vergessen, mit der alles angefangen hatte. Es war Samstagvormittag. Wir saßen in der Morgensonne auf unserer kleinen Terrasse und frühstückten wie immer an Samstagen um acht Uhr. Während sie mir den Tee eingoss, sagte Anna, als handelte es sich um ihr Programm für den Tag: »Wie du weißt, habe ich schon öfter versucht, mit dir über unsere Ehe zu reden, Friedrich.« Ich hob die Hand, um sie zu unterbrechen und zu sagen, dass ich gerade an einem sehr komplizierten Artikel arbeitete und mich nicht mit Kleinlichkeiten herumschlagen konnte, aber sie fuhr unbeirrt fort: »Leider warst du immer zu sehr beschäftigt. Deshalb muss ich dich vor vollendete Tatsachen stellen. Ich ziehe aus.«

Ich wusste nicht, was ich von diesen Worten halten sollte, denn sie konnten ja nicht ihr Ernst sein.

Ich schob die Butter zur Seite, weil sie in der Sonne stand, und biss in mein Honigbrot. Schließlich fragte ich: »Wie meinst du das? Was soll das heißen?«

»Ich ziehe aus. Ich gehe. Die ganze Situation, die Ehe, du - ich kann das nicht mehr ertragen! Ich habe das Gefühl, in dieser Situation zu ersticken. Ich brauche eine Verschnaufpause.«

»Warum? Was ist passiert?«

»Nichts ist passiert. Es ist die Summe der täglichen Reibereien. Unsere Ehe ist schon lange vollkommen verfahren.

Es hat keinen Sinn, noch länger zusammenzubleiben. Mein Entschluss steht fest.«

»Ich verstehe immer noch nicht. Was ist in unserer Ehe verfahren? Was redest du da?«

»Was gibt es da zu verstehen? Es ist aus. Wir haben uns auseinandergelebt – das wirst du doch auch zugeben. Wir reden in einer Woche vielleicht zehn Sätze miteinander. Wir haben zu praktisch nichts dieselbe Meinung. Von unserer anfänglichen Liebe ist leider nichts übrig geblieben, keine Zärtlichkeit, keine Freundschaft, nur Unverträglichkeit. Von unserem Sexualleben ganz zu schweigen. Ich habe es mir lange überlegt und bin zum Schluss gekommen, dass es für uns beide am besten ist, wenn wir uns trennen.«

»Und dann beschließt du einfach, eines samstagmorgens auszuziehen? Als handelte es sich um einen Stadtbummel! Das ist wohl nicht dein Ernst, will ich hoffen. Das ist ja lächerlich. Du kannst nicht gehen, ohne mir zu erklären, warum. Kündigst mir deinen Entschluss an, als wäre ich dein Zimmerherr und nicht seit neun Jahren dein Ehemann. Ich werde doch auch ein Wörtchen zu sagen haben!«

Sie hatte aber nur auf ihre arrogante Art, die mich einmal so beeindruckt hatte, den Kopf geschüttelt. »Es hat keinen Sinn, Friedrich!« Damit war sie aufgestanden und in das Schlafzimmer gegangen, wo ein offener Koffer auf der glattgezogenen Bettdecke lag.

Ich hatte mich zwischen das Bett und den Schrank gestellt und versucht, dem Ganzen ein Ende zu machen. Es kostete mich große Mühe, sie nicht an den Schultern zu packen und ordentlich zu schütteln, um sie zur Vernunft zu bringen. Wie ein störrisches Kind warf sie wahllos ihre Sachen in den Koffer, zog den Reißverschluss zu und ging an mir vorbei zur Wohnungstür.

Ich griff nach ihrem Arm, um sie festzuhalten.

Jetzt war ich richtiggehend wütend.

»Du gehst nicht weg! Ich lasse es nicht zu!«

»Du tust mir weh!« Sie riss sich los. »Ich lasse mir nichts

mehr verbieten!« Damit warf sie die Tür hinter sich zu.

Ich stand wie angenagelt in unserem Eingang.

Es gelang mir nicht, einen klaren Gedanken zuwege zu bringen. Ich war fassungslos, wie vor den Kopf geschlagen. Es konnte doch nicht sein, dass Anna einfach davonging! Ohne Vorwarnung, ohne ein richtiges Gespräch, ohne meine Meinung anzuhören. Warum? Wohin? In ein Hotel? Zu ihrer Schwester? Zu ihren Eltern oder zu einer Freundin?

Seit wann hatte sie diesen Schritt geplant? War es ein spontaner Entschluss? Sie war ja oft sehr impulsiv. Nein, sie sagte ja, sie hätte schon öfter versucht, mit mir darüber zu reden. Also hatte sie das bestimmt seit Wochen oder sogar Monaten geplant! Ohne mir ein Wort zu sagen, alles hinter meinem Rücken! Oder war es etwa ein Bluff, um ein bisschen frischen Wind in unsere Ehe zu bringen?

Ich holte tief Luft und kehrte auf die Terrasse zurück, um meinen Tee auszutrinken. Die Gedanken kreisten wie im Leerlauf durch meinen Kopf. Nein, sie konnte es nicht ernst meinen! Nach all diesen Jahren einfach abzuhauen! Sie konnte doch nicht ohne einen Grund ausziehen.

In jeder Ehe gab es dann und wann Unstimmigkeiten, Missverständnisse. Wir hatten zum Glück bestens harmoniert, Unstimmigkeiten gab es zwischen Anna und mir kaum. Wie konnte sie behaupten, wir hätten uns auseinandergelebt, nichts mehr zu sagen? Was war über sie gekommen?

Das war keine Art, die Koffer zu packen und zu gehen! Eine Ehe ist ein Vertrag zwischen zwei Partnern, da kann nicht einer plötzlich aussteigen, und der andere soll zusehen, wie er zurechtkommt!

So konnte sie mit mir nicht verfahren. Glaubte sie wirklich, mich einfach dem Gespött der Leute aussetzen zu können? Da irrte sie sich aber gründlich!

Oder wollte sie mir nur einen Schreck einjagen? Aber wozu?

Ich ging zur Wohnungstür und öffnete sie, um zu sehen, ob Anna vielleicht noch auf dem Treppenabsatz stand.

Der Treppenabsatz war leer.

Ich hätte sie nicht gehen lassen dürfen!

Ich ging zurück auf die Terrasse und räumte erst einmal das Frühstücksgeschirr ab. Ich wusste nicht, was ich tun sollte. Sollte ich sie suchen? Sie bitten, zu mir zurückzukommen? War das der ganze Zweck dieser Szene?

Nein, ich ließ mich nicht demütigen. Gedemütigt worden war ich als Kind genug, damit war seit langem endgültig Schluss.

Ich ging in mein Arbeitszimmer, setzte mich an meinen Schreibtisch und schaltete mein Laptop ein, um an meinem Artikel zu arbeiten. Diese Artikel, die ich im Auftrag mehrerer Pharmaunternehmen schrieb, waren eine kniffelige Sache. Da im Jahr in der Europäischen Union schätzungsweise zweihunderttausend Menschen an den unerwünschten Nebenwirkungen von Arzneimitteln starben, waren meine Artikel ein schwieriger Balanceakt, denn die Unternehmen bezahlten mich ja, um den Verkauf ihrer Erzeugnisse zu fördern und nicht zu behindern, deshalb war es notwendig, die Nebenwirkungen herunterzuspielen, ohne glattweg zu lügen –, abgesehen vielleicht von einer Unterlassungslüge da und dort. Andrerseits muss wohl jedem klar sein, dass alle Wirkstoffe Nebenwirkungen haben, wenn sie wirken sollen. Also müsste man bei den Patienten ein bisschen Hausverstand voraussetzen können und annehmen, dass sie die Risiken selbst einzuschätzen wussten.

Die Artikel erschienen ohne Angabe des Verfassers in Gesundheitsmagazinen und Frauenzeitschriften, gelegentlich auch in Zeitschriften für den Mann und manchmal in den Samstag- oder Sonntagsausgaben der Tagespresse. Da mein Name nirgends aufschien, riskierte ich nicht, dass mein professionelles Ansehen in Mitleidenschaft gezogen werden könnte.

Bei einem Abendessen bei den Ulrichs vor ein paar

Wochen waren diese Artikel plötzlich das Gesprächsthema. Raab, einer meiner Kollegen, hatte sich über die »Ghostwriter«, wie er diese Tätigkeit bezeichnete, ganz schön das Maul zerrissen, sie als unethisch bezeichnet, denn die Pharmafirmen, die diese Berichte in Auftrag gaben, erwarteten sich natürlich eine positive Beurteilung ihrer Erzeugnisse. Hartnäckig hackte er auf einem Bericht über ein neues Psychopharmakon herum, dessen »erwiesene Nebenwirkungen auf unverantwortliche Weise teils verschwiegen und teils verharmlost worden waren«, wie er behauptete. Die anderen gaben sich ebenfalls entrüstet.

Was hätte ich tun sollen? Ich musste in diesen Chor einstimmen, obwohl ich den Bericht zufällig selbst verfasst hatte. Anna kannte diese spezifische Arbeit nicht, schien aber von meiner Tätigkeit für einige Pharmakonzerne etwas zu ahnen. Jedenfalls machte sie gelegentlich eine Anspielung. Ich saß auf glühenden Nadeln, nicht wegen meiner Kollegen, die sich als Hüter der unparteiischen Wissenschaft aufspielten und sicher entweder selbst Ghostwriter waren oder es gerne gewesen wären, sondern wegen Anna. Sie hatte in letzter Zeit während unserer Abendessen dann und wann recht befremdliche und unpassende Bemerkungen angebracht. Während ich gezwungenermaßen ebenfalls diese Tätigkeiten verurteilte, hatte sie mich eigenartig angesehen, dass ich einen Augenblick befürchtete, sie würde mich vor allen Kollegen bloßstellen.

Zum Glück war sie so vernünftig gewesen, es nicht zu tun.

Ich schüttelte diese Gedanken ab und konzentrierte mich auf die Arbeit. Als ich wieder auf die Uhr sah, war es nach Mittag. An den Wochenenden aßen wir immer pünktlich um halb eins. Anna war noch nicht zurückgekehrt. Ich las den Artikel zum zweiten Mal durch, korrigierte den einen oder anderen Tippfehler, einen zu kompliziert konstruierten Satz und schickte ihn ab.

Hatte Anna mir ein paar Gerichte vorgekocht, wie sie es

sonst immer tat, wenn sie ausnahmsweise zu den Mahlzeiten nicht zu Hause sein konnte? Im Kühlschrank fand ich nur etwas Käse und Schinken, die Tiefkühlfächer waren fast leer. Eine Tiefkühlpizza aus dem Supermarkt, ein Päckchen Erbsen und eines mit Blattspinat. Sonst nichts.

Ich esse nicht gerne auswärts, aber was blieb mir übrig? Darüber hatte sich Anna keine Gedanken gemacht, als sie ging. Hatte sie keine Gewissensbisse?

Ich nahm meine Jacke und ging in ein Restaurant in der Innenstadt. Wir wohnten ja ziemlich zentral, also musste ich weder das Rad noch den Wagen nehmen. Ich fand bald ein Restaurant, das sauber und gut geführt wirkte. Das Steak war in Ordnung, die Fritten, die sie dazu servierten, waren frisch, die Bedienung höflich. Ich bestellte sogar ein Bier, obwohl ich sonst tagsüber keinen Alkohol trank.

Auf dem Nachhauseweg kaufte ich noch etwas Essbares ein, denn Anna hatte es nicht einmal für notwendig gehalten, ein wenig Vorrat zu besorgen.

Es war sonderbar, kurz darauf in die leere Wohnung zurückzukehren. Eigentlich hatte ich gehofft, dass Anna inzwischen zurück sein würde. Deshalb machte ich gleich eine Runde durch die Wohnung.

Im Schlafzimmer stand die Schranktür offen. Die leeren Kleiderhaken, die leeren Regale im Bad, die stille Wohnung – nein das war kein Scherz. Hatte sie mich tatsächlich verlassen?

Ich griff nach meinem Handy und wählte Gabis Nummer. Gabi musste wissen, was mit Anna los war. Immerhin war sie ihre Schwester und Vertraute.

Ich bekam aber nur ihren Anrufbeantworter. Ihre Praxis war bis Monatsende wegen Urlaubs geschlossen. Ich hinterließ keine Nachricht. Bis dahin würde Anna entweder zurückgekehrt sein oder ich hatte sie gefunden und zurückgebracht.

Ich rief Annas Eltern an. Wir hatten kein gutes Verhältnis, aber das war mir jetzt egal. Ich war Annas Mann und hatte jedes Recht zu erfahren, wo sich meine Frau herumtrieb und zu verlangen, dass sie nach Hause kam.

Aber auch bei Annas Eltern kam nur die Nachricht des Anrufbeantworters, dass sie im Augenblick nicht erreichbar seien.

Ich ging ins Wohnzimmer und goss mir ein Glas Macallan Single Malt ein. Es war ein sündteurer Whisky, den wir für unsere Einladungen besorgt hatten – einen Macallan hatte auch James Bond in einem seiner Filme getrunken. Das konnte ich immer augenzwinkernd erwähnen, wenn ich ihn meinen Gästen anbot. Gewöhnlich trank ich nur in Gesellschaft, denn das Bild meines besoffenen Vaters hatte mich vor derartigen Versuchungen bewahrt. Aber heute machte ich eine Ausnahme. Ich trank den Whisky wie eine Medizin, dann füllte ich das Glas nochmals und leerte es wieder in einem Zug. Die Wirkung war fast unmittelbar.

Mir wurde so schwindlig, dass ich mich auf das Sofa legen musste. Mit etwas unsicheren Händen entfaltete ich vorher ein Tuch zum Schutz der hellen Polster.

Als ich wieder erwachte, war es Nacht. Es war still in der Wohnung und ich war allein.

Ich ging ins Bad, nahm eine Schlaftablette und spülte sie mit einem große Glas Cognac hinunter. Beides wirkte wieder fast sofort.

Es war Mittag. als ich mit einem dumpfen Schädel erwachte. Ich fror. Ich holte eine Decke aus dem Schlafzimmer, wo mich wieder die leeren Kleiderhaken anstarrten. Mein Magen schmerzte. Ich hatte ein schales Gefühl im Mund. In der Küche schmierte ich mir ein paar Butterbrote und trank dazu den restlichen Single Malt.

Ich kehrte zurück ins Wohnzimmer, wickelte mich in die Decke und schaltete den Fernseher ein. Es lief eine Talkshow, in der nichtssagende Menschen ihr nichtssagendes Leben mit seinen zahllosen Trivialitäten und Hässlichkeiten genussvoll vor der Öffentlichkeit ausbreiteten. Der transparente Mensch, Big Brother. Offenbar gab es Leute, die das interessierte. Die mussten jetzt nicht mehr hinter zugezogenen Gardinen oder durch das Schlüsselloch in das Privatleben ihrer Mitmenschen spähen – sie bekamen es direkt ins Wohnzimmer serviert.

Darüber war ich wieder eingeschlafen. Allmählich verlor ich jedes Zeitgefühl. Als ich wieder erwachte, war Anna immer noch nicht zurückgekehrt. Sie hatte es nicht einmal für nötig gehalten anzurufen.

Hätte ich doch wenigstens die Vorlesungen gehabt, die aufmerksamen oder gleichgültigen, ja selbst die stupiden Gesichter meiner Studenten, die Vorbereitung, meinen Arbeitsplan, die Gespräche mit den Kollegen, die tägliche Routine. Das wäre eine Abwechslung und eine Stütze gewesen. Ein Gebälk. Vielleicht aber auch eine unerträgliche Last, eine Anstrengung, die meine Kräfte überstiegen hätte.

Mein Kopf schien gleich zerbersten zu wollen. Ich schloss die Augen und umklammerte mit beiden Händen meine Stirn. Ich saß ein Weilchen regungslos und stand dann vorsichtig auf.

Wo waren meine Brausetabletten? Hatte ich sie nicht hier auf den Teetisch gelegt? Ich tastete mit geschlossenen Augen über den Tisch, stieß ein Glas um. Ein wenig von meinem Cognac rann über die Glasplatte des Tisches. Ich sah zwischen halbgeschlossenen Lidern zu, wie er goldgelb in einem dünnen, kraftlosen Rinnsal auf den teuren Perserteppich tropfte, den uns mein Schwiegervater vor einigen Jahren zu Weihnachten geschenkt hatte.

Nur noch zwei Tabletten! Ich hielt mich erst an den Stuhllehnen fest, dann an den Wänden und tastete mich mühsam bis in die Küche. Mit zittrigen Händen füllte ich ein Glas Wasser. Ich sah den Tabletten zu, wie sie kleine Bläschen bildeten, im Glas herumschwammen und immer dünner und dünner wurden, bis sie nur mehr eine Spur weißer Schaum waren. Ich hielt das Glas mit beiden Händen, um das Zittern zu beherrschen, und leerte es in einem Zug. Schließlich füllte ich die Filtermaschine. Einen Teil des

Kaffees streute ich dabei auf den Boden, einen Teil auf die Arbeitsplatte. Endlich floss der Kaffee in den Glaskrug und ich ließ mich erschöpft auf den Stuhl am Küchentisch sinken und wartete, dass das Pochen aufhörte und ich die Hände vom Kopf nehmen konnte.

Der heiße Kaffee tat mir gut, dazu aß ich zwei Käsebrote. Die Tabletten machten mich schläfrig. Ich schlurfte zurück ins Wohnzimmer, öffnete eine Flasche Weißwein aus der Bar. Es war die letzte. Der Wein war warm, aber das war mir egal. Ich streckte mich wieder auf dem Sofa aus und schaltete den Fernseher ein. Es lief ein alter Schwarzweißfilm, über den ich fast sofort einnickte.

Es war Nacht. Der Fernseher lief immer noch. Ich schaltete ihn aus. Mein Gedächtnis schien sich im Alkohol aufgelöst zu haben. Ich wusste nicht mehr genau, was ich in diesen zwei – oder waren es schon drei? – Tagen getrunken hatte. Zuerst unseren Single Malt, 12 Jahre alt, dann den 5-Sterne Cognac. Beide Flaschen waren schon angebrochen gewesen. Unser Weinvorrat bestand aus wenigen Flaschen Weißwein, die ich inzwischen alle ungekühlt getrunken hatte. Dann noch ein paar Dosen Bier, die Reste eines namenlosen Schnapses in einer geschliffenen Glasflasche. Jetzt blieb mir nur noch der Rum, den Anna gewöhnlich in den Kuchenteig goss. Gegossen hatte, musste ich jetzt wohl sagen.

Die pochenden und stechenden Kopfschmerzen waren der Preis für die schwammige Benommenheit, die Betäubung, dafür, dass die Konturen der Wirklichkeit unscharf und dadurch erträglicher wurden.

Aber auch der Alkohol konnte das Bild nicht löschen, wie Anna, ohne mich anzusehen, in unserem Schlafzimmer zwischen Schrank und Bett hin und her ging mit kurzen, trotzigen Schritten und Kleider und Schuhe in ihrem Koffer verstaute.

Eigentlich hatte ich mir vorgenommen, Anna nicht anzurufen, abzuwarten, bis sie zur Einsicht kam und entweder zurückkehrte oder sich meldete. Aber jetzt holte ich mein Handy aus der Küche, wo es am Ladekabel hing und rief sie an. Ich wusste nicht, was ich ihr sagen würde, egal, ich musste mit ihr reden, ihre Stimme hören.

Mein Anruf ging an die Mailbox. »Anna!«, rief ich, »Anna, bitte melde dich!« Ich hätte gerne hinzugefügt: »Ich brauche dich!«, aber das erlaubte mir mein Stolz nicht.

Warum hob sie nicht ab?

War sie vielleicht ohne ihr Handy ausgegangen? Ich würde es später noch einmal versuchen.

Ich goss den Kaffee in die Tasse, die noch von gestern oder vorgestern auf dem Tisch stand und in der ein schaler, dunkelbrauner Rest Tee schwamm. Nein, es ekelte mich nicht. Das war in einem anderen Leben gewesen, in dem ich vor Schmutz Abscheu empfunden hatte, mich mindestens zweimal am Tag duschte und umzog, weil mir zerknitterte Hemden ein Gräuel waren und ich Unordnung nicht ertragen konnte.

Jetzt trug ich seit zwei oder drei Tagen dieselben Kleider. Mein Hemd war verschwitzt und hatte Kaffeeflecken. Die Hose trug Spuren eines Butterbrotes. Auf meinen Schuhen war ein wenig Erbrochenes. Ich hatte diesen namenlosen Schnaps wohl nicht vertragen.

Ich ging ins Wohnzimmer und nahm eine Zigarette aus der schönen alten Schatulle, in der wir für unsere Gäste die Zigaretten aufbewahrten. Ich hatte nie geraucht, der Zigarettengestank war mir unerträglich – aber plötzlich hatte ich Lust auf eine Zigarette. Vielleicht, um mich noch mehr zu betäuben. Tatsächlich wurde mir nach den ersten paar Zügen eigenartig schwindlig und das Nikotin schien mich irgendwie zu entspannen.

Neun Jahre Ehe, neun Jahre praktisch jeden Tag und jede Nacht gemeinsam verbracht. Da müssen zwei Menschen ja miteinander verwachsen.

Keine Kinder. Nein, ich wollte keine Kinder und hatte das Thema auf später verschoben. Anna war damit einverstanden gewesen, wenn ich mich recht erinnere. Kindergeschrei, schmutzige Windeln, Babybrei – das war nicht vereinbar mit meinem Beruf. Ich musste mich auf meine Arbeit konzentrieren können. Außerdem kosten Kinder, man musste Opfer bringen. Keine Reisen, keine Theaterbesuche, keine Abendgesellschaften, solange sie klein waren – nein, das war nicht das Leben, das ich wollte. Unser Leben war auch so erfüllt. Der Beruf, Freunde, hin und wieder ein Konzert, schöne Reisen. Die Jahre waren verflogen. Vielleicht hätten Kinder Anna gehalten? Sicherlich wäre sie dann nicht einfach mir nichts dir nichts gegangen!

Hatte sie einen anderen?

Natürlich hätte ich sie fragen sollen. Es war mir nicht in den Sinn gekommen. Nein, das war völlig absurd ... Allerdings, genau besehen, die einzige plausible Erklärung. Warum würde eine glücklich verheiratete Frau sonst ihren Mann verlassen, der mit bestem Wissen und Gewissen von sich sagen konnte, dass er sich nichts zuschulden hatte kommen lassen?

Ich goss mir noch eine Tasse Kaffee ein, rührte Zucker hinein und gab einen ordentlichen Schuss Rum dazu. Achtzigprozentig. Es schmeckte nicht übel. Dazu zündete ich mir wieder eine Zigarette an.

Ich suchte nach etwas Essbarem, aber konnte nichts finden. Meine wenigen Vorräte hatte ich bereits aufgegessen. Schließlich schob ich die Tiefkühlpizza, die ich noch nie gemocht hatte, in den Backofen. Während das Zeug auftaute, trank ich den restlichen Rum.

Dieses Gefühl der Gleichgültigkeit, das mir der Alkohol schenkte, gefiel mir. Es hatte seinen Reiz, sich nicht um Schmutz oder zerknitterte Kleider zu kümmern, sich mit den Schuhen auf das cremefarbene Sofa zu legen. Mich nicht rasieren oder waschen zu müssen – nur der Geruch nach Erbrochenem, der mir anhaftete, störte mich ein bisschen.

Während ich die Pizza hinunterschlang, versuchte ich,

die letzten Monate zu rekonstruieren. Irgendwelche Hinweise zu finden. Vergeblich. Alles war im üblichen Rhythmus verlaufen. Sie war jeden Morgen in die Rechtsanwaltskanzlei ihres Vaters gegangen, wo sie bald nach unserer Hochzeit zu arbeiten begonnen hatte. Sie war ebenfalls Rechtsanwältin und hatte sich bereits einen gewissen Ruf erarbeitet. Ich war zwar anfangs dagegen, dass sie ganztags arbeiten ging, weil es in der Wohnung viel zu tun gab und ich neben meiner Arbeit keine Zeit hatte, um mich um Haushaltskram zu kümmern. Am liebsten wäre es mir gewesen, sie wäre überhaupt zu Hause geblieben. Sie hat aber eine Haushaltshilfe angestellt, was mir ganz und gar nicht passte, eine Ukrainerin, die aus irgendwelchen Gründen bei uns Asyl bekommen hatte, wie so viel Gesindel, das aus allen Himmelsrichtungen zu uns geströmt kam, alles Sozialschmarotzer. Nach endlosen Streitereien musste ich einwilligen, unter der Bedingung, dass sie sich diesen Luxus selbst bezahlte. Sie schaffte es nicht oder hatte keine Lust, sich nach der Arbeit um den Haushalt zu kümmern, außerdem war sie es von zu Hause so gewohnt.

Seit Anna ein bisschen bekannt geworden war, schienen einige meiner Kollegen sogar neidisch zu sein und behandelten mich plötzlich mit mehr Respekt. Wie es in jedem Fortschritt einen Rückschritt gab, lag in allem Negativen auch immer etwas Positives. Allerdings habe ich einmal zufällig bei einem Abendessen bei Kollegen ein paar Gesprächsfetzen unserer Gastgeber mitgekriegt, die sich fragten, was diese tolle Frau – damit meinten sie Anna – an einem spießigen, kleinkarierten Typen wie mir finden konnte. Spießig und kleinkariert haben sie mich genannt! Hochnäsige Arschlöcher!

Ich umklammerte mit den Händen meine Stirn. Die Schmerzen kamen wieder zurück. Pochend. Aber ich musste nachdenken, überlegen, die Gründe für Annas Verschwinden finden.

In den letzten beiden Jahren hatte ich abends meistens an

meinen wissenschaftlichen Artikeln für die Pharmakon-zerne gearbeitet. Diese Arbeiten waren recht lukrativ, nahmen mich aber ziemlich in Anspruch. Hin und wieder luden wir ein paar Gäste zum Abendessen ein, Kollegen von der Universität, gelegentlich wurden auch wir eingeladen. Anna ging manchmal mit ihrer Schwester oder einer Freundin in ein Konzert, Theater oder zu einer Lesung oder Vernissage oder was immer. Sie mochte diese Veranstaltungen, wo sie lauter Leute aus ihren Kreisen traf. Früher hatte ich sie meistens begleitet, obwohl ich mir nicht viel aus Theater oder Konzerten machte, und schon gar nicht aus Lesungen oder Vernissagen, aber irgendwie gab es mir das Gefühl, zu der sogenannten besseren Gesellschaft zu gehören.

Natürlich hätten diese Veranstaltungen für Anna ein Vorwand sein können, sich mit einem anderen Mann zu treffen. Wir wohnten aber in einer nicht sehr großen Stadt und sicherlich hätte mir früher oder später ein Kollege mit unter Mitgefühl versteckter Häme erzählt, sie da oder dort in Begleitung gesehen zu haben.

Jetzt pochte mein Kopf so unerträglich, dass ich ins Bad zurückkehrte, um nochmals nach Schmerztabletten zu suchen. Nichts. Als ich mein Gesicht im Spiegel erblickte, schrak ich zurück. Nicht mein Gesicht blickte mir entgegen, sondern die besoffene Fratze, die blutunterlaufenen Augen, das zottige Haar, die Bartstoppeln – meines Vaters. Holte mich jetzt meine Herkunft ein, die ich mit so viel Mühe abzuschütteln versucht hatte? Wurde man sein Elternhaus nie los, so sehr man sich auch anstrengte?

Ich schloss die Augen und holte tief Luft. Ich wusch mein Gesicht mit kaltem Wasser und fuhr mir mit den nassen Fingern durch die Haare. Ich sah immer noch grauenhaft aus. Ich schüttelte den Kopf. Was war bloß über mich gekommen? War ich denn so abhängig von Anna? Nur weil sie ein paar Tage ausgezogen war, warf ich schon mein hart erkämpftes bisheriges Leben über Bord? Das war es nicht wert.

Es war höchste Zeit, unsere kleine Ehekrise ins richtige Licht zu rücken.

Vor allem musste ich meine Kopfschmerzen loswerden. Ich suchte in meinem Nachttisch, auch nichts. Annas Sachen hatte ich, seit sie gegangen war, nicht berührt. Ich öffnete ihre Schublade. Obenauf lag eines der zahllosen Hefte, in die sie, seit ich sie kannte und vielleicht auch vorher, ihre Eindrücke, für sie wichtige Erlebnisse, Reisebeschreibungen und was auch immer schrieb. So etwas wie Tagebücher. Manchmal – aber das war jetzt schon viele Jahre her – hatte sie mir kurze Abschnitte vorgelesen. Nichts sehr Persönliches, ein hübscher, flüssiger Stil. Ich hatte bisher nie in diesen Heften geblättert.

Ich legte das oberste Heft auf das Bett und suchte zwischen verschiedenem Krimskrams, Modeschmuck, Papiertaschentüchern, einer Taschenlampe, Ohrenstöpseln. Endlich fand ich ein Fläschchen mit einem Schmerzmittel. Ich träufelte mir die Tropfen direkt auf die Zunge, ohne Wasser. Dann streckte ich mich ein wenig auf Annas Bett aus und schloss die Augen, um auf die Wirkung zu warten.

Ich musste wieder eingeschlafen sein. Als ich erwachte, waren die Kopfschmerzen weg. Das graue Licht der Morgendämmerung fiel durch das Fenster, dessen Vorhänge ich nicht geschlossen hatte. Ich streckte mich und berührte zufällig Annas Heft, ihr Tagebuch. Ich nahm es in die Hand. Früher wäre ich nie auf die Idee gekommen, in ihren Schubladen zu schnüffeln, auch weil ich dort nichts Interessantes erwartete –, aber jetzt packte mich die Neugierde. Außerdem hatte ich jedes Recht zu wissen.

Ich blätterte rasch das Heft durch. Es war größtenteils in Kurzschrift geschrieben. Wo hatte sie denn das gelernt? Dazwischen immer wieder ein paar ausgeschriebene Worte, aus denen ich aber nicht klug wurde.

Ich konnte mir keinen Reim aus dem Gekritzel machen und legte das Heft in die Schublade zurück. Dabei rutschte ein Foto heraus. Auf dem Bild war ein kleines Mädchen oder ein Junge – das war nicht zu erkennen – abgebildet. Die Arme auf einer Stuhllehne verschränkt, den Kopf schelmisch aufgestützt, lächelte das Kind in die Kamera. Ein hübsches Kind mit einer kleinen Matrosenmütze. Ich nahm das Foto in die Hand und ging damit ans Fenster. Auch im Sonnenlicht konnte ich das Kind nicht erkennen. Es war bestimmt niemand aus unserer Familie oder aus unserem Freundeskreis. Ich drehte das Foto um. Eine Widmung: »To Anna, Cem.« So hieß doch auch der Sohn vom türkischen Obstladen zwei Straßen weiter. Also wohl ein türkischer Junge. Woher kannte Anna ihn? Warum ein Foto mit Widmung? Die Widmung war zwar unpersönlich, aber doch vertraulich. Wer war dieser Junge? War das überhaupt eine Kinderschrift?

Der Wecker auf Annas Nachttisch klingelte. Acht Uhr. Hatte ich ihn versehentlich gestern angestellt? Ich ging in die Küche. Während die Kaffeemaschine gurgelnd den Kaffee braute, holte ich das Heft. Ich blätterte wahllos darin herum, aus den wenigen Wortbrocken konnte ich nicht klug werden. Auf der letzten Seite standen ein paar türkische Städtenamen, vereinzelte Worte, die auf ihre Reise in die Türkei im vergangenen April hinwiesen. Anna hatte zu Ostern eine Reise in die Türkei gemacht, organisiert von der Anwaltskammer – ein Austausch mit türkischen Anwälten kombiniert mit einer Studienreise. Daher wohl das Foto. Allerdings hatte sie nichts von einem kleinen Jungen erzählt. Drei Wochen war sie verreist. Ohne mich. Das erste Mal, seit wir verheiratet waren. Ich war mit dieser Reise nicht einverstanden, aber sie war nicht zu bewegen gewesen, darauf zu verzichten. Sie hatte nachher nicht viel erzählt, aber was sie allgemein über Land und Leute sagte, klang sehr nach Schwärmerei. Kritische Worte fand sie nur für die politische Lage. Ich kannte das Land zwar nicht, aber jedes Kind wusste, dass es ein rückständiges Entwicklungsland war, warum waren sonst Hunderttausende Türken bei uns, um hier ein bescheidenes Leben zu fristen? Sie war eine naive Romantikerin. Das hatte ich ihr auch gesagt. Und damit war die Türkei aus unseren Gesprächen wieder verschwunden.

Ich musste diese Hefte entziffern. Hier konnte ich den Schlüssel zu Annas unfassbarem Verhalten finden.

Ein Handbuch für Kurzschrift, das war es, was ich brauchte.

Ich trank meinen Kaffee und zündete mir eine Zigarette an. Gewöhnlich trank ich zwei Tassen Tee zum Frühstück. Drei Minuten aufgebrüht, und dazu aß ich zwei Scheiben Vollkornbrot mit etwas Butter und Honig. Jeden Sonntag ein Vier-Minuten-Ei. Seit Anna ausgezogen war, hatte ich fast nur mehr schwarzen Kaffee getrunken. Das Vollkornbrot war inzwischen aufgegessen. Der Zwieback und die trockenen Kekse waren jetzt auch zu Ende. Seit diesem schrecklichen Samstagmorgen hatte ich nur eine richtige Mahlzeit gegessen.

Kein Wunder, dass ich mich schwach und elend fühlte. Der ungewohnte Alkohol, die Zigaretten und der Kaffee hatten mir arg zugesetzt. Nach dem kargen Frühstück duschte ich, rasierte mich, putzte die Zähne und zog mich frisch an.

Endlich würde ich verstehen, was in Anna vorgegangen war. Und wenn ich das wusste, konnte ich auch etwas tun, um sie wiederzufinden, sie zurückzuholen.

Ja, jetzt ging es mir entschieden besser.

Ich rief – zum wievielten Mal? – Anna an. Sie hob nicht ab. Sie hob nie ab. Ich hinterließ dieselbe Nachricht wie alle Male zuvor, auch wenn ich allmählich die Hoffnung verlor, je einen Rückruf zu erhalten. Aber, wie das Sprichwort sagt: Steter Tropfen höhlt den Stein. Vielleicht nützte es doch etwas.

Im Buchladen an der Ecke erklärte mir die Verkäuferin, es gäbe verschiedene Kurzschriftsysteme. Vorsichtshalber nahm ich alle im Laden erhältlichen Einführungen zu den verschiedenen Systemen mit dazugehörigen Übungsheften und Schlüssel mit.

Es stellte sich viel komplizierter dar, als ich mir das vorgestellt hatte. Zuerst die Kürzung von Buchstaben, dann von Buchstabengruppen, dann ganze Worte und zum Schluss sogar Redewendungen. Ich las, schlug nach, versuchte zu entziffern. Nichts. Es war aussichtslos.

Ich holte die Gelben Seiten hervor und suchte nach einer Schreibkanzlei. Meine Wahl fiel auf eine, die in einer halbseitigen Annonce verschiedene Leistungen auflistete. Ich rief an und erkundigte mich, ob sie Kurzschrifttexte abschreiben konnten. Die Frauenstimme am Telefon sagte, sie müsste den Text erst sehen. Ich ging in Annas Arbeitszimmer und suchte nach weiteren Heften, fand noch ein paar, aber alle lagen mehrere Jahre zurück. Ich nahm das Heft mit dem Kinderfoto und das vom vergangenen Sommer aus Annas Nachttisch und fuhr mit dem Fahrrad los. Es war bereits Mittag vorüber und wieder ein unerträglich heißer Tag.

Die junge Frau am Empfang blätterte in den Heften, zögerte, zählte die Seiten. »Ich kann keine vollständige Abschrift garantieren, der Text ist zum Teil kaum leserlich ...«

»Wie viel ist nicht leserlich?«

»Zehn bis zwanzig Prozent, was ich so auf den ersten Blick sehen kann.« Sie blätterte wieder.

Ich atmete erleichtert auf. Besser als nichts!

»Bis wann ist die Abschrift fertig?«

»In einer Woche.«

Unmöglich! Nein, ich musste vorher wissen.

»Wir könnten Ihnen einen Dringlichkeitstarif anbieten. Dann wäre die Abschrift übermorgen Vormittag fertig.«

»Morgen Abend?«

Die junge Dame lächelte nachsichtig. »Vielleicht. Rufen Sie bitte vorher an.«

Als ich wieder auf der Straße stand, hatte ich plötzlich einen unbändigen Hunger. Ich radelte ein paar Straßen weiter und ging ins erstbeste Gasthaus, wo ich eine Frittatensuppe und einen Schweinebraten mit Knödel bestellte, ohne wie in meinem früheren Leben zu überlegen, wie es hier wohl um die Hygiene bestellt war. Anna und ich aßen nie so deftig und bei diesem heißen Wetter war das auch nicht wirklich das Richtige. Es war mein großer Hunger – oder glitt ich allmählich zurück in die Lebensart meiner Eltern? Egal, es schmeckte mir.

Während ich vom Gasthaus zum nächsten Supermarkt radelte, kam ich an der Pauluskirche vorbei. Einem plötzlichen Impuls folgend, lehnte ich mein Rad an einen Laternenpfahl, schloss es ab und betrat die Kirche. Nach dem grellen Sonnenschein draußen war das durch die bemalten Kirchenfenster und die große, ebenfalls bemalte Rosette über dem Eingang einfallende Licht angenehm gedämpft. Beruhigend. Ich atmete auf. Es war wohltuend kühler als im Freien. Ich ging vor bis in die Nähe des Hauptaltars, warf einen flüchtigen Blick auf die Gemälde und Fresken von irgendwelchen Heiligen in den Nebenaltären, die allesamt von unbekannten Künstlern zu stammen schienen, und setzte mich in eine leere Kirchenbank. Die Kirche war groß, ein Mittelschiff, zwei Seitenschiffe, eine Kuppel über dem Altar, ein wenig überladen, alles in allem ohne besondere Sehenswürdigkeiten.

Fast alle Bänke waren leer, nur zwei Frauen und ein alter Mann saßen in den hinteren Reihen. Vielleicht beteten sie, vielleicht suchten sie wie ich auch nur ein wenig Kühle und Ruhe.

Seit meiner Hochzeit hatte ich keine Kirche mehr betreten und auch jetzt verspürte ich kein Bedürfnis zu beten. Den Glauben hatte mir vor vielen Jahren mein Vater mit seinen Hieben ausgetrieben. Es tat mir einfach gut, hier in der Stille zu sitzen, dem Flackern der Kerzen seitlich vom Altar zuzusehen und den leichten Weihrauchgeruch einzuatmen, der mich an meine Zeit als Ministrant erinnerte.

Vielleicht stimmte es, dass Gedanken Spuren hinterließen, dann traf das wohl auch auf Gebete zu. Es war tröstlich, einfach hier zu sitzen.

Nach einer Weile stand ich auf, holte fünfzig Cent aus meinem Portemonnaie, warf die Münze in den Schlitz vor den Kerzen und zündete eine an. Nein, ich glaubte nicht, dass eine Kerze Anna zurückbringen würde. Es war einfach ein Impuls, und wenn es auch nichts nützte, dann schadete es doch nicht.

Auf dem Nachhauseweg kaufte ich Brot, Butter, Eier und Milch. Zum Schluss legte ich nach einigem Zögern noch eine Flasche Cognac in den Einkaufswagen.

Bis spät in die Nacht knobelte ich an den Kürzeln. Ich hatte eines der älteren Hefte willkürlich aufgeschlagen. Die Ortsnamen, die Anna immer ausschrieb und das Datum, das sie gelegentlich an den Seitenanfang schrieb, ließen mich auf unsere Ägyptenreise vor vier Jahren schließen.

Es gelang mir schließlich, ein paar vereinzelte Worte zu entziffern. Nein, sie halfen mir nicht viel weiter, aber zusammen mit den Ortsnamen, riefen sie mir doch ein paar Episoden dieser Reise wieder in Erinnerung.

Wir hatten die Reise während der Osterferien gemacht. Eine kleine Gruppe von Kollegen – Franzens mit Frau, Seeger hatte auch seine Tochter mitgenommen, die beiden Kuhns und die Raabs.

Die Kuhns waren inzwischen geschieden. Er hatte eine andere, munkelte man, obwohl die Kuhn ausgesprochen gut aussah. Er bekam dann einen Ruf an eine andere Universität, während sie ihre Assistentenstelle bei Franzens behielt.

Seeger war Hobbyarchäologe und hatte es sich nicht nehmen lassen, jede Hieroglyphe bis ins letzte Detail zu erklären. Anna hing mit geradezu kindlicher Begeisterung an seinen Lippen. Mir – und wahrscheinlich auch den anderen – ging die Art und Weise, wie er sich ständig in Szene setzte, ganz schön auf die Nerven.

Alles in allem war es eine recht gelungene Reise, nicht gerade preiswert, aber es hatte sich gelohnt. Die Kajüten auf dem Nildampfer waren relativ geräumig, das Essen annehmbar – da hatten wir sicher Glück gehabt, denn man hörte doch immer wieder Klagen. In Oberägypten war die Hitze schon groß, was den Genuss bei den Besichtigungen allmählich in eine Qual verwandelte. In Assuan wollte Anna unbedingt einen Bummel durch den Bazar machen. Der Bummel war ein Albtraum! Zum Glück waren noch die Raabs dabei. Er half mir, den Rattenschwanz von Kindern und Bettlern abzuwehren, die alle an unseren T-Shirts zupften und zogen und irgendetwas von uns wollten, während Anna ungerührt dahinspazierte und mit Frau Raab plauderte und den ausgestellten Ramsch bewunderte.

Anschließend waren wir alle für vier Tage nach Kairo geflogen. Also, einmal abgesehen vom Ägyptischen Museum und den Pyramiden gab es ja nun wirklich nichts zu sehen, außer Chaos, Elend und Stadtautobahnen, von denen aus man einen Blick in die im 3. oder 4. Stock gelegenen Wohnungen werfen konnte. Vor jeder Moschee und an jedem für Touristen interessanten Platz lagerten Heere von Bettlern, ja die ganze Stadt schien immerzu ›Bakschisch‹, ›Bakschisch‹ zu flüstern. Das Hotel war recht schön, direkt am Nil, mit einem reich bestückten Frühstücksbüffet. Wir hatten auch immer dort zu Abend gegessen, die ägyptischen Restaurants waren ja nicht zumutbar, und selbst im Hotelrestaurant war Vorsicht geboten. Seeger hatte einmal seine Frau und Tochter und die Raabs überredet, ihn in ein Restaurant am Nildelta zu begleiten, und schwärmte anschließend, wie herrlich dort der Fisch gewesen sei. Ich fand das total hohlköpfig und unverantwortlich, und wenn er nicht Seeger gewesen wäre, hätte ich es ihm auch gesagt. Anna wollte natürlich mitgehen, aber ich war so wütend geworden, dass sie verzichtete. In einem Land, wo man sich die Zähne mit Mineralwasser putzen musste, konnte man nicht in ein beliebiges Gasthaus gehen. Ich konnte nicht zulassen, dass sie ihre Gesundheit so sinnlos aufs Spiel setzte – außerdem, wer, wenn nicht ich hätte sie dann pflegen müssen?

Von Kairo waren wir dann in das Sinai-Gebirge zum St.-Katharinen-Kloster gefahren. Wir hatten einen klimatisierten Minibus bestellt, die Klimaanlage funktionierte natürlich nur ab und an. In diesen Ländern ließ man ja alles verlottern! Kein Wunder, dass sie auf keinen grünen Zweig kamen. Die Fahrt hatte mich sehr angestrengt, die Hitze war unerträglich, und unsere Rast in einer Oase, deren Namen ich vergessen hatte, war schon wegen der zahllosen Kinder, die uns umzingelten und um Kugelschreiber bettelten, eine Nervenstrapaze und keine Erholung.

In Annas Heft konnte ich einen Hinweis auf den nächtlichen Sternenhimmel im Sinai entziffern. Das Adjektiv dazu war nicht leserlich. Ich konnte mich an den Sternenhimmel nicht mehr erinnern, war wahrscheinlich früh zu Bett gegangen ... Aber ja, jetzt fiel mir wieder alles ein. Anna war aufgeblieben, hatte noch bis spät mit ein paar anderen Touristen und der Raab draußen vor unserer Herberge geplaudert und dabei offenbar den Sternenhimmel bestaunt. Sie waren dann alle gemeinsam auf den Berg Sinai gestiegen, um dort mit anderen Touristen wie im Wartezimmer eines Zahnarztes auf den Sonnenaufgang zu warten.

Anna hatte manchmal – wenn ich es recht bedenke, fast immer nur auf unseren Reisen – diese pubertär-romantischen Anwandlungen.

Ich blätterte weiter.

Auf den nächsten Seiten fand ich weder Ortsnamen noch ein Datum. Unleserliche Zeichen, hin und wieder ein halbes Wort – nein es war zu mühsam.

Wieder rief ich Annas Nummer an, wieder die Mailbox. Es war beinahe ein Ritual geworden. Sie sollte wissen, dass ich an sie dachte.

Ich richtete mir ein Käsebrot. Wie dumm, dass ich keinen Rotwein gekauft hatte. Egal, ich goss mir ein Gläschen Cognac ein, ging zu Bett und schlief bis zum Morgengrauen durch.

Am nächsten Morgen ging ich wieder in Annas

Arbeitszimmer. Ich blätterte durch alle Hefte, in der Hoffnung, wenigstens ein paar Namen lesen zu können. Ich holte nochmals das Kurzschrift-Lehrbuch hervor, aber konnte nur ganz selten ein Wort entschlüsseln – wenn sie wenigstens ordentlich geschrieben hätte! Das meiste war nicht nur wegen meiner Unkenntnis, sondern wegen Annas schlampiger Schrift unleserlich.

Ich mühte mich bis in den frühen Nachmittag hinein ab. Schließlich richtete ich mir ein paar Brote. Kochen konnte ich nicht, das hatte immer Anna gemacht. Während ihrer Türkeireise hatte sie ein paar Mahlzeiten vorgekocht und dann war unsere Putzfrau jeden Tag gekommen, um mich zu versorgen. Natürlich konnte ich jederzeit essen gehen, aber wie gesagt Gasthauskost schmeckte mir nicht. Abgesehen vom altbackenen Fett und der Hygiene, ganz allgemein – wer wusste, was der Koch oder der Kellner mit dem Essen trieb, bevor es serviert wurde! Den gestrigen Schweinebraten samt Knödel hatte ich nur dank des wohlweislich gekauften Cognacs verdaut.

Nach dem Essen fühlte ich mich gestärkt.

Die Erwartung, Annas Hefte zu lesen, versetzte mich in größte Spannung. Ich hatte plötzlich keine Lust mehr zu trinken, geschweige denn zu rauchen. Ich holte die leeren Flaschen aus dem Wohnzimmer, spülte sie, packte sie sorgfältig in Zeitungspapier und verstaute dann wenigstens ein paar vorsichtig in meiner Aktentasche. Ich musste sie allmählich wegschaffen, bevor sie hier jemand fand. Die ganze Wohnung stank unerträglich nach Rauch. Ich lüftete, leerte die Aschenbecher und schüttelte die Kissen des Sofas ein wenig auf. Dann säuberte ich den Tisch und stellte das schmutzige Geschirr in die Spülmaschine. Unsere Putzfrau Irina hatte noch Urlaub. Umso besser. Ich brauchte keine Zeugen für meinen Zustand! Schließlich saugte ich die Brot- und Zwiebackkrümel vom Perserteppich und säuberte die Arbeitsflächen in der Küche. Abgesehen von einem leichten Zigarettengestank sah die Wohnung wieder ordentlich aus.

Ich rief wieder Gabi an. Jetzt erinnerte ich mich, dass sie irgendwann erwähnt hatte, eine Kulturreise durch Griechenland machen zu wollen. Wenn sie ihren Anrufbeantworter abhörte, würde sie mich vielleicht zurückrufen. Ich hinterließ dieses Mal eine Nachricht. In der ich sie bat, mich dringend zurückzurufen. Gabi war Psychotherapeutin und hatte ihre eigene Praxis. Ich konnte sie nicht leiden. Arrogant wie der Rest der Familie, aber gern auch schnippisch und fand sich ausgesprochen cool. Sie war unverheiratet und ständig auf Männerjagd. Mit zunehmendem Alter wurde die Beute wohl etwas kärger, dafür ihre Bemühungen geradezu pathetisch. Sie hatte einen schlechten Einfluss auf Anna, die sie stets kritiklos in Schutz nahm. Trotz meiner Einwände musste ich ihre Gesellschaft immer wieder in Kauf nehmen.

Aber jetzt, wo ich sie einmal brauchte, war sie nicht zu erreichen.

Ich versuchte nochmals Annas Eltern, aber auch bei ihnen bekam ich nur den Anrufbeantworter. Egal. Ich hinterließ dieses Mal ebenfalls eine Nachricht und bat um dringenden Rückruf. Ich war Annas rechtmäßiger Ehemann und hatte Rechte, die ich mir nicht nehmen lassen würde. Ich kontrollierte die Nachrichten und verpassten Anrufe, falls ich während der Nacht das Klingeln überhört haben sollte.

Nichts.

Kein Lebenszeichen von Anna.

KAPITEL 3

Wäre ich nicht so erschöpft und gleichzeitig aufgeregt gewesen, hätte ich mich über das blöde Lächeln der Empfangsdame geärgert. Sie hatte mir am Telefon gesagt, dass nur ein Heft ins Reine geschrieben werden konnte, da sie mehr Zeit als vorhergesehen gebraucht hatten. Die unleserlichen Worte waren durch Pünktchen gekennzeichnet und in Klammern etwaige Auslegungen. Zwanzig Seiten zu je eintausendfünfhundert Anschlägen. Das zweite Heft sollte in zwei Tagen fertig sein.

Das Honorar war die schiere Wucherei. Ich protestierte zwar, aber leider hatte ich mich in meiner Aufregung nicht vorher nach der Höhe des Dringlichkeitstarifs erkundigt. Und das nützten sie natürlich aus! Aus dem Nebenraum, aus dem das Surren mehrerer Drucker herüberdrang, steckte ein Mädchen den Kopf durch die halboffene Tür und starrte mich unverhohlen an.

Ich sah an mir hinunter, ob ich vielleicht mein Hemd schief zugeknöpft hatte oder der Reißverschluss meiner Hose offenstand. Alles schien in Ordnung.

Ich sah ärgerlich zurück. Was gab es denn da zu glotzen?

Egal, was gingen mich diese Tippsen an?!

Es war schwer, meine Ungeduld zu beherrschen. Am liebsten hätte ich sofort den großen Umschlag aufgerissen. Die Reinschrift stammte vom Heft aus dem vergangenen Sommer. Es fing an mit unserem Sommerurlaub in Griechenland, auf Spetses. Ich verreiste nicht gerne, aber an unserer Universität litten alle an einem unbändigen

Reisedrang, und da wollte ich natürlich nicht als der Provinzler dastehen, der nichts gesehen hatte und nirgends gewesen war. Badeurlaube langweilten mich und so verbrachte ich gewöhnlich einen guten Teil des Tages im klimatisierten Hotelzimmer oder auf einer schattigen Terrasse und arbeitete.

Gabi hatte uns Spetses empfohlen, weil die Insel ideal lag, wie sie meinte, ganz nahe am Festland. Der Peloponnes bot viele Sehenswürdigkeiten. Gleich in den ersten Tagen waren wir auf Annas Drängen nach Mykene gefahren. Das war natürlich ein Must, wenn man schon hier war, aber ich denke mit Schaudern an die lange Busfahrt, die Hitze, 40 Grad im Schatten und an das Heer von Touristen zurück, das sich im Schatten des einzigen Baums drängte!

Ich hatte mich dann geweigert, auch noch nach Sparta mitzukommen, wo es sowieso außer ein paar Steinen kaum etwas zu sehen gab. Einmal hatte ich mich von Anna überreden lassen, sie zu einer Theateraufführung nach Epidauros zu begleiten. Ich hatte kein Wort verstanden, aber das Theater war in der Tat beeindruckend, wie auch die ganze Atmosphäre und eignete sich gut als Gesprächsstoff, wenn wir erst wieder zu Hause waren. Ein zweites Mal ließ ich mich allerdings nicht mehr breitschlagen.

Wir hatten – ebenfalls auf Gabis Empfehlung – eine kleine Ferienwohnung gemietet. Ziemlich primitiv – aber was kann man sich in diesen Breiten schon erwarten? Ich hätte Gabi für anspruchsvoller gehalten, na ja. Die Wohnung hatte zum Glück eine mit viel Laub und ein paar Blumen überdachte Terrasse mit Meerblick, die am Nachmittag halb im Schatten lag. Ich saß gerne dort und arbeitete. Eine leichte Brise vom Meer machte die Hitze erträglich, während Anna an den Strand ging. Gabi hatte uns eine Woche besucht und so wenig ich sie ausstehen konnte, war ich doch froh, dass Anna jetzt die Ausflüge mit ihr machte, und mir nicht mehr ständig damit in den Ohren lag.

Ich war überzeugt, Gabi hatte eine Bettgeschichte mit

dem Bruder unseres Wirts, einem sympathischen jungen Mann, wohl so Anfang dreißig. Er sah recht gut aus, wenn einem der mediterrane Typ gefiel, schwarzhaarig, schwarzäugig, schwarzer Schnurrbart, tief gebräunt, wie es nur eine olivenfarbene Haut werden kann, und ziemlich groß gewachsen für einen Südländer, ja, sogar etwas größer als ich. Ich hatte Anna direkt gefragt, ob die beiden miteinander schliefen, aber sie hatte auf meine Fragen ausweichend geantwortet. Es war ja nicht zu übersehen, wie Gabi sich ihm an den Hals warf, einem um einige Jahre jüngeren Mann! Ich hatte die Szenen noch deutlich vor Augen, wie sie ihn anhimmelte, und als er sie einmal auf seinem Motorrad mitnahm, sich an ihn presste. Regelrecht abstoßend! Sie bestätigte das Klischee der Touristin, für die ein Urlaub erst schön war, wenn ihr so ein lokaler Strandcasanova zwischen die Beine griff!

Ich konnte nicht verstehen, warum Anna immer noch ihre Gesellschaft suchte und sie auch mir aufzwang. Familienbanden in allen Ehren, aber man musste sich ja direkt schämen für dieses Weib!

Ich überflog die Zeilen, ja da hatten wir es! Ich hatte es ja gewusst!

17.8. Gabi war eine Woche hier. Es hat Spaß gemacht, ein paar Ausflüge mit ihr zu machen. F. ist zum Glück nicht mitgekommen. Im Grunde genommen interessiert ihn keine der Sehens...(würdigkeiten). Er geht nur mit, weil er vor seinen Kollegen dann ein bisschen Kultur zur Schau stellen kann. Er ist eben ein Banause ohne Interessen außer seiner Arbeit und selbst da ist er mehr an seiner ...(Karriere) und am Geld als an seinem Fach interessiert.

Gabi hat sich sofort vom Bruder unseres Wirtes ...(abschleppen) lassen. Ihren ...(Satyr?), nannte sie Stavros. Während ich auf meinem ...(Strandbett) im Halbschatten eines ...(Sonnenschirms) lag, einen Mojito von der Bar trank und die Memoiren Hadrians las, liebten sie sich in einer einsamen Bucht, die ... (glühende)

Sonne auf ihren nackten ...(Körpern), die Füße im kühlen Meer,
das aussieht wie türkisblaues Glas. Und wie sie sich ...(geliebt)
haben müssen! Sein Rücken voller ...(Kratzer), die blauen Flecken
über ihrer Brust - ich musste sie ein bisschen aufziehen. Ledig sein
hat seine Sonnenseiten!

Es war nicht leicht, meine Gedanken auf Hadrians Überlegun-
gen zur ... (Sklaverei) zu konzentrieren, weil mir immer wieder
die Bilder, der beiden im Kopf herum...(geisterten), ihre Umar-
mungen und Lieb...(kosungen?). Mit F. war die Liebe nie so atem-
beraubend – aber seine toll...(patschige?) und schüchterne Art
hatte mir anfangs gefallen, mehr als das groß...(spurige?) Gehabe
meiner früheren Freunde. Inzwischen lebe ich praktisch wie eine
...(Nonne), kein Wunder, dass mich Gabis Geschichte ein bisschen
neidisch macht ...

Neidisch – Anna! Neidisch auf diese, diese – eine Nutte
war sie. Ihr Satyr! Sehr geschmackvoll! Zerkratzt und zerbissen, blaugeknutscht. Dieses mannstolle Weib, diese,
diese Schlampe!

Ich musste ein paar Schritte im Zimmer hin und her gehen, um mich ein wenig zu beruhigen, bevor ich weiterlesen konnte.

18. 8. F. ist schwierig wie immer in den Ferien. Es wird jedes
Jahr schlimmer – und ich frage mich, warum und wie lange ich
das noch auf mich nehme. ... Er macht mich für alle ...(Misslich-
keiten) verantwortlich und reibt mir ständig unter die Nase, dass
wir ...(meinetwegen) hier sind. Er ist schlecht ...(gelaunt), alles ist
ihm zu viel, die Hitze zu groß, die ...(Griechen) zu laut, vom Essen
ganz zu schweigen. Wir haben zwar eine Küche, ich weigere mich
aber zu kochen. Wir essen also ...(auswärts) – mir zuliebe, wie er
immer betont – dann klagt er die ganze Nacht über
Bauch...(schmerzen) oder Übelkeit.

21.8. Ein Abend im Freilichtkino, das Panos und seinem Bru-
der Stavros gehört. Ich genieße es, die Filme in Original...(fas-
sung) zu sehen. Gabi ist wieder weg. F. ist zu Hause geblieben. Er
versteht nicht genug Englisch und wollte noch arbeiten. Er

arbeitet praktisch ständig - ...(Werbung) für ...(Pharma)firmen,
die er sich gesalzen bezahlen lässt und das Geld auf einem vor mir
geheim gehaltenen Konto im Ausland versteckt ...

Woher wusste sie das? Spionierte sie mich aus? Diese Artikel, die ich für verschiedene Pharmakonzerne verfasste, waren – auch wenn sie anonym waren – nicht ohne berufliches Risiko für mich. Es war mein gutes Recht, dieses Nebeneinkommen für mich auf die hohe Kante zu legen. Man wusste ja nie im Leben. Das Geld im sicheren Ausland anzulegen war die Idee meines Bankberaters – das Finanzamt musste schließlich nicht alles wissen.

... Unser Wirt Panos hat mich zu meinem Platz begleitet.
Die Lichter waren schon gelöscht, die ...(Werbung) hatte gerade begonnen. Er ging ganz nahe neben mir und berührte leicht meinen Ober...(arm), damit ich nicht stolperte. Seine Finger auf meiner Haut elektrisierten mich, und meine Beine wurden plötzlich schwer. Ich hätte mich gerne an ihn gelehnt, um mich von ihm ...(stützen) und halten zu lassen. All die erotischen Phantasie...(gespinste) der letzten Woche! Er hatte wohl mein ...(Zögern) bemerkt, und seine Finger schlossen sich ein wenig fester um meinen Ober...(arm). Aber da waren wir auch schon bei meinem Platz angekommen. »Okay here?«, hatte er in mein Ohr ...(geflüstert). Sein Gesicht war so nahe an meinem, dass es fast meine Wange streifte. »Yes, thank you«, hatte ich gemurmelt und mich vor dem Duft seiner Haut und der Wärme seines ...(Körpers) auf den harten ...(Klapp)stuhl gerettet.
Gegen Ende des Films saß er plötzlich neben mir. Ich hatte sein Kommen nicht bemerkt. Er beugte sich ein wenig zu mir herüber und ...(flüsterte): »You like the film?«, und ich war momentan so verwirrt, dass ich nur nicken konnte. Die ...(Lein)wand flimmerte, es wurde hell und wieder dunkel, die Stimmen der ...(Schauspieler) plauderten, zankten, ...(flüsterten), die Musik schwoll an und verstummte. Ich hatte den Faden der Handlung verloren. Ich starrte auf die ...(Lein)wand, den Kopf leicht zu Panos gedreht und sah nichts außer seiner vagen Silhouette im

Halb...(dunkel). Nichts wäre einfacher gewesen, als eine Hand auszustrecken oder eine kleine, fast zufällige ...(Berührung) mit dem ...(Knie). Erwartete er es? Wie hätte er ...(reagiert)? Hatte er sich deshalb neben mich gesetzt? ...

Ich stand auf und ging in die Küche, um Tee zu kochen. Nein, natürlich, es war nichts passiert, nicht einmal eine Berührung ... Trotzdem, es war Untreue. Wahrscheinlich war er einfach nicht ihr Typ, mit einem anderen wäre sie vielleicht weiter gegangen ...

Ihr Typ ... wie war wohl ihr Typ? War ich denn ihr Typ? Vor einer Woche hätte ich ohne den leisesten Zweifel mit einem »Ja« geantwortet. Nein, ich hätte mir diese Frage überhaupt nie gestellt.

Ich goss eine Tasse Tee ein und kehrte ins Wohnzimmer zurück. Ich musste mich überwinden, um weiterzulesen.

... Neun Jahre ...(Treue) sitzen mir in den ...(Gliedern). Ich hatte den Mut nicht. Aber an Lust hatte es nicht gefehlt!

Die Bilder von Stavros und Gabi ...(schwirren) mir noch im Kopf herum, beim Schwimmen, bei Tisch, nachts. Gabi hat mir ein wenig erzählt. Stavros sieht nicht nur umwerfend aus, er hat auch Humor, ist nett und ein super Lover. Wenn Gabi das sagt, dann will das etwas heißen. Kein Wunder, dass das meine Phantasie geweckt hat. Zuerst versuchte ich, diese Gedanken auszu...(schalten), aber plötzlich begann ich, der Phantasie freie ...(Zügel) zu lassen. Ich rücke an Gabis Stelle und male mir die Liebe mit Panos aus. Ich stelle sie mir ...(atemberaubend) vor, mitreißend, eine Liebe, die trunken macht, in der wir uns treiben lassen wie in einem Wildbach, die uns dreht und wendet, die uns auf...(schürft), zerkratzt, uns durch...(schüttelt), bis zur ...(Bewusst)losigkeit.

Warum habe ich das in meinem Leben versäumt? Ist es wegen Michael? Immer noch brennt die Scham – nach so vielen Jahren – jemandem so gänzlich verfallen gewesen zu sein. Wie hatte ich mich von ihm ... (demütigen) lassen, wie eine läufige Hündin, die

49

sich zuerst ... (vögeln) lässt und hinterher mit eingezogenem Kopf
... (Prügel) einsteckt.

F. erschien mir damals wie ein rettendes Ufer. Sex mit F. war
nie sehr auf...(regend), aber doch zärtlich. Im Laufe der Jahre
wurde er ein wenig monoton, dann eher lästig und in den letzten
Jahren war Sex praktisch inexistent. Von ...(Orgasmus) keine
Rede. Ich dachte, ich hätte mich damit abge...(funden). Die Arbeit
hat mich sehr in ... (Anspruch) genommen und von meiner
lang...(weiligen) Ehe abgelenkt. Ein schwieriger, komplexer Fall
nach dem anderen, die viel Vor...(bereitung) brauchten. Die Ar-
beit für die Menschenrechtsorganisation ...

Menschenrechtsorganisation? Welche Arbeit? Noch nie
hatte sie mir davon erzählt. Wie viele Geheimnisse hatte sie
noch? Sicherlich arbeitete sie gratis. Das konnte sich eben
nur die Frau eines gut verdienenden Mannes leisten.

... Dann das unselige Gespräch mit F. Das hätte ich mir na-
türlich sparen können, aber meine Frauen...(ärztin) hatte mich ge-
radezu gedrängt, ich müsste unbedingt mit F. über meine Prob-
leme reden. Seither stehen sie wie ein aufdringlicher ...(Zaun)gast
zwischen uns.

Wir haben hier getrennte Betten. Schmale, nicht zur Liebe ein-
ladende Betten, dazwischen das Fenster, darunter ein Tisch, ein
wenig ...(Frei)raum und dann noch je ein Nachttisch. Wir können
uns nur durch die Tisch... (beine) hindurch sehen, und meist
drehe ich mich sofort zur Wand.

Ach ja, das Gespräch! Ich hatte es vollkommen vergessen. Es war an einem Sonntagvormittag. Wir saßen auf der
Terrasse und hatten gerade das Frühstück beendet. Anstatt
abzuräumen, schenkte uns Anna noch eine Tasse Tee ein.
Ich wehrte zuerst ab, denn ich trank nie mehr als zwei Tassen. Die verlegene Art, mit der sie sagte: »Friedrich, ich
muss mit dir reden!«, ließ mich stutzen. Also setzte ich mich
wieder. Während sie mir eröffnete, dass sie unser Ge-
schlechtsleben eher als Belastung empfand und praktisch

nie einen Orgasmus erreichte, sah sie mich mit einem Ausdruck an, den ich nicht deuten konnte. Ich war wie vor den Kopf gestoßen. Wir waren natürlich ein Ehepaar, es sollte keine Tabus zwischen uns geben, aber hierüber ganz nüchtern während des Frühstücks zu sprechen, fand ich geschmacklos. Was sollte ich sagen? »Gefällt es dir nicht mehr, wie ich dich liebe?«, hatte ich sie wohl ein wenig verärgert gefragt. »Soll ich mir vielleicht etwas Neues einfallen lassen? Pornozeitschriften kaufen oder mir in einem Sexshop die letzten Angebote zeigen lassen? Was erwartest du eigentlich von mir?«

Sie hatte mit den Schultern gezuckt, war bei meinen Worten aufgestanden und hatte begonnen abzuräumen. Sie antwortete nicht, sondern sah mich nur eigenartig an. Sie schien beleidigt.

Wir hatten nie mehr darüber gesprochen. Es hatte mir allerdings die Lust an der Liebe genommen. Dann begannen die Prüfungen an der Universität, das Gespräch war vergessen, aber etwas war hängen geblieben.

Anna war ja nie besonders leidenschaftlich gewesen, in den letzten Jahren sogar eher abwehrend. Schon lange kam die Initiative nicht mehr von ihr. Das war mir auch recht. Dieser Michael musste eine Vernarrtheit gewesen sein, wie sie bei jungen Mädchen häufig sind. Der Vergleich mit einer läufigen Hündin war nicht nur geschmacklos, sondern geradezu absurd. Ich stufte Anna eher als etwas frigide ein.

Im Gegensatz zu Gabi. Wozu erzählte sie Anna von ihrem schnauzbärtigen Lover? Um sie ein wenig aufzustacheln, gegen mich natürlich. Und Anna? So labil, dass sie darauf hereinfiel. Am liebsten würde ich Anna ihre Gesellschaft verbieten.

Ich blätterte weiter.

27. 8. Wir sitzen im Trag...(flügelboot) nach Athen. Das Meer ist in der Mittagssonne ein kräftiges Tiefblau. Es ist heiß – der Sommer scheint hier nie zu Ende zu gehen. F. ist wie immer, wenn wir reisen, sehr nervös. Überall fürchtet er Diebe und lässt das Gepäck nicht einen Augenblick aus den Augen. Panos hat uns zum ...(Landesteg) begleitet, um uns mit den Koffern zu helfen. F. hat ihm zum Dank leutselig auf die ...(Schulter) geklopft, wie ein Kolonialherr, der sich besonders jovial und demokratisch geben will.

Als wir ablegten, wäre ich am liebsten auf den ...(Landesteg) zurück...(gesprungen). Wie ein Kind habe ich ...(sehn)süchtig auf den schnell in die Ferne rückenden kleinen Hafen gestarrt, die weiß...(getünchten) Häuser mit ihren blauen Fensterläden, die Oleanderbüsche und Eukalyptusbäume, habe versucht, die Bilder, das Licht, den Geruch des Meeres für immer festzuhalten, um jederzeit wieder in sie eintauchen zu können. Ich weiß, sie werden bald verblassen, ...(verdrängt) von Regen, Arbeit, Einkauf, Routine. Alles Chimäre – was wäre, wenn ich gesprungen wäre?

Lächerliche Frage. Was sollte Anna auf Spetses? In einem Hotel für ein Hungergehalt an der Rezeption arbeiten und die Zimmer saubermachen? Diese kindische Romantik! Darin schien sie unverbesserlich.

Es folgten ein paar Seiten über unsere Rückkehr in die Stadt, die Mühe wieder in die Routine zurückzufinden, ein neuer Fall in der Kanzlei, Sehnsucht nach dem blauen Sommer. Nichts Aufschlussreiches, eher ein wenig phrasenhaft. Ich blätterte wieder weiter.

23.9. Ein Abendessen bei Elisabeth Seeger, acht Personen, die übliche Runde von F.s Kollegen. Es fehlten nur die Zavattinis, die noch irgendwo im Süden sind. Die Seeger wie immer ein wenig übertrieben in der Kleidung, im Make-up, in der ... (Herzlichkeit). Es hat mich früher nie besonders gestört, aber diesmal musste ich mich zum Lächeln zwingen. Die Erzählungen von den Ferien ... (langweilten) mich, die geistreichen Anekdötchen über die kleinen Miss...(lichkeiten) des Ferien...(alltags) gingen ausschließlich auf Kosten der einheimischen Bevölkerung: Sizilianer, Andalusier, Marokkaner. Beruht unsere Überheblichkeit gegenüber den Südländern auf Neid? Auf Besser...(wisserei)? Auf

Spieß...(bürgertum)? Auch F. musste natürlich seinen kleinen Beitrag machen, über die Taxifahrer Athens. Wir hatten eine halbe Stunde am Taxistand am Hafen gestanden, weil die Taxifahrer ihre Gäste an allen möglichen Stellen auflasen, nur nicht am Taxistand, wo eine kleine Schlange von ...(wütenden) Ausländern wartete.

Der Gerechtigkeit halber erzählte ich dann von unserem ...(Wirt), der uns ständig mit frischem Obst verwöhnte, uns immer wieder in sein ...(Freilicht)kino einlud und sich rührend um unsere ...(Nachbarin) kümmerte, die sich beim Tauchen eine Ohrenentzündung geholt hatte. Das eignete sich natürlich nicht zu geistreichen Anekdötchen und F. warf mir dann auch auf dem Nachhauseweg vor, dass meine Bemerkung völlig ...(fehl) am Platz gewesen sei. Überhaupt wäre ich in letzter Zeit oft schlecht gelaunt und zu seinen Kollegen, besonders zu Frau Seeger geradezu unhöflich! Das gab mir den Rest.

Mir war schon den ganzen Abend die in Kultiviertheit verpackte ...(Arroganz) und herablassende Leutseligkeit seiner Kollegen ...(unerträglich) gewesen. Ich sah plötzlich alle in einem neuen Licht. Besonders F. Wo hatte ich all die Jahre meine Augen und Ohren und vor allem meinen Verstand gelassen?! Schinken vor den Augen, wie die Italiener sagen. Es war einfach bequemer, nicht sehen zu wollen, denn sonst muss man wohl die Konsequenzen ziehen.

Aber was hat mir plötzlich die Augen geöffnet? Meine sommerlichen Phantastereien? Wohl kaum. Der Krug war wahrscheinlich letztendlich voll. Ich konnte F.s geschraubte Art, die er sich in Gesellschaft angewöhnt hat, nicht mehr ertragen und musste meinem Unmut Luft machen. »Du und deine Kollegen, weißt du, was ihr mich könnt?« Aber er ließ es mich nicht sagen. Sein pikiertes »Aber Anna!«, machte mich noch wütender ... Trottel! F. tat, als hätte er es nicht gehört. Den Rest des Abends schwiegen wir.

10.10. Zu Hause herrscht ...(Eis)zeit. Seit dem Abend bei den Seegers. Am müh...(samsten) sind die Mahlzeiten. Trotzdem koche ich noch für ihn, wenn ich zu Hause bin, weil ich Streit hasse.

So sehr ich es während eines Prozesses genieße, die jeweilige Ge-genpartei mit meinen Fragen in Schwierigkeiten zu bringen, so wenig will ich Streit zu Hause. Warum?

An den Sonntagen fahre ich zu den Eltern oder treffe mich mit Gabi, wenn sie nichts anderes vorhat. Gabi sieht mich in letzter Zeit mit ... (prüfenden) Augen an und stellt fest: »Du bist so ver-ändert, hast du einen Freund?«

Letzthin fragte sie: »Was hält dich denn? Hast du so große Angst vor dem Alleinsein?«

Vielleicht. Ich hatte mich in F. verliebt, weil er mir so ... (hilfs-bedürftig) erschien. Der verfluchte Instinkt, jemanden zu bemut-tern. Vielleicht auch, weil er mich so grenzenlos zu bewundern schien. Und sicher auch, weil ich glaubte, unsere Beziehung würde vollkommen anders sein, als die meiner Eltern. Dass er mir die ...(Zügel) überlassen würde oder zumindest wir gleich...(be-rechtigt) sein würden. Aus dem ... (hilfsbedürftigen), bewundern-den Verehrer ist dann ein ...(knauseriger) Haustyrann geworden, dessen Bedürfnisse immer Vorrang haben. Anfangs genoss ich es geradezu, ihm diesen Vorrang zu gewähren, eine Art Liebesbe-weis. Auch weil ich im Leben privilegierter war als er und ich es gerecht fand. Wie meistens wurde aus einer gewährten Gefällig-keit ein Anspruch. Immer öfter habe ich das Gefühl, dass er mich dafür bestrafen will, dass ich in einer glücklichen, wohlhabenden und angesehenen Familie aufgewachsen bin.

Gabi sagt: »Errare humanum est, perseverare diabolicum.«

Ich stelle mir mein Leben ohne F. vor. In den neun Jahren un-serer Ehe habe ich ...(gelegentlich) an Trennung gedacht. Vor drei Jahren war ich sehr nahe dran, die ...(Scheidung) einzureichen. Wir hatten eine schwere Krise. Es war nicht die erste, aber bis dato die schwerste. Der Riss von damals ist nie richtig ver...(heilt). Bei jedem kleinen Misston bricht die ...(Beule) wieder auf und der ganze giftige Eiter quillt hervor. Wie jetzt.

Nach Papas Infarkt verbrachte ich jede freie Minute bei ihm. Ebenso Gabi und unsere Brüder. F. fand das über...(trieben). An-fangs rang er sich wenigstens uns gegenüber ein wenig Mit...(gefühl) ab. Aber nicht sehr lange.

Papa lag noch im ...(Krankenhaus), als F. begann, mir Vor...(haltungen) zu machen. Ich dürfte mich nicht übermüden, die ständige Fahrerei, wir seien doch fünf ...(Geschwister), ich müsste nicht jede freie Minute ans Krankenbett rennen, sollten doch die anderen auch etwas tun!

Er benahm sich wie ein ...(verwöhntes) Kind, war ständig schlecht gelaunt, ...(nörgelte) am Essen herum, die Hemden seien schlecht ge...(bügelt), ich hätte für ihn keine Zeit mehr. Ein Crescendo bis zu jenem Freitagabend, an dem ich wieder meine Tasche für das Wochenende packte und er mir glattweg verbot, zu meinen Eltern zu fahren. Ich hätte auch ihm gegenüber ...(Pflichten). »Du bleibst hier!« Ich sehe noch heute, wie er vor Zorn zitterte, den Telefon...(hörer) in die Hand nahm und Gabi anrief. Ich könne nicht kommen, da ich andere Verpflichtungen hätte. Ich war so ...(fassungslos), dass es mir erst die Stimme ver...(schlagen) hatte. Dann hatte ich ihn ange...(schrien), was für ein elender Egoist er sei und dass ich es satthatte, ihn wie ein kleines Kind zu bemuttern, es sei aus. Aus!

Wir wechselten das ganze Wochenende kein Wort.

Warum war ich nicht trotz seines Verbotes gefahren? Das kleine Kind war offenbar ich. Hatte ich Angst, er könnte mich ...(schlagen)? Harmoniesucht?

Drei Wochen dauerte das ...(Schweigen). Am Montag der dritten Woche ging ich zu Dr. Rahm. Er und mein Bruder waren ... (Studien)kollegen, er kannte auch meinen Vater gut.

Am Abend nach dem ...(Gespräch) mit dem Anwalt sagte ich, während F. seine Suppe ...(löffelte), in dieses unerträgliche ...(Schweigen) hinein: »Ich war heute bei einem Anwalt. Ich lasse mich scheiden!«

F. fiel vor Über...(raschung) der Löffel aus der Hand und ein wenig Suppe ...(bekleckste) sein Hemd und die Krawatte. Er reinigte sich energisch mit der Serviette. Sein Kopf war jetzt hochrot.

»Scheiden?! Du willst dich scheiden lassen?« Er fiel offenbar aus allen Wolken. »Wegen eines läppischen Streits? Ich kann es nicht glauben!« Er holte tief Luft und schüttelte den Kopf. »Ich habe vielleicht ein bisschen zu heftig reagiert. Es war ein Fehler,

dir zu verbieten, deinen Vater zu besuchen. Ich war eben nervös. Du hast ja keine Ahnung, welche Probleme ich zurzeit habe. Meine Be...(förderung) steht auf dem Spiel, alle meine ...(Opfer) könnten umsonst sein – und dann ist niemand da, mit dem ich darüber sprechen könnte. Du musst mich verstehen – ich wollte dich einfach in meiner Nähe haben.«

Ich weiß nicht, warum es für F. so leicht ist, ...(Schuld)gefühle in mir zu wecken.

Immer noch.

13.10. Das Leben einer ...(Junggesellin) erscheint mir inzwischen sehr verlockend. Nach eigenem Wunsch und Geschmack zu essen, zu schlafen, einzuladen, zu reisen, Freundschaften zu ...(knüpfen) und zu lösen. Hätte ich nur nicht diese Angst vor dem Alleinsein, vor Einsamkeit! Wegen dieser Angst verzichte ich darauf – und werde es wahrscheinlich eines Tages bitter bereuen – ich selbst zu sein, mein Leben nach meinem Geschmack, nach meinen Vorlieben und meinen Werten zu gestalten. Aber was verbindet F. und mich denn noch? Bin ich in meiner Ehe nicht einsamer, als wenn ich allein wäre? Ich muss den Mut finden, all den verlogenen Freundschaften den Rücken zu kehren, diese zerrüttete Beziehung zu beenden. Das Singleleben lockt jetzt wie das ...(Paradies), aber wenn die Wirklichkeit dann ganz anders aussieht?

Trennung. Sie dachte an Trennung, wegen eines lächerlichen, läppischen kleinen Streits, ja nicht einmal, wegen einer vollkommen unbedeutenden Meinungsverschiedenheit. Ein winziger Vorwand genügte ihr, um von Trennung zu träumen! Frei sein wollte sie, wozu? Für Abenteuer? In ihrem Alter? Was hatte sie da noch groß zu erwarten? In ein paar Jahren pfiff kein Spatz mehr hinter ihr her!

Und natürlich hatte ich immer gewusst, dass Gabi gegen mich hetzte. Die Missgunst der alternden Jungfer, weil keiner sie trotz ihrer direkt pathetischen Bemühungen geheiratet hatte.

19.10. F. hat mit mir Frieden geschlossen. Wir haben nach

gefühlten ...(Ewigkeiten) wieder miteinander geschlafen. Ich hätte mich ja weigern können. Bestimmt hätte er mich nicht ...(vergewaltigt). Ich habe den Kopf weggedreht, um seinen Küssen zu entgehen. Wie ein Nüchterner einem ...(Betrunkenen) sah ich ihm zu, hörte sein Liebesstöhnen, empfand dieses Vermengen unserer Körper...(säfte) abstoßend, sein Gewicht auf mir war wie ein schwerer Sack, dieses In-mich-Dringen schmerzhaft. Es war alles schnell vorbei. Ich stand sofort auf, um mich zu duschen und die Zähne zu putzen und den Geruch seines Körpers loszuwerden. Ich zog noch die Bettlaken zurecht, am liebsten hätte ich sie gewechselt. Friedrich ... (schnarchte) leise, also schlüpfte ich in mein Bett, in die entfernteste Ecke und vermied jede weitere ...(Berührung) mit ihm ...

Es würgte mich. Anna! Diese falsche Schlange! Sie ekelte sich vor mir und heuchelte sogar noch einen Orgasmus! »*Wir haben nach gefühlten Ewigkeiten wieder miteinander geschlafen ...*« Ich hatte nicht das Gefühl, dass wir Ewigkeiten nicht mehr miteinander geschlafen hatten. Im Gegenteil. Natürlich nimmt mich die Arbeit sehr in Anspruch, da sind meine Gedanken nicht ständig beim Sex. Im Gegensatz zu Anna.

Wie konnte sie nur so über mich schreiben? Über mich denken? Für mich empfinden?

Ich war ihr nicht mehr gut genug!

Ich zerknüllte die Abschrift und warf sie in den Papierkorb. Wozu sollte ich weiterlesen? Um mich beleidigen zu lassen?

Hatte Anna das tatsächlich geschrieben? Konnte es sein, dass ich mich so gründlich in ihr getäuscht hatte? Oder hatten vielleicht die Tippsen in der Agentur das Tagebuch ordentlich aufgepeppt? Das war doch unwahrscheinlich, denn immerhin war Anna ja abgehauen und hatte sich nicht mehr gemeldet.

Ich öffnete die Hausbar und verwünschte mich, weil ich vor Erregung und Neugierde vergessen hatte, etwas zu trinken zu kaufen und der Cognac nur mehr für ein paar Gläser reichte. Ich goss mir ein wenig ein, zündete eine Zigarette an, sog tief den Rauch ein und setzte mich an den Küchentisch.

Was erwartete sie sich denn von mir? Ich hielt nicht viel vom Schmusen und nach all den Jahren wäre es ja lächerlich. Wollte sie vielleicht, dass ich vor dem Fernseher anfing, ihr in den Ausschnitt oder zwischen die Schenkel zu greifen?! Und wozu? Lag sie nicht jede Nacht neben mir im Bett?

Ich ging ins Wohnzimmer und schaltete den Fernseher ein. Ich zappte durch die Programme, nichts als läppische Liebesfilme für die frustrierte Hausfrau! Ich schaltete wieder ab und ging ein wenig im Zimmer auf und ab.

Schließlich kehrte ich in die Küche zurück, holte die Blätter aus dem Papierkorb und strich sie wieder glatt.

26.10. Ich werde F. sagen, dass ich nicht mehr mit ihm schlafen will. Vielleicht wird er ...(erleichtert) sein. Unsere Beziehung war ja von Anfang an ...(lauwarm). In jeder Hinsicht, und im Bett tendierend zu kühl. Warum also, war ich ihm all die Jahre treu?

Ich bin jetzt fast 40. Nicht mehr ganz jung, aber noch lange nicht alt. Ich öffne die Vorhänge und das Fenster im Badezimmer und stelle mich nackt vor den Spiegel. Die ...(Nachmittags)sonne scheint hell, aber auch warm und erregend auf meinen Körper. Ich male ein wenig Ziegelrot unter meine ...(Backenknochen) und ziehe die Konturen meiner Augen nach. Ich löse das Haarband und zerzause mit den Fingern meine ordentlich zusammengebundenen Locken. Noch die Lippen, ein glänzendes, grelles Rot. Ich betrachte kritisch das Ergebnis – nicht übel! Auch mein Körper – ein Rest von sommerlicher Bräune, der Busen ist noch ganz schön straff, der Hintern ein wenig zu groß, aber ohne »...(Doppelkinn)«. Der Bauch ist flach, nur eine Spur zu weich. An der Innenseite der ...(Schenkel) wird die Haut ein ganz klein wenig schlaff. Man sieht es noch nicht. Vielleicht sollte ich mich massieren lassen oder auch im Winter schwimmen.

Ich lasse meine Finger über meinen Busen wandern, über meinen Bauch, entlang der Innenseite meiner ...(Schenkel). Ich habe noch nie masturbiert. Meine Brust...(warzen) sind hübsch, klein und braun, sie werden sofort hart. Mein Orgasmus ist so heftig, dass ich mich krümme. Ich hätte beinahe geschrien und beiße mir die Hand fast ...(blutig) ...

Meine Kehle war trocken. Die Cognacflasche war leer. Ich suchte hinter den Behältern mit Mehl, Zucker, Grieß etc. und fand noch eine kleine Flasche Rum. Es reichte gerade noch für ein großes Glas. Anna vor dem Badezimmerspiegel in der vollen Nachmittagssonne, die sich masturbierte. Vielleicht sogar vor Zuschauern. Die Nachbarn starrten sowieso immer hinter ihren Gardinen hervor. Ich malte mir aus, was sie sich dachten, wenn sie mich morgens höflich im Flur grüßten.

Ich leerte mein Glas. Ich war schon ein bisschen benommen. Es war heiß und der Alkohol ließ mich noch mehr schwitzen. Weiterlesen war unmöglich. Also ging ich ins Bad und wusch mein Gesicht mit kaltem Wasser. Ich machte auch mein Haar nass und kämmte mich rasch. Ich musste hinaus, ich hielt es zu Hause nicht mehr aus.

Vor der Haustür begegnete ich Frau Gebhart, die im vierten Stock wohnte. Grinste sie nicht auch so unverschämt, wie die blöden Kühe in der Schreibkanzlei, als sie mir einen guten Tag wünschte? Wer weiß mit wem sie es gerade trieb oder ihr Mann, der sah auch nicht ganz stubenrein aus!

Ich wankte ein wenig und hielt mich an der Hausmauer einen Augenblick fest. Mein Gott, war mir übel. Heftig würgte es mich. Ich übergab mich gegen den grauen Stein, der wie ein Bilderrahmen unsere Hausmauer zierte. Der Rinnstein war so weit weg, ich hätte ihn nie erreicht und wo hätte ich mich denn festhalten sollen? Plötzlich stand der Hausmeister neben mir und fasste mich einfach an, dieser impertinente Mensch! »Kommen Sie, Herr Professor, ich bringe Sie hinauf!«, sagte er zudringlich und schob mich

Richtung Haustüre. Wie konnte er sich diese Frechheit herausnehmen? Ich wehrte mich, so gut ich konnte, gegen seinen Griff auf meinem Oberarm, aber schon würgte es mich wieder und überdies wog der Kerl mindestens 20 kg mehr als ich. Ein wenig von dem Erbrochenen musste seine Schuhe und Hosen erwischt haben, denn er begann, sich ärgerlich mit einem Taschentuch zu säubern. Aber schon begann er, mich grob zu schieben und zu schubsen. Ich versuchte wieder, mich zu wehren, aber mir war so elend, dass ich keine Kraft mehr hatte. Jedenfalls war ich, ehe ich es mich versah, wieder in meiner Wohnung, genauer gesagt, in meinem Bett. Ich wusste nicht, was er noch sagte, ach ja, er fragte nach meiner Frau Gemahlin. Was ging sie ihn überhaupt an? Hatte er sie auch nackt im Badezimmer onanieren gesehen?

Mistkerl!

Ich konnte mich nicht mehr erinnern, was nachher geschah. Wahrscheinlich war ich sofort eingeschlafen.

KAPITEL 4

Als ich wieder erwachte, war es drei Uhr früh. Im Zimmer roch es nach Erbrochenem, meine Kopfschmerzen waren unerträglich. Dieser billige Rum nach dem Cognac! Ich stand mühsam auf, zog meine schmutzigen Kleider aus und steckte sie in die Waschmaschine. Dann stellte ich mich unter die lauwarme Dusche. Ich durchsuchte die Wohnung nach sauberer Bettwäsche und überzog das Bett. Schließlich setzte ich Teewasser auf. Ein wenig trockener Zwieback zum Tee und dann zwei Schmerztabletten, allmählich kam ich wieder zu mir.

Ich saß am Küchentisch. Unentschlossen, ob ich weiterlesen sollte. Annas Tagebücher, die Hefte hatte ich oft gesehen, ihre vertraute Handschrift – aber die Worte, die Sätze! Tag für Tag hatten wir gemeinsam gefrühstückt, zu Abend gegessen, dazwischen manchmal ein Telefongespräch, die Wochenenden gemeinsam, die Reisen und die Ferien – und dann das!

Ich hatte gedacht, ich kannte sie durch und durch. Sie war eine junge Frau gewesen, als wir uns kennenlernten, verwöhnt und verschwenderisch. Gut, dass sie gelernt hatte, mit Geld umzugehen, hatte sie mir zu verdanken. Und nicht nur, was das Geld anging, auch ihre Kleidung war anfangs ziemlich exzentrisch und sündhaft teuer! Ich fand, dass eine so hübsche Frau wie sie, in einfacheren Klamotten genauso gut aussah, und Anna musste mir schließlich recht geben. Auch beim Essen hatten wir bald zueinandergefunden. Ich ziehe einfaches Essen vor, wie ich es von zuhause gewohnt war. Nur sonntags gab es bei uns gewöhnlich Fleisch, meist einen Schweinebraten. Anna dagegen liebte eine exotische Küche, wie sie ihre Mutter gewöhnlich kochte. Indisch, französisch, natürlich italienisch und sogar libanesisch! Ihre Eltern reisten ja viel und schleppten wohl immer Gewürze und Zutaten mit nach Hause. Das war bestimmt nach dem Geschmack von Annas Vater, aber mir war ein Teller Rösti mit einem Spiegelei oder eine Linsensuppe hundertmal lieber! Das ist nicht nur gesünder, sondern auch preislich unvergleichlich günstiger und inzwischen teilte auch Anna meinen Geschmack. Nur für unsere Einladungen kochte sie gewöhnlich ausgefallene Gerichte, die – ich muss gestehen – immer sehr geschätzt wurden.

Das alles hatte sie mit ein paar Seiten ihres Tagebuchs zunichtegemacht. Ich hatte geglaubt, zwischen uns herrschte Offenheit, ohne Geheimnisse, ich dachte, alles von ihr zu wissen, und musste mir jetzt eingestehen, dass ich nur ihre äußere Erscheinung kannte, ihre Kleidung, ihre Umgangsformen, ihre Fassade, die sie auch anderen zeigte. Als träfen wir uns manchmal auf den Treppen oder im Flur, wie Frau Gebhart oder Herr Dr. Unterwieser, ein Gruß, ein paar Höflichkeitsfloskeln, und jeder tauchte wieder ab in sein Leben, von dem der andere nichts wusste.

Nein, das war nun auch wieder nicht wahr. Sie wusste doch alles von meinem Leben. Ich hatte keine dunkle Seite, von der sie nichts ahnte. Ich war immer derselbe geblieben, seit wir uns kannten. Auch im Laufe unserer Ehe hatte ich mich nicht verändert. Ich hatte mir nichts vorzuwerfen, im Gegenteil. Ich hatte hart gearbeitet, um meine Karriere aufzubauen. Ich hatte ein schönes Einkommen, keine Seitensprünge ... Das mit Fräulein Niemeyer war ja schon lange her. Ich würde es auch keinen richtigen Seitensprung nennen ... Meine Güte, damals war ich jung und ein kleiner Ausrutscher, das konnte jedem passieren. Die Niemeyer war wirklich scharf hinter mir her und dann die

62

gemeinsame Dienstreise – es war ja auch nichts weiter. Als wir zurückkamen, musste ich ihr deutlich sagen, dass ich verheiratet war und meine Ehe nicht aufs Spiel setzen konnte – ich war doch nicht verrückt – wegen eines kleinen unbedeutenden Abenteuers! Geradezu lächerlich!

Ja, warum fiel mir das jetzt wieder ein? Ich hatte die Geschichte längst vergessen. Die Niemeyer, Dagmar, hieß sie, eine schlanke, groß gewachsene Blondine, ganz anders als Anna, sah vielleicht nicht so gut aus, aber hatte ein gewisses Etwas. Wo mochte sie jetzt wohl sein? Sie war schon lange nicht mehr an unserer Universität. Ich habe nie mehr von ihr gehört.

Ich wusste nicht, was mich mehr schockierte, Annas harte, fast rohe Sprache, die wie kaltes Neonlicht in unser Schlafzimmer leuchtete oder ihre Aussagen. Immer wieder stellte ich mir vor, wie sie vor dem Badezimmerspiegel masturbierte oder wie sie mich kalt und unfreundlich beobachtete, während ich sie liebte. Sie hielt mich für einen miserablen Liebhaber. Seit wann war ihr Sex so wichtig? Natürlich hatte Gabi sie mit ihren Erzählungen von ihrem super Lover auf abwegige Gedanken gebracht. Während unserer Ferien in Griechenland musste sie sie ganz schön aus dem Häuschen gebracht haben, wenn sie unserem Wirt schon unters Hemd greifen wollte, nur weil er sie im Kino auf ihren Platz begleitet hatte. Gabi hatte ja ständig irgendwelche Bettgeschichten, warum war Anna dieses Mal so aus der Bahn geraten? Waren das die ersten Anzeichen der Wechseljahre? Immerhin war Anna jetzt achtunddreißig, da zeigten sich manchmal schon die ersten hormonellen Veränderungen.

Ich schenkte mir noch eine Tasse Tee ein. Draußen wurde es dämmrig. Ich sah auf die Uhr. Fünf Uhr früh. Ich suchte nach Zigaretten. Fand endlich ein verbeultes Paket in den Hosen, die ich in die Waschmaschine gesteckt hatte. Die Zigarette schmeckte eklig, ich rauchte trotzdem weiter. Langsam beruhigte ich mich.

Ein Tagebuch gab natürlich Eindrücke und Stimmungen eines Augenblicks wieder. Vielleicht hatte Anna diese Zeilen an einem Tag ihrer prämenstruellen Depression geschrieben, vielleicht hatte sie gerade Migräne oder Probleme in der Kanzlei gehabt? Und ich nahm gleich alles für bare Münze!

Sicherlich hatte Anna das Gute nicht niedergeschrieben. Gewöhnlich wollte man ja nur das Negative loswerden. Das Gute war problemlos. Das Ergebnis war gezwungenermaßen ein verzerrtes, einseitiges Bild, das ich vielleicht nicht so ernst nehmen sollte.

Aber sie hatte mich ja verlassen! War einfach gegangen, unangekündigt, als wäre von unserer Ehe nur dieses einseitige, verzerrte Bild geblieben!

Ich starrte auf den Küchentisch aus hellem Eschenholz, auf seine kräftigen und zarten Jahresringe, den Kopf in beide Hände gestützt. So musste ich wieder eingeschlafen sein.

Das Klingeln des Telefons ließ mich hochschrecken. Ich war zu verschlafen, um auch nur einen kurzen Augenblick zu hoffen, es könnte Anna sein.

»Friedrich Habermann«, meldete ich mich ein wenig benommen.

»Herr Professor«, es war unser Hausmeister Becker, »ich wollte nur wissen, wie es Ihnen geht. Sie waren gestern ja ...«

»Danke, danke«, unterbrach ich ihn, bevor er meinen Zustand von gestern näher beschreiben konnte, »es geht mir besser. Ich muss mich entschuldigen, für die Mühe, die ich Ihnen bereitet habe ...« Erklärungen war ich ihm keine schuldig, aber vielleicht eine Flasche Wein oder ein Trinkgeld für die beschmutzten Hosen.

»Ist schon gut, Herr Professor, ist nicht der Rede wert, das kann jedem passieren. Soll vielleicht meine Frau ein wenig bei Ihnen saubermachen, wo doch die Frau Doktor auch nicht da ist?«

Natürlich hatten sie Annas Weggehen bemerkt. Bestimmt munkelten und mutmaßten sie da unten über uns und zerrissen sich das Maul, er und sein riesiges Weib mit den gelb gefärbten Haaren und dem feisten Gesicht.

»Danke«, sagte ich ein wenig gedehnt und sah durch die Küchentür ins Wohnzimmer hinaus. Überall war es staubig, unordentlich. »Ja, vielleicht heute Nachmittag oder morgen früh?« Nur nicht jetzt, zuerst musste ich die restlichen leeren Flaschen loswerden. Ich hatte keine Lust, der Gesprächsstoff unserer Hausmeister zu sein. Sicherlich war ich es bereits. Auch das verdankte ich wieder nur Anna!

Ich hörte, wie er sich bei zugehaltener Muschel mit seiner Frau unterhielt. »Heute Nachmittag um zwei, ist das recht?« Sein Ton war diensteifrig, aber schwang da nicht eine neue frech-vertrauliche Note mit?

»Ja, um zwei, das geht in Ordnung. Schönen Dank!« So leicht ließ ich mich nicht unterkriegen! Vom Hausmeister, wäre ja gelacht!

Der Ärger über Becker gab mir die Kraft, ein wenig Ordnung zu machen. Ich ging durch die Wohnung, lüftete alle Räume, sammelte die herumstehenden Gläser ein und verpackte die leeren Flaschen wieder zuerst sorgfältig in Zeitungspapier und dann in eine kleine Reisetasche. Mein Aktenkoffer wäre unauffälliger gewesen, aber er war zu klein. Sicherlich war meine Mühe ohnehin umsonst, denn ohne Zweifel hatte der gute Hausmeister, als er mich gestern heraufgebracht hatte, neugierig durch die Wohnung geschnüffelt und dabei die leeren Flaschen gezählt. Es war nicht schwer, mir auszumalen, wie er und seine Frau die Szene von gestern genüsslich durchhechelten, untereinander, aber wohl auch mit Frau Gebhart und mit Frau Hofbauer im zweiten Stock, bei der unsere Hausmeisterin regelmäßig saubermachte. Ein wenig entrüstet, gemischt mit geheucheltem Mitleid. »Der arme Herr Professor, ja seine Frau ist weg ..., wird schon Streit gegeben haben, na kein Wunder, wer hätte denn gedacht, dass er trinkt! Da sieht man's wieder, nach außen hui und zu Hause pfui! Na ja, man weiß ja die Gründe nicht ... Vielleicht hat sie einen anderen?«

Wie hatte es dazu kommen können? Ich hatte geglaubt, dass unser geordnetes Leben immer so weitergehen würde, in ruhigen vorhersehbaren Bahnen. Mein Beruf war alles für mich, ein schönes Heim, eine glückliche, harmonische Ehe – alles zerstört, verloren. Ich war das Thema des Hauses, hatte mich betrunken mit dem Hausmeister im Boxkampf versucht und – die Krönung der Demütigung – mich von ihm zu Bett bringen lassen!

Ich schüttelte unwillkürlich den Kopf. Ich wollte diese Gedanken loswerden wie lästige Fliegen, sammelte die Blätter der Abschrift und das Tagebuch ein, steckte sie in meinen Aktenkoffer, verschloss ihn und stellte ihn in meinen Kleiderschrank.

Ich rasierte mich, kämmte sorgfältig das Haar, wählte ein weißes Sommerhemd und graue Hosen, die ich manchmal zur Arbeit trug – ich wollte gepflegt aussehen, wenn ich die Flaschen wegbrachte und den neugierigen Blicken der Hausmeister und meiner Nachbarn begegnen musste.

Bevor ich mich auf den Weg machte, rief ich wieder Gabis Anrufbeantworter an und bat nochmals um einen dringenden Rückruf. Dann wiederholte ich das Ganze mit Annas Eltern, die entweder ebenfalls auf Urlaub waren oder beschlossen hatten, meine Telefonanrufe nicht zu beantworten. Ich hatte nicht vor aufzugeben. So leicht ließ ich mich nicht abschütteln – das würden sie schon noch begreifen.

Ich entleerte die Flaschen in einen Container, der weit genug von meiner Wohnung entfernt war, um nicht befürchten zu müssen, irgendwelchen Nachbarn zu begegnen. Nein, ich wollte nicht gleich wieder nach Hause zurückkehren. Die Sonne schien warm. Ich ging ziellos durch die Straßen. Vielleicht würde ich Anna zufällig treffen. Warum nicht? Vielleicht musste sie etwas in der Stadt erledigen, einkaufen. Gleich könnte sie um die Ecke biegen, plötzlich vor mir stehen! Ich beschloss, von jetzt an regelmäßig durch die Straßen zu streifen – früher oder später würde ich sie schon antreffen und ihr klarmachen, dass sie mir gegenüber Pflichten hatte. Wenn sie das nicht verstand, würde ich Wege finden, sie zu zwingen zurückzukommen.

Meine Hoffnung wuchs von Schritt zu Schritt, vielleicht vor diesem Schaufenster oder in jenem Kaufhaus? Ich beschleunigte meine Schritte, ging in die Geschäfte, sah in Kaffeehäuser.

Erschöpft setzte ich mich schließlich in ein Straßencafé. Ich bestellte ein großes Glas Milch, um mich ein wenig zu entgiften, und betrachtete die Passanten. Vielleicht kam sie zufällig hier vorüber, aber nein, wer weiß, wo sie war ... Im Laufe unserer Ehe hatte ich immer gewusst, wo Anna war. Stets war sie erreichbar gewesen, ein fester Teil meines Lebens. Wut kochte in mir hoch. Ich hatte genug Unrecht in meinem Leben erlitten, von meiner Frau musste ich es nicht akzeptieren. Das hatte ich nicht verdient.

Ich fühlte mich plötzlich mutlos, müde. Was sollte ich tun? Ich musste nach Hause und weiterlesen. Ich musste wissen, warum sie mich verlassen hatte, ich musste verstehen. Wenn ich nur endlich ihre Beweggründe kannte, dann wäre bestimmt alles erträglicher. Ich könnte ihre Gründe entkräften, dieser ganzen Farce ein Ende machen.

»Na, Herr Professor, da sind sie ja endlich! Ich hab mir schon Sorgen um Sie gemacht!« Die Hausmeisterin erwartete mich bereits, resolut, geschwätzig, neugierig. Nie hätte sie sich früher diesen Ton erlaubt. Ich bereute es sofort, sie zum Putzen bestellt zu haben, hatte aber nicht die Energie, sie wieder wegzuschicken.

Während sie sich mit dem Staubtuch zu schaffen machte, schloss ich mich mit dem Aktenkoffer in mein Arbeitszimmer und holte die Abschrift hervor.

25.10. Ich gehe F. aus dem Weg. Abends arbeite ich öfters länger, auch weil wir zurzeit viel zu tun haben und mein Vater immer häufiger einen Fall abgibt. Wenn ich zu Hause bin, schütze ich ...(Müdigkeit) vor, gehe früh zu Bett und stelle mich schlafend. An den Wochenenden stehe ich auf, bevor Friedrich erwacht, räume auf, die Schränke, meinen Schreibtisch, ...(Schubladen). Ich habe keine Lust auf eine ...(Aussprache), zu oft habe ich es versucht und nur erreicht, dass er aggressiv wurde. Ich frage mich, wie es weitergehen soll. Es ist so eng in unserer Ehe, alles ist so kleinkariert, knauserig. Bei jedem Kauf ist die erste Frage: »Was hat das denn gekostet?« Ein Kilo ...(Kirschen) gibt Anlass zu einer halbstündigen Predigt, ebenso, wenn ich frisch gefangenen Fisch, wilden Lachs oder Filet für uns koche. Seiner Meinung nach ist das purer Luxus, den wir uns nur für unsere Gäste leisten sollten. Selbst die Blumen aus dem Supermarkt sind ein Zeichen meiner ...(Verschwendungs)sucht. Aus jedem Cent muss heraus...(geholt) werden, was nur irgend geht, möglichst etwas Bleibendes, etwas zum Vorzeigen.

Am Anfang habe ich es mit seiner schweren Jugend entschuldigt, mit der bitteren Armut, in der er aufgewachsen ist, weil sein Vater ja praktisch seinen ganzen Lohn ...(versoff) und die Mutter als Putzfrau gerade soviel verdiente, dass sie überleben konnten. Aber das ist doch alles lange her. Es ist nicht nur die schwere Jugend – die er mir immer vorwirft, als wäre es meine Schuld, dass ich es besser hatte – er ist bis in sein Herz geizig. Er geizt nicht nur mit seinem – und meinem – Geld, sondern auch mit seiner Zeit, mit Freundschaft, mit ...(Zuwendung). Nur für die Fassade ist er bereit, Geld auszugeben. Für unsere Gäste verwenden wir die Leinentischdecken, die Kristallgläser und das Silber aus meiner ...(Aussteuer), für uns reicht etwas Billiges, am liebsten würde er eine Plastiktischdecke nehmen. So gern er ein Mann von Welt wäre – er ist und bleibt ein ...(Prolet), und nicht, weil er kleiner Leute Sohn ist, sondern weil es ihm an Herzensbildung fehlt.

Ein Prolet! Da hatten wir es! Ich könnte den Nobelpreis gewinnen und sie würde immer noch auf mich herabschauen, für sie wäre ich nur der Prolet. Das Elternhaus war wie eine Erbsünde, für die man ein Leben lang Sühne tun musste. Was wusste sie denn, wie es ist, der Sohn eines Säufers und einer einfachen Putzfrau zu sein. Sie hatte keine Ahnung. Anna brauchte nur ihren Namen zu nennen und schon begegnete man ihr mit Respekt. Wenn ich meinen Namen nannte, bekam ich Verachtung zu spüren, wenn nicht Spott, als wäre ich der Säufer.

Wenn es um Fremde ging, um Migranten, Türken, Afghanen oder sonst welchen Exoten gab sich Anna gerne demokratisch und aufgeschlossen, aber mir gegenüber war sie der gleiche Snob wie der Rest der Familie!

Es passte ihnen nicht, dass ich in ihre Clique aufgestiegen war. Ich hätte schön bescheiden unten bleiben sollen. Prolet bei den Proleten. Auf mich, den Aufsteiger, konnte man verächtlich herabblicken, obwohl mir niemand etwas geschenkt hatte. Es zählte nicht, dass ich aus eigenen Kräften das erreicht hatte, was ihnen ohne Verdienst in den Schoß gefallen war. Sie hielten sich für etwas Besseres, nur weil sie ihre Frühstückssemmel mit einem Silbermesser schmierten!

Ich hatte geglaubt, Anna diese Faxen ausgetrieben zu haben. Welch ein Irrtum!

3.11. Ich weiß nicht, warum mich jetzt seine zahllosen Ticks so irritieren. Es ist wohl der stete Tropfen, der ...(Verschleiß) der Routine. Wie er mit dem Zeigefinger über das ...(Fensterbrett) streift, um zu sehen, ob es ordentlich ...(abgestaubt) ist, das Brot in genau ein Zentimeter dicke Scheiben schneidet, jeden Sonntag derselbe, genau geregelte ...(Tagesablauf), Frühstück um acht Uhr, Mittagessen um 12.30, ein kleiner ...(Spazier)gang durch den Park nach dem Mittagessen oder an sehr schönen Tagen eine Wanderung hinauf auf den Jakobiberg. Seine ganze Kraft fließt in seine Arbeit, in seine Karriere, für das Private bleibt nichts übrig. Wie habe ich das all die Jahre ausgehalten? Alles perfekt vorhersehbar, nie auch nur ein Schatten eines »coup de vie«! Seine ...(Reaktion) auf meinen Vorschlag, über Allerheiligen nach Prag

zu fliegen! Absurd, fand er, ob ich verrückt geworden sei?! Seine
Unfähigkeit, an sich nur ein klein wenig zu ...(zweifeln), sich ein
einziges Mal einem meiner Wünsche zu fügen, sein ...(selbstge-
rechtes) Herumurteilen, gut, schlecht, klug, dumm, schön, häss-
lich, interessant, banal, immer von seiner hohen Warte, als hätte
er das Recht ...(gepachtet)! Und immer bezieht er mich ein, wir
mögen dies, das gefällt uns nicht, wir denken so. Ich protestiere,
er reagiert überrascht, ...(verärgert) oder ungeduldig, als wäre ich
ein kapriziöses Kind ...

Frau Becker, die Hausmeisterin, klopfte an meine Tür.
»Herr Professor, soll ich hier auch saubermachen, wenigstens ein wenig abstauben?« Sie stand schon in der Tür.

»Nein, nein danke, das ist nicht nötig!«, wehrte ich hastig
ab und versteckte unwillkürlich die Abschrift unter einer
Fachzeitschrift, als hätte sie mich mit einem Pornoheft erwischt.

»Ja, wie Sie meinen«, erwiderte sie ein wenig schnippisch und zog die Tür wieder hinter sich zu, nicht ohne neugierig auf meinen Schreibtisch zu spähen.

28.11. Ein Kinobesuch mit G. und H., auch Gabi war mitge-
kommen. Anschließend noch ein ...(Kaffee) zu Hause bei H. Nicht
hip, aber gemütlich. Ihr Mann hatte uns erwartet und mit Kaffee
und Cognac und Gebäck verwöhnt. Er ist ein wenig dick und kahl
geworden, aber immer noch lustig und ...(liebenswürdig), wie ich
ihn in Erinnerung hatte. Herzlich, würde ich den Abend nennen,
ein Adjektiv, das ich für keinen unserer ...(»gediegenen«) Abende
im akademischen Kreis – Freundschaftskreis wäre übertrieben –
verwenden könnte.

7.12. Ich gehe F. noch immer aus dem Weg. Er scheint es nicht
zu ...(bemerken). Wie soll ich die gemeinsamen ...(Weih-
nachts)tage überstehen? Ich könnte ein paar Tage zu meinen El-
tern fahren, die wie immer Weihnacht in den Bergen verbringen.
F. wird es sicher vorziehen, hierzubleiben.

Ich versuche, mich wiederzufinden. Die Reste meines Ichs
nach neun Jahren Anpassung. Es ist ein langwieriges, nicht

70

einfaches ...(Unterfangen). Deshalb fange ich bei den Details an. Wie zum Beispiel eine Zigarette gelegentlich. Natürlich nicht zu Hause, denn F. verabscheut den Rauch. Die Gästeschatulle wurde nur angeschafft, weil der allmächtige Hofbauer raucht und Friedrich vor lauter Arschkriecherei ihm sogar manchmal Gesellschaft leistet. Ich trinke wieder Kaffee zum Frühstück. Ich liebe seinen Duft, wenn er aus der ...(Mokka)maschine (was hat sie gekostet?, hatte mich F. natürlich gleich gefragt) brodelt und genieße sein Aroma. Warum habe ich auf all das verzichtet? F. hätte mich nicht dazu gezwungen, aber ich war ja in der ersten Zeit unserer Ehe immer so ...(solidarisch), so anpassungswillig. Und später wurde es zur Routine, die ich einfach nicht hinterfragte. Gewohnheit. Bequemlichkeit. Ein ...(missbilligender) Blick auf die Zigarette genügte, um mir das Rauchen zu vergällen. Ganz selbstverständlich kochte er an Sonntagen Tee für uns beide, wenn er manchmal das Frühstück richtete, obwohl er doch bemerkt haben musste, dass ich gewöhnlich Kaffee trank. Warum hatte ich mich nicht ...(durchgesetzt)? Sehr bereitwillig bin ich in die ...(Zwangs)jacke geschlüpft, die er für mich bereithielt ...

Zwangsjacke! Ich konnte nur ungläubig den Kopf schütteln. Welche Zwangsjacke?! Wozu hatte ich sie je gezwungen? Sie hatte doch immer absolute Freiheit. Alles hatten wir immer gemeinsam beschlossen, im Kleinen wie im Großen, den Kauf unserer Wohnung, alle größeren Anschaffungen, unsere Freizeit. Das war doch selbstverständlich in einer Ehe!

Es klopfte wieder. »Herr Professor, ich wäre fertig.« Sie starrte abermals neugierig auf meinen Schreibtisch, beugte sich sogar vor, um besser zu sehen, aber ich widerstand diesmal der Versuchung, die Abschrift in einer Schublade zu verstecken. Ich stand auf, begleitete sie zur Tür und überreichte ihr die Flasche Burgunder, die ich auf dem Nachhauseweg für ihren Mann gekauft hatte. Schließlich fragte ich, wie viel ich ihr schuldete und zahlte etwas mehr, als sie verlangte.

»Für die Mühe, die ich Ihrem Mann gestern gemacht habe«, sagte ich etwas gezwungen zur Erklärung. Ein Lächeln brachte ich nicht zuwege. Sie grinste dreist.

»Aber nein, Herr Professor, das ist doch nicht nötig! Aber wirklich nicht!«

Ich hatte keine Lust mit ihr über die Notwendigkeit dieser Geste zu diskutieren, sagte ein abschließendes »Ist schon gut!«, und schloss die Tür hinter ihr.

KAPITEL 5

... An dem Abend im Kino mit Panos ist etwas zerbrochen – die Scheuklappen waren plötzlich weg. Hat Gabi mit ihren Erzählungen den ...(Deckel) meines Gefühlslebens gelüftet? War es die warme Sommernacht, die Haut noch heiß von der Sonne? Es ist so – am Süden reizt uns das Sinnliche.

Der darauffolgende Tag war unser letzter Urlaubstag. Ich machte einen Bootsausflug mit Panos. Unwillkürlich muss ich lächeln, wenn ich daran zurückdenke.

Mein Gott, sie hat mit ihm geschlafen! Mit diesem schnurrbärtigen Griechen, den ich auch noch sympathisch fand. Anna! Wie konnte sie sich so vergessen und mich derart blamieren?! Zuerst ihre Schwester mit dem Bruder und dann sie! Wie geschmacklos! Meine Hand zitterte so stark, dass die Buchstaben vor meinen Augen verschwammen. Ich legte das Blatt auf das Fensterbrett, auf das inzwischen die Nachmittagssonne schien, um weiterlesen zu können.

Wir haben nicht miteinander geschlafen. Leider. Er wollte nicht ...

Ich lehnte mich zurück und schloss die Augen. Welche Erleichterung! Er wollte nicht. Warum wohl? Vielleicht war er anständiger, als ich ihn eingeschätzt hatte. Egal, Hauptsache, es war nicht passiert!

Das Meer war so glatt, als würde die Hitze es flach drücken. P. hatte F. und mich zusammen mit griechischen Freunden zu einer Fahrt mit seinem Motorboot eingeladen. F. hatte keine Lust. Ich zögerte, aber F. drängte mich geradezu und P. lockte mit

73

seiner singenden Stimme: »Come on, it is your last day ...«. Ich hatte mich ganz hinten auf den Bootsrand gesetzt, aber P. wies auf den Platz neben ihm und sagte: »Sit here, Anna!« Die Bank war eng für vier Personen. Es war unvermeidlich, dass man sich berührte, außerdem war draußen auf dem offenen Meer ein wenig Seegang und immer wieder streifte mein nackter ...(Schenkel) seinen. Ich konnte nichts anderes mehr denken, als bestünde von mir nur mehr dieser ...(Schenkel), der im Rhythmus der Wellenberge und -täler seinen streifte.

Ich hatte keine Lust, mit seinen Freunden essen zu gehen, und blieb allein am Strand zurück. Ich schwamm weit hinaus, tauchte unter, lag bewegungslos auf den Wellen, und als ich wieder zum Strand zurückschwamm, saß P. auf meinem Handtuch, einen Teller mit ein paar Scheiben Wasser...(melone) in der Hand. Ich setzte mich neben ihn. Wir aßen schweigend. Nie habe ich einen Mann so heftig ...(begehrt). Welch eine Spannung! Er streckte langsam die Hand aus und streichelte mit den Fingerkuppen ganz leicht meine Wange. Ich drehte ein wenig den Kopf und küsste die Innenfläche seiner Hand. Sie war trocken und weich, ein wenig salzig. Seine Augen waren grünbraun im grellen Licht der ...(Mittagssonne). Ich wartete auf seine Lippen, auf seine Arme, aber er sah mich nur ernsthaft an und ich dachte, seine Augen würden mich nie mehr loslassen. Schließlich schüttelte er den Kopf, stand auf und schwamm hinaus zu seinem Motorboot, um dort irgendetwas zu richten. Bald darauf kamen seine Freunde und wir fuhren wieder nach Hause.

Ich war zu feige, um an diesem Abend in sein Kino zu gehen. Dagegen aß ich mit F. in einem kleinen Restaurant am alten Hafen. Wir ...(spazierten) anschließend die Promenade zurück, bewunderten die schönen ...(Yachten) und Segelboote, und F. schätzte bei allen, was sie wohl kosten mochten und wie viel Mannschaft sie benötigten. Ich hatte mir den ganzen Abend über ausgemalt, was geschehen wäre, wenn ich in P.'s ...(Freilicht)kino gegangen wäre. Hätte er meine Hand genommen, um mich zu meinem Platz zu führen? Hätte er sich neben mich gesetzt? Hätten sich unsere Schenkel wieder berührt, wie heute auf dem

Motorboot? Ich hätte nur meinen Rock ein wenig hochzuziehen brauchen, und er hätte mich mit seinen schönen Händen gestreichelt. Ich hätte in der Dunkelheit meine Hand unter sein Hemd geschoben und endlich seinen ...(Körper) gefühlt, seine Haut, die sicher glatt und warm war. Wie hätte er mir noch widerstehen können? Da hätte er mich geküsst, nicht leicht oder zärtlich, nein, begierig, schmerzhaft. Wir hätten beide nicht mehr bis zum Ende des Films warten können, nein, wir wären nicht einmal mit seinem Motorrad an einen einsamen Strand gefahren. Er hätte mich hinausgeführt. Die Hinterseite des Kinos war von hohen ...(Büschen) verdeckt. Ich hätte mich an die grob ...(verputzte) Wand gelehnt, die von der Sonne noch warm war, die ...(Büsche) hätten uns ein wenig zerkratzt und dort hätte er mich umarmt. Seine Beine hätten sich zwischen meine geschoben, sein schlanker, harter Körper würde mich gegen die Wand gedrückt haben und sein Mund hätte meinen nicht mehr losgelassen.

Ich habe in der Nacht ...(wach)gelegen und habe mich von P. lieben lassen, wie oft weiß ich nicht mehr, immer wieder, immer anders, dann bin ich eingeschlafen und habe weitergeträumt bis zum Orgasmus, der süß und berauschend war, dass ich in einem Glücks...(taumel) erwachte.

Vier Monate sind seither vergangen. Ich habe keinen Kontakt mehr zu Panos. In den ersten Wochen nach den Ferien habe ich mehr als einmal nach dem Telefon...(hörer) gegriffen. Um ein wenig zu plaudern, seine Stimme zu hören. Aber ich muss ja immer ...(vernünftig) sein. Warum? Vielleicht ist es Feigheit ... Gabi steht noch mit Stavros in Verbindung, einmal hat sie Grüße von Panos bestellt. Die Erinnerung an seine Finger auf meiner Wange, an seine Augen, die mich festhielten, an seine warme, ein wenig salzig schmeckende Haut ist verhängt und verdeckt von meiner Arbeit, meinem ...(Alltag). Es war ein Spiel, sommerliche ...(Phantasien), Wolkenbilder, in die ich einen Liebhaber gezeichnet habe.

Aber es war ein unerwartet gefährliches Spiel, denn seither sehe ich F. nicht mehr mit dem unkritischen und von der langjährigen Zusammen...(gehörigkeit) stumpf gewordenen Blick, *sondern mit dem abwägenden und urteilenden Blick einer Außenstehenden. Was ich sehe, gefällt mir nicht. Ich habe das Gefühl, wir reden ständig aneinander vorbei. Wenn ich sage, was ich denke, sieht er mich einen Augenblick ...(überrascht) an, schüttelt dann den Kopf, wie über einen dummen ...(Scherz). Hin und wieder macht er sich die Mühe, mich zu berichtigen, oder fragt verärgert: »Was redest du für dummes ...(Zeug)?!« Oder: »Wer hat dir denn diese Flausen in den Kopf gesetzt?« Als wäre ich ein unmündiges Kind! Er erträgt es nicht, wenn ich mich nicht benehme, wie die Anna, die er sich im Laufe der Jahre zurecht...(geschneidert) hat. Er sieht mich nicht, wie ich bin, sondern wie er mich haben möchte, und all die Jahre habe ich mich bemüht, diesem seinem Bild von mir zu entsprechen. Warum? Warum?*

Ich vermeide körperliche Berührung, kleide mich nicht vor ihm aus. Wochenlang habe ich mich schlafend gestellt, wenn er ins Bett kam oder bin ...(frühmorgens), bevor er erwachte, aus dem Bett gekrochen. Gestern Nacht hat er seine Hand nach mir ausgestreckt. Ich war so überrascht, dass ich keine Aus...(flüchte) fand. Ich schloss einfach die Augen und versuchte, ihn in Panos zu verwandeln. Es gelang mir nicht. Meine Phantasie reichte nicht aus. Es blieb mir nichts anderes übrig, als in Gedanken die zartsilbernen Rhomben der Vorhänge zu zählen. 15 sind es von der Decke zum Boden und 29 entlang der Breitseite. Warum merkt er nichts? Er kann sich nicht vorstellen, dass ich anders empfinde als er ...

Ich schloss die Mappe mit der Abschrift. Genug, genug! Ich wollte nicht mehr weiterlesen.

Vielleicht wäre es besser gewesen, sie hätte mit Panos geschlafen. Welche Chancen hatte ich denn nach neun Jahren Ehe, nach einigen hundert Umarmungen? Wie konnte sie so ungerecht sein? Sah sie nicht ein, wie lächerlich, ja infantil es war, einem romantischen Traum nachzuhängen? Wenn sie ihn verwirklicht hätte, wäre er längst mit einer Enttäuschung zu Ende gegangen.

Ich glaubte, in der Wohnung zu ersticken. Ich öffnete die

Fenster weit, sie waren staubig – die Hausmeisterin hatte wohl keine Zeit oder Lust gehabt, sie zu putzen. Einen Augenblick wallte meine alte Abscheu vor Unordnung und Schmutz wieder auf und verebbte gleich wieder.

Immer öfter musste ich in diesen Tagen an meinen Vater denken, besonders, wenn ich mein Spiegelbild sah. Seit meiner frühesten Kindheit hatte ich mir geschworen, nie wie er enden zu wollen. Und trotzdem war ich auf dem besten Weg dorthin.

Alkoholismus ist zu fünfzig Prozent vererblich. Hatte mir mein Vater seine Krankheit mit ins Leben gegeben? Gehörte ich zu jenen Menschen, die eine gewisse Gen-Variante besaßen und deshalb Alkohol bei Stress besonders gut wirkte? Und warum griff ich, wohlwissend, dass ich gefährdet war, zum Alkohol? Weil ich nichts anderes zur Hand hatte? Denn ich gehörte nicht zu jenen Kollegen, die sich zu Hause eine Apotheke einrichteten. Ich hatte ein rein wissenschaftliches Interesse an meinem Fach, vermied aber so weit wie möglich den Konsum von Medikamenten.

Wie oft hatte ich mir schon vorgenommen, dass ich wieder Ordnung in mein Leben bringen musste? Hatte mich der Alkohol schon so fest im Griff? Ich musste mich ablenken. Sollte ich etwas kochen? Nein, so ungern ich auswärts aß, zum Kochen hatte ich keine Lust.

Ich suchte nach den Schuhen, die ich gestern getragen hatte. Sie standen nicht in der Garderobe, waren nicht im Schuhfach. Endlich fiel mir ein, dass unser Hausmeister sie mir ausgezogen haben musste, als er mich zu Bett gebracht hatte. Ich fand sie unter dem Bett. Sie waren vollgespritzt mit meinem Erbrochenen. Ich trug sie auf die Terrasse, füllte einen Kübel mit Wasser, wusch sie, trocknete sie mit einem sauberen Tuch und fettete sie dann ein. Schließlich stopfte ich sie mit Zeitungspapier aus und stellte sie auf den Balkon.

Ich steckte die Abschrift in ihre Mappe und verstaute sie in meiner Aktentasche.

Während ich die Treppen hinunterging – ich fuhr nie mit dem Lift, die Bewegung tat mir gut – überlegte ich, wie ich eine Begegnung mit dem Hausmeister vermeiden konnte. Sein scheinheiliges Grinsen, seine hinterhältige Höflichkeit – schon allein, ihn grüßen zu müssen, war mir zuwider!

Die Portiersloge war leer.

Wenn nur alle meine Wünsche so leicht in Erfüllung gehen würden!

Ich ging ziellos durch die Straßen. Die Luft war schon ein wenig kühl. Ich konnte an nichts anderes denken. Immer wieder sah ich Anna vor mir, wie sie die Innenfläche der Hand unseres Wirtes küsste, sich ihm geradezu anbot, sich in allen Einzelheiten ausmalte – mit welch geiler Fantasie! – mit ihm zu bumsen. Und ich, der nichtsahnende, lächerliche Ehemann! Beim Abschied hatte ich ihm noch herzlich die Hand geschüttelt und auf die Schulter geklopft! Wie hatte mich Anna vor diesem Griechen nur so bloßstellen können? Was war in sie gefahren? Hatte sie jeden Anstand verloren?

Ich atmete die kühle Abendluft tief ein und versuchte mich zu beruhigen. Ich schloss die Augen und lehnte mich kurz an eine Hauswand.

»Fühlen Sie sich nicht wohl?« Eine ältere Dame mit lilablauen Locken sah mich besorgt an.

»Nein, nein danke, nur ein leichter Schwindelanfall – es ist gleich wieder vorbei ...«

Die Dame war nicht so schnell abzuschütteln. Ich müsste einen starken Kaffee trinken, empfahl sie, gleich da vorne an der Ecke gäbe es ein sehr gutes Kaffeehaus. »Sehen Sie, ja? Café Mozart.« Ich war ihr für ihre Fürsorge dankbar, empfand sie weder als lästig noch aufdringlich und ging folgsam in das befohlene Café.

Ja, es gäbe auch Imbisse. Der Kellner empfahl einen Toast Hawaii. Es war ein üppiger Teller, ich konnte nicht recht erkennen, was alles unter den Ananasscheiben vergraben war, es war mir gleichgültig. Den großen Braunen trank ich anschließend auf der Terrasse, wo ich rauchen konnte. Ich war wie umgekrempelt – trank Kaffee, den ich nie gemocht hatte, rauchte, obwohl mich vor Zigaretten ekelte, vom Alkohol ganz zu schweigen. Zu Hause trank ich manchmal ein Bier, hin und wieder Wein zu den Mahlzeiten. Das hatte Anna eingeführt. Bei Einladungen manchmal ein Glas Cognac. Whisky, Schnäpse, Wodka und dergleichen schmeckte uns nicht. Wir hatten für unsere Gäste natürlich immer eine gut bestückte Hausbar, und Anna mixte für sie Cocktails, die sehr beliebt waren. Das hatte sie wahrscheinlich zu Hause gelernt. Mein Schwiegervater schätzte alle möglichen guten Tropfen, wie er auch sonst gerne den leiblichen Genüssen hinterherjagte.

Ich inhalierte tief den Rauch der Zigarette. Der Kaffee schmeckte scheußlich. Ich hatte einen ekligen Geschmack im Mund. Sicher hatte ich Mundgeruch. Schon wieder war ich von meinen guten Vorsätzen abgekommen. Wie sollte ich die Kraft finden, um aus diesem Abgrund herauszukommen? Die Lektüre der Tagebücher war Gift. Ich durfte sie nicht mehr weiterlesen. Hatte ich nicht genug erfahren?

Ich hatte verstehen wollen, warum sie mich verlassen hatte. Der Grund war jetzt sonnenklar – wegen einer Verblendung. Sie steckte in einer Midlife-Crisis. Schwanengesang. Wie lange hielt eine solche Krise an? Und wie konnte man sie überwinden?

Ich musste mich informieren. Dann konnte ich ihr helfen, wieder zur Vernunft zu kommen und einzusehen, wie lächerlich sie sich benahm.

Ich bezahlte und trat auf die Straße hinaus. Es war dunkel geworden. Ich ging rasch durch die allmählich menschenleer werdenden Straßen und hielt nach Anna Ausschau. Umsonst. Vielleicht war sie schon zur Einsicht gekommen, vielleicht gar schon nach Hause zurückgekehrt. Oder vielleicht hatte sie versucht, mich anzurufen – aber ich hatte ja nicht einmal mein Handy eingesteckt und zu Hause den Anrufbeantworter nicht eingeschaltet.

Ich ging schneller. Aber ich fühlte mich immer noch schwach. Außer Atem und trotz des kühlen Abends ein wenig verschwitzt bog ich endlich in unsere Straße ein.

Die Wohnung war leer. Aufgeräumt, gelüftet, der Geruch von Rauch und Alkohol war verflogen. Ich starrte wütend auf den Anrufbeantworter, der mir kein Zeichen geben konnte.

Wo war mein Handy? Ich war sicher, ich hätte es am Küchentisch liegen gelassen. Es war weder in der Küche, noch im Schlafzimmer, noch auf dem Couchtisch. Ich wühlte zwischen den Sofakissen. Nichts. Hatte ich es irgendwo vergessen? Panik packte mich. Ich rannte zum Telefon und wählte meine Handynummer. Stille.

Ich musste mich beruhigen. Überlegen, wo ich es verloren haben konnte. Ich ging ins Bad und spritzte mir kaltes Wasser ins Gesicht.

Auf dem Regal über dem Waschbecken lag das Handy. Welche Erleichterung! Es war tot, weil ich vergessen hatte, die Batterie aufzuladen. Ich steckte das Handy ans Ladekabel und ging in die Küche, um mir eine Kanne Kräutertee zu brauen. Dann kontrollierte ich, ob Nachrichten in der Mailbox waren.

Wieder nichts.

Ich rief Anna an. Keine Antwort. Wie immer hinterließ ich meine Nachricht. Immer dieselbe. Einmal musste sie ja zurückrufen!

Und wenn sie ihre Meinung nicht änderte? Wenn die Krise tiefer saß? Nein, Blödsinn, das Ganze war ja total lächerlich! Wegen ein paar Phantastereien zerstörte niemand eine gute Ehe!

Ich sah mich nach meiner Aktentasche um. Wo hatte ich sie bloß hingestellt? Ich sah im Eingang nach, nein, vielleicht in der Küche, auch nicht. Im Arbeitszimmer, ebenso wenig. Während der Suche nach dem Handy hatte ich nirgends die Aktentasche gesehen.

Im Café, natürlich, im Café! Ich raste die Treppen

hinunter und hinaus in den kühlen Abend. Während ich die Straße hinunterrannte, hielt ich Ausschau nach einem Taxi. Kein einziges. Die hockten wohl alle beim Abendessen und schlugen sich die Bäuche voll, anstatt ihren Dienst zu tun! Wenn nur die Tasche noch da war, ich musste unbedingt das Tagebuch wiederhaben! Wenn es bloß niemand mitgenommen hatte! Der Gedanke, irgendein Unbekannter könnte Annas Pornophantasien lesen, ließ mich noch schneller laufen. Mich damit zu erpressen, wäre ein Kinderspiel. Ich konnte nichts anderes denken. Mein Herz klopfte unerträglich, meine Lungen stachen, die Augen brannten vom Schweiß, der mir von der Stirn tropfte.

Am Tisch auf der Terrasse, wo ich meine Zigarette geraucht hatte, war von meiner Tasche keine Spur. Die Menschen im Café sahen mich teils überrascht, teils missbilligend an, als ich vollkommen außer Atem durch die Tür stolperte. Ich konnte mich kaum mehr auf den Beinen halten. Unter dem Tisch, an dem ich gesessen hatte, stand meine Tasche ebenfalls nicht. Ich wischte mir den Schweiß aus den Augen und von der Stirn und drehte mich nach einem Kellner um. Jetzt bemerkte ich das Fräulein hinter der Theke. Sie hielt mir die Tasche mit einem Lächeln entgegen.

»Ein junges Pärchen hat die Tasche draußen gefunden. Wir wollten schon die Polizei holen, weil es ja eine Bombe hätte sein können. Man weiß ja nie heutzutage.« Sie schüttelte beim Gedanken an all die Attentate den Kopf.

Die Polizei hätte die Tasche wahrscheinlich gesprengt. Allein die Vorstellung! Ich griff nach ihr und sah, dass sie offen war.

»Es ist ja eine von den altmodischen Taschen«, fuhr die Frau fort, »also hat der junge Mann einfach seitlich ein bisschen hineingespäht und gesehen, dass nur Papiere drin sind. Da hat er sie einfach aufgemacht und nachgesehen, ob er eine Adresse findet, aber leider nichts. Gut, dass Sie sich erinnert haben, dass Sie sie hier vergessen hatten.«

Ich bekam plötzlich einen schrecklichen Hustenanfall

und ließ mich in einen Sessel sinken. Ich war vollkommen fertig. Was für ein Albtraum! Wer weiß, wer von den Gästen dem jungen Mann über die Schulter geblickt und da und dort ein bisschen mitgelesen hatte. Am liebsten hätte ich mir die Tasche unter den Arm geklemmt und die Flucht ergriffen.

Während der Unterhaltung mit der jungen Frau hinter der Theke, hatten uns viele Gäste neugierig beobachtet. Da und dort hatte ich auch ein wissendes Lächeln bemerkt. Zum Glück lag das Café ziemlich weit von meiner Wohnung entfernt. Die Gefahr, Bekannte hier zu treffen, war gering.

Ich bat die Frau, mir ein Taxi zu rufen, bestellte einen Cognac und leerte das Glas in einem Zug. Der Kellner hatte ein mitleidiges Lächeln für mich. Kein Wunder bei meinem Zustand! Oder hatte er vielleicht auch einen Blick ins Tagebuch geworfen?

Ich bezahlte und ließ mir noch eine Flasche Cognac einpacken, die ich in meiner Aktentasche verstaute. Der Preis war horrend hoch, doppelt so viel wie im Supermarkt, aber die Supermärkte hatten schon geschlossen.

Meine körperliche Erschöpfung hatte den ständigen Gedanken an Anna einen Augenblick verdrängt.

Ich stand auf und wartete draußen in der kühlen Nachtluft, an die Hauswand gelehnt, auf das Taxi.

Natürlich hatte ich in meiner Eile den Anrufbeantworter wieder nicht eingeschaltet.

Ich goss den inzwischen erkalteten Kräutertee weg, schenkte mir ein Glas Cognac ein und setzte mich wieder neben das Telefon. Ich versuchte, mich ein wenig zu entspannen. Was machte sie wohl gerade? Sie hatte mir nicht sagen wollen, wohin sie ging. Hatte sie eine Wohnung gemietet? War sie vielleicht verreist oder zu einer Freundin gezogen? Oder war sie gar wieder nach Spetses gefahren, um endlich ihre Phantasien mit diesem Panos oder wie er hieß auszuleben?

Sie hatte gesagt, sie wollte allein sein.

»Wie lange? Ein paar Tage? Ein paar Wochen?«

»Wochen, Monate, ich weiß es nicht, vielleicht auch für immer!« Ihre Stimme hatte einen ungewohnt harten Klang. Ja, alles war ungewohnt an ihr, als wäre sie ihre eigene Doppelgängerin. Oder gab sie sich so entschlossen, weil sie ihre Unsicherheit und Zweifel überspielen musste?

Ich hatte in diesen Tagen versucht, die Bilder dieses schrecklichen Samstagvormittags auszulöschen. Umsonst. Sie verfolgten mich unentwegt.

Sie hätte Dutzende Male versucht, mit mir über unsere Probleme zu reden, aber ich hätte ja immer alles als Nichtigkeiten abgetan!

»Welche Probleme, welche?!«, hatte ich sie fast angeschrien. Sie benahm sich wie ein verstocktes Kind und hatte weiter ihre Blusen, ihre Röcke und Hosen gefaltet, ohne mich anzusehen, ohne zu antworten.

Welche Probleme? Ich wusste es immer noch nicht. Was ich bis jetzt in ihrem Tagebuch gelesen hatte, waren keine Probleme, wegen derer man seinen Mann verlässt!

Ich wählte Gabis Nummer. Vielleicht war sie zurück. Nein, wieder nur der Anrufbeantworter. Ich hinterließ – zum wievielten Mal? – eine Nachricht, sie solle mich dringend zurückrufen. Dann versuchte ich ihr Handy und auch hier ging mein Anruf an die Mailbox. Natürlich versuchte ich auch Annas Eltern. Die Nachricht des Anrufbeantworters konnte ich inzwischen auswendig. Ich bedauerte ein wenig, dass ich mit Annas Brüdern schon lange jede Verbindung abgebrochen hatte. Es war sinnlos, sie anzurufen. Von ihnen würde ich gewiss nichts erfahren.

Natürlich steckte ein anderer Mann dahinter. Vielleicht hatte sie sich mit P. schon längst wieder getroffen? Warum wäre sie sonst ausgezogen? Wenn ich nur das Tagebuch dieser letzten Monate gefunden hätte, würde ich Klarheit haben. Ich hatte die ganze Wohnung danach durchsucht. Wahrscheinlich hatte sie es mitgenommen.

Ich überlegte, ob ich Hilde oder Gerty anrufen sollte. Aber ich hatte ja keine Telefonnummern und ihre Nachnamen hatte ich natürlich längst vergessen. Was hätte ich auch sagen sollen? »Hier Professor Habermann. Haben Sie vielleicht Nachrichten von meiner Frau?« Auf keinen Fall durfte sich in der Stadt das Gerücht verbreiten, dass Anna mich verlassen hatte.

Ich holte das Tagebuch hervor. Es war eine Sucht, ich musste weiterlesen, egal wie schmerzhaft es war.

KAPITEL 6

13.1. Ich habe wieder von Panos geträumt. Vielleicht war es gar nicht Panos, sondern irgendein Traumgespinst, das ich einfach Panos nenne. Ich lag auf einem großen weißen Strandbett an einer mir unbekannten Bucht. Die Sonne schien warm auf meinen Körper und der Himmel war ...(unglaublich) blau. Auch die Farben der Oleander...(büsche) und Bougainvilleas waren tiefer und strahlender als alles, was ich bis jetzt gesehen habe. P. lag neben mir, ich konnte sein ...(Gesicht) nicht sehen, aber ich kannte seine Arme, die mich umschlungen hielten und seine schönen Hände, die mich so zärtlich streichelten, dass wir vor lauter Glück...(seligkeit) zu fliegen begannen.

Ich erwachte und hätte lachen mögen, singen, ein Rad schlagen! Neben mir schnarchte F. leise. Er begann ein wenig zu ...(schmatzen), drehte sich um und schnarchte wieder leise. Vielleicht hatte ihn mein unruhiger Atem gestört. Ich versuchte, zu meinem Traum zurückzukehren, versank wieder in das Gefühl der Glück...(seligkeit), ließ nochmals P.´s Hände meinen Körper streicheln. Das monotone Piepsen von F.´s Wecker unterbrach mich, und dann sein Weckruf, mit dem er mich, noch während er die Hand ausstreckt, um den Wecker abzuschalten wie jeden Tag seit acht Jahren, ausgenommen die seltenen Tage, an denen ich krank war, oder die Sonntage, an denen der Wecker eine halbe Stunde später klingelt, in seinen Tagesablauf einbezieht: »Anna! Es ist sieben Uhr!« Ich drehte mich auf die andere Seite, ...(verabschiedete) mich widerwillig von P. und stand zähne...(knirschend) auf ...

Hatte sie diese erotischen Träume auch früher? Ich war

der lästige Störenfried, der alte Banause neben ihrem in allem perfekten Traumgespinst!

Mit mir hatte sie keine Lust mehr zu schlafen, dafür lullte sie sich in erotische Träume, masturbierte, stellte sich vor, irgendein praktisch unbekannter Urlaubs-Tarzan vögelte sie!

Was hatte sie gegen mich?

Ich goss mir ein Glas Cognac ein und leerte es in einem Zug.

15.1. Ich denke nach über die Ent...(fremdung), die sich wie ein Keil zwischen uns geschoben hat und eine immer größere Kluft schafft. Ich sehe und spreche mit F. über diese Entfernung hinweg, ich beobachte ihn. Mein Blick war vor lauter Nähe ganz unscharf, ja fast blind geworden. Natürlich frage ich mich, wieso diese Umnebelung so lange angehalten hat. Inzwischen ist das Bild, wie ich F. sehe, so verschieden von dem Bild, das er selbst von sich hat, dass ich das zunehmend unerträgliche Gefühl habe, ständig in einem Theater mitzuspielen.

Für die erste Zeit unserer Ehe gilt, dass niemand blinder ist als jemand, der nicht sehen will. Außerdem unterschied sich damals F.´s Fassade noch nicht so stark von seiner wirklichen Person. Dann kam mein Einstieg in die Kanzlei meines Vaters, der Leistungsdruck, die ersten Erfolge – das ließ mir nicht viel Zeit, um über meine Ehe nachzudenken. Diese wachsende Entfernung hat meinen Blick wieder scharf werden lassen und mir nach diesem langen ...(Dornröschen)schlaf mein Urteils...(vermögen) zurückgegeben.

Immer wieder durch...(stöbere) ich die ersten Jahre mit F., um zu verstehen, was mich bewogen hat, das Leben, die Welt nur mehr mit seinen Augen zu betrachten. Wann hatte ich begonnen, aus meiner Haut, in der ich mich doch wohlgefühlt hatte, zu ...(schlüpfen), um mir von F. eine neue, ihm gefälligere überziehen zu lassen?

An F. hatte mir auch ...(gefallen), dass er so anders als mein Vater war. Mein Vater war und ist immer noch ein richtiger

Patriarch. Er regiert über meine Mutter und früher über uns fünf Kinder und nicht selten auch über unsere Freunde, die ständig bei uns ein und aus gingen und häufig mit uns an dem großen ...(Esstisch) saßen.

Auch F. ist ein Beherrscher. Das wurde mir erst klar, als wir schon verheiratet waren, denn er ist es auf eine andere, passiv-aggressive Art, leise, fast hinter...(rücks?) und ohne Humor. Papa hatte F. nie besonders leiden können. Er fand ihn langweilig, saftlos, einen Lahmarsch, wie er einmal zu meiner Mutter sagte. Welch ein Irrtum! Das ist seine Fassade, dahinter verbirgt er den stählernen Willen, sich um jeden Preis durchzusetzen.

Ich bin meinem Vater nicht nur im ...(Äußeren) ähnlich. Auch ich war früher auf...(brausend), ein Hitzkopf, sagte meine Mutter immer. Das würde ich mir noch abgewöhnen, hatte sie oft ...(prophezeit) und hat recht behalten. Wenn in den ersten Jahren, während unserer Verlobungszeit und manchmal auch noch während der Ehe, mein Temperament mit mir durchging, erstarrte F. geradezu. Seine Stimme wurde noch leiser als sonst und vor lauter Tadel ...(ätzend). Ich schämte mich dann wie ein kleines Kind, ja fühlte mich geradezu lächerlich. Inzwischen habe ich mir ebenfalls angewöhnt, meinen Unmut wie F. mit eisigem ...(Schweigen) zu zeigen, was wohl F.'s Reaktion auf seinen oft randalierenden Vater war. Aus einem unbekannten Grund empfand ich seine Beherrschtheit als etwas Nachahmenswertes. Heute frage ich mich, ob nicht auch seine Unfähigkeit mitspielt, überhaupt groß etwas zu empfinden. Er ist ein Gefühls...(krüppel). Wie so manche seiner Artgenossen, in denen irgendwann zwischen Stimmbruch und dem 25. Lebensjahr das Testosteron die Fähigkeit zur Empathie schwächt und bei einigen auch vernichtet. Übrig bleibt dann meist nur ein stark ausgeprägter Kampf- oder Wettkampfgeist, der sich positiv auf die Karriere auswirkt. Bei F. ist er von einem ständig unter ...(heuchlerisch) höflicher Oberfläche schwelenden Neid begleitet und von viel Mitgefühl für sich selbst. Für alle anderen empfindet er Gleichgültigkeit tendierend zu Gering...(schätzung). Er ist überzeugt, das Leben sei ihm etwas schuldig geblieben. F. scheint zu glauben, wegen seiner

Wozu peinigte ich mich mit dieser miesen Lektüre? Ich sollte nicht fähig sein, mehr als Selbstmitleid, Neid und Gleichgültigkeit bis Geringschätzung für meine Mitmenschen zu empfinden?! Alles, was ich in meinem Leben erreicht habe, hatte ich mit ihr geteilt. Und jetzt dieses Urteil – ungerecht und hart. Was hatte ich ihr bloß getan? Und außerdem, wen sollte ich denn lieben? Die Menschheit insgesamt? Meine Kollegen? Annas Freundinnen?

Natürlich hatte mich ihr Vater nicht gemocht. Dem war keiner gut genug für »seine« Anna. Eifersüchtig war er ...

Er behandelte mich immer von oben herab. Er hatte es nie für nötig gehalten, so zu tun, als wäre ich ihm sympathisch. In den ersten Jahren unserer Ehe hatte ich so manche Demütigung einstecken müssen. Das Geld, das er uns für die Wohnung gegeben hatte, und die teuren Geschenke kamen immer mit einer ordentlichen Portion Herablassung. Wie gut, dass ich mit Annas Familie nichts mehr zu tun hatte und schon gar nicht ihre Geschenke brauchte. Und ganz gewiss nie mehr brauchen würde! Ich musste mir heute nichts mehr von ihnen bieten lassen – aber vergessen hatte ich nichts! Lahmarsch – das würde ich dem alten Knacker eines Tages heimzahlen!

Mit ihrer Mutter verstand ich mich besser. Eine ruhige zurückhaltende Frau, vielleicht wirkte sie ein wenig farblos neben ihrem Mann, der ja um jeden Preis die Szene beherrschen musste und sie geradezu an die Wand drängte.

Nein, es stimmte nicht, dass Anna ihrem Vater ähnlich war. Im Äußeren natürlich schon, das schwarze Haar, die dunklen Augen, der volle Mund, aber im Wesen war sie eher ihrer Mutter nachgeraten. Seine laute Art hatte auf sie abgefärbt, aber das hat sie im Laufe der Jahre wieder abgelegt. Jetzt war sie fast ebenso ruhig und zurückhaltend wie ihre Mutter.

Aber plötzlich war das alles schlecht, von mir

aufgezwungen. Nichts in unserem Leben, nichts was uns bis jetzt verbunden hatte, konnte noch vor ihr bestehen.

Ich schenkte mir noch ein Gläschen Cognac ein und leerte es wieder in einem Zug. Dann streckte ich mich auf dem Sofa aus, ohne eine Decke über die cremefarbenen Polster zu breiten. Ich streifte nicht einmal die Schuhe ab. Das Tagebuch raschelte unter meinen Beinen, ein paar Blätter fielen zu Boden.

Eine Weile starrte ich zur Decke. Anna hatte diese Worte geschrieben, das waren ihre intimsten Gedanken. Ich hatte das Gefühl, Säure getrunken zu haben. Die Anschuldigungen, die Beleidigungen tanzten in meinem Kopf einen wilden Reigen.

Die Augen brannten von der Lektüre. Ich nahm die Brille ab und drehte mich zur Wand.

Das Telefon hatte den ganzen Abend nicht geklingelt. Immer wieder hatte ich geprüft, ob die Leitung nicht plötzlich unterbrochen war. Es war schon beinahe Mitternacht.

Ich war plötzlich todmüde und schloss die Augen.

Ich fiel in einen unruhigen Schlaf, hatte bedrückende Träume und erwachte schon nach wenigen Stunden. Im Zimmer war es dunkel, nur die Fenster zeichneten zwei fahle Rechtecke an die Wand. Mir schien die ganze Welt auf der Brust zu sitzen. Ich lag regungslos da und hatte keine Kraft, mich auszuziehen. Alles war sinnlos.

Die zwei Rechtecke an der Wand wurden allmählich heller und ließen die anderen Gegenstände im Wohnzimmer erkennen, die beiden Lehnsessel, den gläsernen Teetisch, die chinesische Vase, die wir in eine Leselampe hatten verwandeln lassen, den Louis-XVI-Secrétaire und in der Ecke, noch unscharf, den Ficus benjamina, die Stechpalme und den Papyrusstrauch. Die paar Bilder an den Wänden und das große Ölgemälde über der Couch waren jetzt nur dunkle Flecken.

Warum musste ich dafür bezahlen, dass Anna plötzlich

einen Kitzel brauchte? Was konnte ich dafür, dass sie ihre Hormone rastlos machten?

Um sich nicht schuldig zu fühlen, weil sie ständig von Ehebruch träumte, musste sie mich zum Schuldigen machen. Das war eine typische Reaktion, ich durfte es nicht persönlich nehmen.

Ich war wohl wieder eingeschlafen, denn ich träumte, dass das Telefon klingelte. Anna versuchte, mich anzurufen, ich konnte sie sogar sehen, wie sie erwartungsvoll zu mir herübersah von der anderen Seite einer tiefen Schlucht, nein es sah eher aus wie der Grand Canyon. Das Telefon war wenige Schritte entfernt, ich wollte den Hörer abheben, aber ich konnte nicht gehen. Ich hing schwerelos in der Luft, wenige Zentimeter über dem Boden und kam keinen Zentimeter voran. Ich wollte schreien, vielleicht konnte sie mich hören? Anna, Anna! Es kam kein Ton über meine Lippen. Ich sammelte meine ganze Kraft, Anna!

Mein Schrei durchriss das lähmende Netz des Traums. Ich saß aufrecht auf dem Sofa, und das Telefon klingelte immer noch.

»Anna!«, rief ich in den Hörer, »Anna!«

»Herr Prof. Habermann?«, fragte eine unbekannte Frauenstimme nach einem Augenblick der Stille.

Es war die Schreibkanzlei. Die zweite Abschrift war fertig.

Ich sah auf die Uhr. Halb elf. Der Himmel war eintönig grau. Ein leichter Nieselregen ließ das Ziegelrot der Dächer der Innenstadt glänzen. Ich blickte an mir hinunter. Das Hemd und die Hosen zerknautscht, die Seiten des Tagebuchs lagen zerknüllt vor dem Sofa zwischen ein paar der handbestickten Kissen, die Anna auf ich weiß nicht mehr welcher Reise gekauft hatte.

Die Schreibkanzlei schloss um zwölf Uhr, denn heute war ja Samstag. Vor einer Woche genau war Anna gegangen. Nichts mehr würde wieder so sein wie früher, auch nicht, wenn sie reuig zurückkehrte.

Nein, nein, ich wollte mich nicht mehr mit diesen Gedanken quälen.

Ich gab mir einen Ruck und stand auf.

Es war höchste Zeit, mich frischzumachen und saubere Kleider anzuziehen.

Mein Schrank war fast leer, dafür quoll der Wäschekorb mit der Schmutzwäsche über. Ich stand ein wenig ratlos vor dem Korb. Sollte ich einfach alles in die Waschmaschine stecken? Vielleicht die Socken getrennt von den Hemden? Wer würde die Hemden dann bügeln?

Ich hatte mich noch nie mit Schmutzwäsche beschäftigt. Wahrscheinlich kümmerte sich unsere Haushaltshilfe um die Wäsche, und wenn sie auf Urlaub oder krank war, hatte wohl Anna dafür gesorgt, dass ich immer saubere Wäsche in meinen Schubladen hatte ...

Nein, ich durfte mich nicht von solchen Lappalien in die Enge treiben lassen! Ich holte eine große Einkaufstüte und füllte sie mit Hemden, Hosen und Unterwäsche. Auf dem Weg zur Schreibkanzlei würde ich alles in eine Reinigung bringen.

Die Dame an der Rezeption der Schreibkanzlei begrüßte mich wie einen Bekannten. Es war mir peinlich. Wahrscheinlich hatten sie sich während der Abschrift die pikanteren Passagen laut vorgelesen und darüber dreckig gelacht! Ich nahm den großen braunen Umschlag, zahlte, ohne ein Wort zu sagen, und verließ, so schnell ich konnte, den Laden.

Es war inzwischen schon fast Mittag, und ich hatte noch nicht gefrühstückt. In meinem früheren Leben wäre das unvorstellbar gewesen.

Mein Leben war aus allen Fugen geraten.

Ich beschloss, in ein Kaffeehaus zu gehen und – wie nannten es die Amerikaner? – ja, einen Brunch zu essen und dann erst das Tagebuch zu lesen.

Der Tee war vorzüglich und serviert, wie es sich gehörte, mit heißem Wasser und kalter Milch. Dazu bestellte ich eine

Käseomelette, Toast, Butter, Honig und ein Croissant. Ich kann nicht sagen, ob meine Neugierde größer war oder die Angst, die Angst vor dieser Unbekannten, die das Bild Annas gnadenlos schwärzte, es bis zur Unkenntlichkeit entstellte. Als ich beim Croissant angekommen war, siegte die Neugierde. Die Seiten waren chronologisch geordnet.

19.1. Allmählich, manchmal ...(unwillkürlich) kehre ich zurück zu meinem alten Ich. Speisen, die mir früher schmeckten, Theateraufführungen, Filme, Treffen mit Freundinnen von früher. Nicht alles hat noch denselben Geschmack, neun Jahre gehen nicht spurlos vorüber. Was wäre aus mir geworden, wenn ich während der Ehe rebellischer und nicht so friedfertig und anpassungsfreudig gewesen wäre? Wenn ich mich unbeeinflusst und ungehindert wie ein Baum auf einer weiten Wiese hätte entwickeln können, die Äste frei ausstrecken und so viele Blätter entfalten, wie in mir stecken?

Vielleicht wäre der Boden aber nicht ...(saftig) genug gewesen? Vielleicht hätten kalte Winde mich zusammen...(kauern) lassen, und ich hätte mich alleine auf der großen Wiese gefürchtet?

Eigentlich gar nicht Annas Stil, diese kindliche Metapher vom Baum. Auch wenn ich mir nicht vorstellen konnte, wer sie am Entfalten ihrer Blätter gehindert haben sollte – immerhin zum ersten Mal ein wenig Einsicht!

23.1. Wie oft schon dachte ich: Es ist so weit. Ich werde mit F. sprechen, meine Koffer packen, gehen. Was hindert mich? Angst vor dem Alleinsein? Vor der Zukunft? Vor F.?

26.1. Wir saßen im Wohnzimmer. Der Fernseher war eingeschaltet, ein paar Politiker redeten durcheinander und oft gleichzeitig. F. saß mir gegenüber. ...(Ahnungs)los? Ich überlegte. Jetzt?

Sollte ich in diesen langweiligen Abend hinein eine Bombe platzen lassen? Noch einmal ein Gespräch versuchen? Ich drückte auf die Fernsteuerung, »Friedrich, wir müssen endlich über unsere Beziehung reden! Ich muss endlich Klarheit schaffen.« F. sah mich an – seine Miene war eine Mischung aus Ärger und Überraschung.

»Was? Worüber müssen wir reden?«

»Über unsere Ehe. Es kann so nicht weitergehen. Wir leben nur mehr nebeneinander. In einer Woche reden wir keine zehn Sätze miteinander. Kaum kommt ein Gespräch in Gang, endet es schon in Streit. Wir haben zu nichts dieselbe Meinung. Findest du das gut? Normal?«

Er sah mich an, als hätte ich plötzlich chinesisch mit ihm gesprochen. »Ich verstehe nicht. Was soll das?«

»Ich möchte endlich reinen Tisch machen. Ich will so nicht leben. Das ist nicht die Ehe, die ich mir wünsche. Bist du glücklich mit dieser Situation?«

»Ach Anna, erspar mir doch diese Nörgeleien. Natürlich bin ich glücklich. Es gibt nichts, was ich ändern möchte. Schalte bitte den Fernseher wieder ein, die Diskussion interessiert mich.«

Ich legte die Fernsteuerung auf den Tisch.

»Gute Nacht«, sagte ich und ging zu Bett.

Ich sah noch einmal auf das Datum. 26. Januar. Ich konnte mich an dieses Gespräch nicht mehr erinnern.

31.1. Es gibt kein ...(Erwachen), kein Einschlafen, bei dem ich nicht an unsere ver...(fahrene) Ehe denke. Diese neun Jahre hängen an mir wie ein schwerer Sack, den ich ständig mit mir herumschleppe. Warum grüble und überlege ich ständig, anstatt ganz einfach die Konsequenzen zu ziehen? Die Beziehung ist total verfahren – Ende. Scheidung. Warum schiebe ich diese Entscheidung vor mir her? Weil ich mir nicht eingestehen will, seinerzeit die falsche Entscheidung getroffen zu haben, als ich F. gegen alle Argumente meiner Familie verteidigte? Weil Scheidung in unserer Familie tabu ist? Weil ich Angst vor dem Sprung ins Leere habe? Wir sitzen uns gegenüber, beim Frühstück, beim Abendessen, wortlos, weil es keine Worte mehr zwischen uns gibt. Weil wir uns ganz einfach nichts mehr zu sagen haben.

Ich klappte die Mappe zu und rief die Bedienung. Ich

bezahlte und ging hinaus in den grauen Mittag. Der Nieselregen war stärker geworden und ich beschleunigte meine Schritte. Trennung. Scheidung. Sie bauschte kleine Trivialitäten des Alltags ins Unkenntliche auf. Steigerte sich geradezu mit Hysterie in eine Gefühlsverfassung, deren einzige Lösung die Trennung von mir war.

Seit Anna gegangen war und noch mehr, seit ich ihr Tagebuch las, bemühte ich mich, ihre Gründe zu verstehen. Warum konnte sie nicht mit mir über ihre Probleme reden? Natürlich hätte sie dazu den geeigneten Augenblick wählen müssen. Was bedeutete: »Es gibt keine Worte mehr zwischen uns«? Im Grunde genommen lief alles darauf hinaus, dass sie frei sein wollte. Es war die Lust auf Abenteuer, die Langeweile des Ehelebens, ein Aufflammen von Lebenslust, bevor sie ihre Reize verlieren würde.

Ich rief noch einmal Gabi an und hinterließ eine Nachricht. Natürlich hatte sie Anna gern und oft die Freuden eines Junggesellinnenlebens – eine Beschönigung, mit der sie ihr tristes Single-Dasein umschrieb – ausgemalt. Gabi hatte ja sogar vor mir gerne abfällige Bemerkungen über die Ehe und Ehemänner gemacht, in denen deutlich der Neid mitschwang, den alleinstehende Frauen verheirateten gegenüber empfinden. War die Ehe, das Leben zu zweit nicht unendlich erfüllender, finanziell unvergleichlich sicherer und in jeder Hinsicht leichter?

Ob mir Gabi helfen würde, Anna wiederzufinden? Ich bezweifelte es. Hoffentlich gab es auf den nächsten Seiten einen Hinweis, wo sie hingezogen war.

Bis jetzt war das Tagebuch wenig aufschlussreich. Nichts als Gefühlstreiberei! Eine Fremde schien diese Seiten geschrieben zu haben, nicht die Frau, die neun Jahre neben mir gelebt hatte.

KAPITEL 7

Es war eine Sucht geworden, eine selbstzerstörerische Droge. Ich hatte die Abschriften in meine Schublade gesperrt, um nicht ständig darin zu lesen. Aber ich konnte nicht widerstehen. Es trieb mich unablässig zu meinem Schreibtisch zurück, um weiterzulesen und mich weiter zu quälen!

Immer wieder musste ich mich fragen, ob nicht doch ein anderer dahintersteckte? Der Verdacht ließ sich nicht mehr abschütteln. In den Heften hatte ich noch keinen einzigen Hinweis auf einen Liebhaber gefunden, den schnurrbärtigen Griechen ausgenommen.

Der Ehemann war ja, wie man weiß, immer der Letzte, der von seinen Hörnern erfuhr. War sie zu ihm gefahren? Wie hätte ich ahnen können, dass Annas Gedanken plötzlich nur mehr um Sex kreisten?

Je mehr ich las, desto deutlicher wurde das Bild einer Frau, die von Ehemüdigkeit geplagt, wieder jung und unbeschwert sein wollte und fürchtete, dass das Leben ungenutzt an ihr vorüberging. Zwischen ihr und dem Leben stand ich, unsere Ehe. Also schwärzte sie mein Bild mit allen möglichen erfundenen Fehlern und Gemeinheiten. Ich hatte Anna für selbstkritischer gehalten. Wie konnte eine gebildete, intelligente Frau wie Anna nicht begreifen, wie genau sie in das Klischee einer in einer Midlife-Crisis steckenden Frau passte?

Jetzt waren die einzige Verbindung zu ihr diese Seiten, in denen unsere Ehe, unser Leben, unsere Freundschaften und vor allem ich völlig verzerrt und entstellt gezeichnet wurden. Fremd und doch vertraut, in einer mir unbekannten, nicht zu Anna gehörenden Sprache, in die sich jedoch immer wieder ihre ganz persönliche Art einschlich, die dieser Unbekannten da und dort Annas Blick und Stimme gab.

3.2. Hilde und Gerty kamen zum Tee. Friedrich hatte es nicht über sich gebracht, sich ein paar Minuten mit ihnen zu unter...(halten), sich nach ihren Kindern zu erkundigen oder nach ihren Ehemännern, die er ja kennt, die ihn aber nicht interessieren, weil sie ihm weder beruflich noch privat nützen könnten.

Deshalb hat er ja auch keine Freunde, nur Kollegen von der Universität. Die Hauptmanns, die Franzens, die Seegers, die Raabs. Keiner ist Friedrichs Freund. Auf den gemeinsamen Reisen, bei den Abendessen im Hause des einen oder anderen war jeder vor allem darauf bedacht, sich nur keine ...(Blöße) zu geben, vor den anderen gut dazustehen, die kleinen verdeckten ...(Sticheleien), der in Komplimente gekleidete Neid bei einer gelungenen Veröffentlichung oder ...(Beförderung). Wie habe ich bloß so lange bei diesem Theater mitspielen können?!

7.2. Ein Abendessen bei den Hauptmanns. Ich hatte keine Lust hinzugehen und schon gar nicht, mich deshalb zu rechtfertigen. Also erfand ich Kopfschmerzen. F. beherrschte nur mühsam seinen ...(Ärger), brachte mir eine Schmerztablette und zwang mich praktisch, ihn zu begleiten. Leo Hauptmann hatte ein lange an...(gekündigtes) Buch veröffentlicht, das bereits ein paar positive Kritiken von berühmten Kollegen bekommen hatte. Ein guter Grund zu feiern, da durfte die Ehefrau nicht fehlen. Das könnte falsch ...(ausgelegt) werden!

Auf welch dünnem Eis stehen diese Beziehungen! Ein ständiger Wettkampf unter den Männern und sogar wir Frauen haben uns ...(anstecken) lassen. Ich inbegriffen. Wie viel Energien und Einsatz flossen in unsere Einladungen! Jedes ...(Detail) musste perfekt sein. Für F. war es immer ein schwieriger Balanceakt zwischen einerseits dem Wunsch nach Perfektion und »bella figura« und andrerseits seinem Geiz. Er wusste immer genau, was wir

das letzte Mal bei den Zavattinis oder den Seegers gegessen hat-
ten. Wahrscheinlich notierte er es in seinem ...(Terminkalender).
Auf dem Nachhauseweg nach einer Einladung wurde bewertet,
beurteilt. »Das Blumengesteck war heute bestimmt nicht von
Flora, richtig lieblos gesteckt und die Blumen schon fast
...(welk)!« Oder: »Dieser Gewürztraminer vom Weingut Ma-
litsch war ausgezeichnet, wer weiß, was der kostet. Wir könnten
ihn das nächste Mal auch nehmen, wenn er nicht zu teuer ist.«
»Der Lachs war viel zu fett, den haben sie sicher im Supermarkt
gekauft.« Und die anderen kommentierten wahrscheinlich ge-
nauso. Unsere Freundschaften!

Ich war plötzlich todmüde. Ihre Zerstörungswut ver-
schonte nichts. Alles musste vernichtet werden. Zuerst ich,
der unfähige Liebhaber, egoistische Tyrann und Geizkra-
gen und jetzt unsere Freundschaften. Nach neun Jahren
gönnte sie mir nicht einmal das fundamentale Recht, mich
zu verteidigen. Ich war ein Opportunist und meine, unsere
Freunde lauter Haie und Schakale! Und sie – sie hatte sich
immer bloß angepasst, mitgespielt!

Plötzlich war ihr niemand mehr gut genug. Nur ihre Ju-
gendfreundinnen waren das Wahre – als würden sich die
nicht auch den Mund über sie zerreißen, sobald sie bei der
Tür draußen war. Überhaupt, diese romantische Vorstellung von Freundschaft, als gäbe es nicht immer ein bisschen
Wettkampf! Wer will schon schlechter dastehen als die anderen? Noch dazu, wenn man aus demselben Berufsmilieu
kommt. Jeder Mensch muss die anderen ein wenig heruntermachen, um die eigenen Unzulänglichkeiten zu ertragen. Das liegt in der menschlichen Natur!

Und die Einladungen – sie hatte sie ja geradezu genos-
sen! Sie sonnte sich in den Komplimenten und der Bewunderung unserer Gäste. Wollte sie nicht auch glänzen, die anderen ausstechen?! Natürlich notierte ich die Speisen und
Weine, wie hätte ich mir das sonst merken sollen?

Was würden unsere Freunde wohl zu unserer Trennung

sagen? Ich konnte mir schon vorstellen, die Mutmaßungen, das Geraune in den Gängen hinter vorgehaltener Hand, die mitleidigen Blicke.

Das Telefon klingelte. Ich schrak hoch. Endlich! Ich hatte die ersten Klingelzeichen wahrscheinlich überhört, denn als ich abhob, setzte sich der Anrufbeantworter in Gang. Ich drückte in der Eile auf alle Knöpfe, ohne meine Brille konnte ich die kleine graue Schrift auf schwarzem Grund nicht entziffern, und gleichzeitig rief ich: »Hallo, hallo, einen Augenblick, bitte!«

Durch die Nachricht des Anrufbeantworters hindurch hörte ich Gabis Stimme, die in ihrer üblichen, betont schnoddrigen Art sagte: »Beruhige dich, Friedrich! Kein Grund zu schreien. Ich könnte gleich einen Sprung vorbeikommen, wenn es dir recht ist ...«

Die Enttäuschung schnürte mir einen Augenblick die Stimme ab. Aber dann fühlte ich mich erleichtert. »Gerne, jederzeit! Hast du Nachrichten von Anna?«

»Ich komme gleich rüber!«, und schon hatte sie aufgelegt.

So wenig ich Gabi ausstehen konnte, mit ihrer frechen, ordinären Art – ich freute mich geradezu über ihren Besuch. Sie wusste, was mit Anna los war. Bestimmt wusste sie auch, wo Anna zurzeit wohnte. Sie musste mir helfen.

Ich schüttelte die Kissen aus, sammelte ein paar leere Gläser ein, die in der Wohnung herumstanden, entleerte den Aschenbecher, öffnete die Fenster und machte die Küche ein wenig sauber. Dann duschte ich in Windeseile und zog mich frisch an. Auf keinen Fall durfte Gabi mich in diesem Zustand sehen.

Der Abend war ein absoluter Flop. Kaum hatten wir uns begrüßt, fragte ich Gabi nach Anna. Wo sie jetzt war, was sie machte, aber vor allem wollte ich wissen, warum, warum, um Himmels willen, warum sie gegangen war.

Aber Gabi hatte bloß ausweichend geantwortet. Sie

setzte sich auf das Sofa und ich nahm ihr gegenüber auf einem der Lehnsessel Platz. Gabi lehnte sich zurück und sah mich irgendwie prüfend an. Die sommerliche Bräune stand ihr gut, ihre blonden Haare waren von der Sonne oder vom Friseur aufgehellt und kurz geschnitten. Sie trug enganliegende graue Jeans und ein ebenfalls enganliegendes schwarzes T-Shirt. Sie war zwei Jahre jünger als Anna, für meinen Geschmack fast zu schlank und kleidete sich gerne sehr figurbetont, aufreizend ehrlich gesagt. Ihr Make-up war heute überraschend dezent, nur ihre Fingernägel leuchteten knallrot.

Schließlich seufzte sie und sagte: »Anna braucht diese Trennung. Sie will in Ruhe über ihr Leben entscheiden. Sie muss sich selbst finden.«

Dasselbe Gewäsch wie im Tagebuch. Ich versuchte, meinen Ärger zu unterdrücken. »Vielleicht habe ich auch noch ein Wörtchen zu sagen. Sie kann nicht allein entscheiden. Warum bespricht sie das nicht mit mir?«

»Das hat sie ja vergeblich versucht. Du warst offenbar zu keinem Gespräch bereit. Außerdem versuchst du ja immer, sie zu bevormunden.«

Ich wollte mich nicht mit Gabi streiten, denn sie war die Einzige, die mich zu Anna führen konnte. Also stand ich auf, holte zwei Gläser und einen Krug Wasser und öffnete die Flasche Ouzo, die Gabi mitgebracht hatte.

Ich goss uns beiden etwas Ouzo in ein Glas, füllte mit Wasser auf und sah zu, wie sich die Flüssigkeit weiß verfärbte. Ich nahm das Glas und prostete Gabi zu. Ein Lächeln brachte ich nicht zuwege.

Ich fragte Gabi, wann sie Anna zuletzt gesehen hatte, wie es Anna ging, ob Anna noch in der Stadt war, wo sie wohnte, ob sie mir etwas ausrichten sollte? Ob sie einen anderen hatte?

Aber Gabi betrachtete ihre Fingernägel, schüttelte nur den Kopf. Nein, es gab nichts, das sie mir ausrichten sollte. Sie wollte nicht einmal sagen, ob Anna noch in der Stadt war und schon gar nicht, ob sie einen anderen hatte.

Ich hatte inzwischen mein Glas Ouzo geleert und schenkte mir wieder ein. Gabis Glas war noch fast voll.

In meiner Einfalt hatte ich gehofft, Gabi würde mir eine Nachricht überbringen, vielleicht ein kleines Zeichen der Reue, dass Annas sich wieder versöhnen wollte. Aber nichts. Ich verstand immer noch nicht. Gabi half mir keinen Deut weiter, wiederholte bloß Annas Worte.

Ich fragte sie, wie mein Leben jetzt weitergehen sollte? Ein Leben ohne Anna war unvorstellbar. Ich hatte alles immer mit ihr gemeinsam gemacht, von den Mahlzeiten bis zu den Reisen. Sie hatte mich versorgt, den Haushalt, die Einladungen, meine Wäsche, wie sollte ich mich plötzlich allein zurechtfinden? Sie brauchte mich vielleicht nicht so sehr wie ich sie, sie war selbständiger, hatte ihre eigenen Freundschaften, vor allem in letzter Zeit. Nie, nie in meinem Leben hatte ich auch nur im leisesten befürchtet, dass mich Anna hätte verlassen können. Denn nie, nie in meinem Leben hätte ich Anna verlassen.

All das war zwischen dem einen und dem anderen Glas Ouzo aus mir hervorgesprudelt. Eigentlich wollte ich mich Gabi gar nicht anvertrauen, schon wegen unseres ziemlich kühlen Verhältnisses, aber nach all den Tagen des Grübelns war es, als wäre eine Schleuse durchbrochen worden.

Natürlich tat es mir gut, über Anna, über unsere Ehe sprechen zu können. Ich habe Gabi alles erklärt. Auch, dass ich vermutete, es handelte sich um eine ganz natürliche Krise, wie sie viele Frauen haben, wenn sie auf die Wechseljahre zugehen. In ein paar Monaten, in einem Jahr war sicherlich alles überstanden – deshalb zog man doch nicht aus! Es gab heute sehr wirksame Hormontherapien, die diese Periode in jeder Hinsicht, aber vor allem psychologisch völlig problemlos machten. Das hätte sie wenigstens versuchen können!

Ich erwähnte unsere schönen Reisen, unseren gepflegten Freundeskreis, unseren hohen Lebensstandard. War das alles nichts? Glaubte sie vielleicht, mit fast vierzig noch einen Märchenprinzen zu finden? Natürlich, sie sah noch gut aus. Vielleicht fand sie in den nächsten Jahren den einen oder anderen Freier, aber was dann? Glaubte sie tatsächlich, die Einsamkeit wäre besser, als das Leben, das ich ihr bot?

Gabi war eine aufmerksame Zuhörerin. Sie hatte mich reden lassen, ich konnte ihr mein Herz ausschütten. Ab und zu nippte sie an dem Ouzo, den sie mitgebracht hatte, während ich ein Glas um das andere leerte. Ich wusste nicht mehr ganz genau, was ich ihr alles erzählt hatte, aber plötzlich hatte ich die Abschrift der Tagebücher in den Händen und las ihr eine Passage daraus vor.

Gabi starrte mich überrascht oder entsetzt an. Sie hatte den Kopf geschüttelt und mit den Händen abgewehrt. Ich ließ mich nicht beirren, aber sie unterbrach mich und hätte mir beinahe das Tagebuch aus der Hand genommen.

Nun versuchte ich vergeblich, den peinlichen Nachgeschmack des gestrigen Abends abzuschütteln. Ich ärgerte mich und schämte mich zugleich, dass ich mich derart hatte gehen lassen.

Es war die Verzweiflung, natürlich, und die Flasche Ouzo. Ich hatte dieses Aniszeug nie gemocht. Auf keinen Fall hatte ich die Absicht gehabt, Gabi die Abschrift zu zeigen, hatte sie sogar noch vor ihrem Besuch weggeschlossen, weil ich mich ein wenig für Anna schämte – sicher hatte sie Gabi nicht erzählt, dass sie mit diesem Griechen, diesem Panos, hatte schlafen wollen. Und alle diese anderen intimen Geständnisse – unser Orgasmus-Gespräch, die Selbstbefriedigung im Bad ...

Ich zog die Decke über den Kopf, der Sonnenschein war mir unerträglich.

Mein Leben bestand nur mehr aus Ruinen, die Gegenwart war in Trümmer, die Vergangenheit war in Trümmer und die Zukunft eine trostlose Einöde.

Wenn ich Anna nur sprechen, dieses schreckliche

Missverständnis klären könnte, bevor es zu spät war! Warum wollte Gabi mir nicht helfen? Wozu diese kindische Solidarität? Begriff sie den Ernst der Lage nicht?

Ich musste sie nochmals anrufen. Vielleicht sollte ich es doch mit Annas Freundinnen versuchen? Möglicherweise war sie sogar bei einer von ihnen.

Ich zermarterte mir den Kopf nach ihren Nachnamen. Umsonst. Eine von beiden war mit einem Elektriker oder Klempner verheiratet, er hatte, glaube ich, seine eigene Firma und der andere war so ein Werbefreak. Alles Berufe, die ein ganz anderes Einkommen ermöglichten, als das eines Hochschulprofessors. Auch weil die Typen natürlich am liebsten schwarzarbeiteten, während wir die Steuern bis auf den letzten Heller bezahlten.

Ich hatte keine andere Wahl, allein Gabi konnte mir weiterhelfen. Ich musste sie auf meine Seite bringen! Sicher schlief sie noch. Es war gestern Abend spät geworden.

Ich stand mühsam und ein wenig ungelenk auf und ging in die Küche, um Teewasser aufzusetzen. Die Sonne schien grell durch das Fenster. Ich schloss kurz die Augen. Mein Kopf schmerzte – wie in letzter Zeit so oft – diesmal von diesem ekligen Anisgesöff.

Ich setzte mich an den Küchentisch und wartete, bis die Teekanne schrill zu pfeifen begann. Ich konnte keinen klaren Gedanken fassen. Alles war absurd, unwirklich, unverständlich. Das Tagebuch hatte mir nicht weitergeholfen. Es war gemein und ungerecht.

Ich überwand mich und spülte die Gläser, die noch nach Ouzo stanken, wusch die Aschenbecher voller Olivenkerne – die Oliven hatte Gabi mitgebracht – und meinen Zigarettenstummeln aus und schüttelte die Kissen des Sofas auf. Zwischen den Kissen lag ein Ohrclip. Anna trug keine Ohrclips, er musste von Gabi sein. Ja, jetzt erinnerte ich mich, dass sie einen Ohrclip abgenommen und sich das Ohrläppchen gerieben hatte. Er musste ihr wohl aus den Fingern geglitten sein.

Das Telefon klingelte. Ich war so fahrig, dass ich die Sprechmuschel ans Ohr hielt.

Nein, es war nicht Annas Stimme. Gabi erkundigte sich nach meinem Befinden. Fragte nach dem Ohrclip.

Ich fragte nach Anna. Sie lachte nur kurz. Ich verstand nicht, was an meiner Frage lustig war. Ich hatte mir eigentlich vorgenommen, sie anzuflehen, auf ihr Mitgefühl zu pochen, stattdessen legte ich verärgert auf.

Ich holte das Tagebuch, setzte mich an den Küchentisch und goss mir den inzwischen schwarz und bitter gewordenen Tee ein. Es war schon wieder nichts Essbares mehr im Haus, aber ich hatte keine Lust, mich umzuziehen und auszugehen, auf die Straße, unter fremde, betriebsame Menschen. Vielleicht auch noch unseren Hausmeistern zu begegnen.

Ich blätterte unentschlossen im Tagebuch, ohne den Mut zu finden weiterzulesen. Einzelne Wörter starrten mich zusammenhanglos an. Ich fühlte mich benommen. Schmerztabletten waren auch keine mehr im Haus. Ich hatte tatsächlich seit Annas Fortgehen eine ganze Packung geschluckt.

Ich legte mich auf das Sofa und schlief wieder ein.

Als ich erwachte, waren meine Kopfschmerzen stechend.

Ich drückte die Hände gegen die Schläfen. Am liebsten wäre ich nie mehr aufgestanden. Aber schließlich fand ich die Kraft und schleppte mich mühsam ins Bad. Ich spritzte mir kaltes Wasser ins Gesicht und auf den Kopf und kämmte mein Haar. Dann kehrte ich zurück ins Schlafzimmer, um mich umzuziehen. Nur schwer widerstand ich der Versuchung, mich wieder ins Bett zu legen.

Bevor ich die Wohnungstür abschloss, prüfte ich, ob der Anrufbeantworter eingeschaltet war. Vielleicht sollte ich eine neue Nachricht auf das Band sprechen, damit Anna wusste – wenn sie anrief –, dass ich gleich wieder zurück sein würde. Ich ließ es bleiben. Sie konnte mich ja auf dem Handy erreichen.

Die Hausmeisterin war nicht in ihrer Loge. Der Himmel war wieder wolkenlos und tiefblau, die Straße fast menschenleer, die Geschäfte waren geschlossen. Natürlich, es war Sonntag.

Ich dachte an die Sonntage mit Anna. Wir hatten immer ein wenig länger geschlafen oder im Bett noch gelesen. In den ersten Jahren hatten wir uns an den Sonntagmorgen manchmal geliebt – da war ich gewöhnlich recht in Stimmung – und Anna auch ... Oder hatte sie mich nur ertragen? Ich versuchte, mich zu erinnern, aber wie konnte ich mich noch auf meine Erinnerungen verlassen? Ich wusste plötzlich nicht mehr, wie unsere Vergangenheit war. War unsere Vergangenheit die meiner Erinnerungen oder die der Tagebücher Annas?

Nein, nein, ich durfte mich nicht hinabziehen lassen, in diese Hölle der Zweifel!

Früher waren wir bei schönem Wetter sonntags manchmal ins Grüne gefahren oder auf den Jakobiberg spaziert. Jetzt nur mehr selten, weil ich meist arbeitete. Manchmal hatten wir Besuch oder wir waren eingeladen. In letzter Zeit war Anna öfters mit ihren Freundinnen ins Kino gegangen oder hatte sich irgendein verrücktes Theaterstück angesehen. Das nervte mich. Der Sonntag gehörte der Familie.

Ich machte mich auf die Suche nach einer Apotheke. Auf dem Rückweg setzte ich mich auf die Terrasse eines Kaffeehauses. Es war bereits früher Nachmittag. Ich bestellte einen Käseteller und Tee. An den Nebentischen saßen Touristen. Sie waren leicht an ihren Führern und der in der Stadt vollkommen unpassenden Strandkleidung zu erkennen. Auch ich trage im Urlaub, besonders in heißen Ländern, gerne kurze Hosen und Sandalen –, aber im Unterhemd in einem Kaffeehaus zu sitzen, war eine Zumutung. Waren wir hier im Zululand?! Ich rief die Kellnerin und beschwerte mich, aber die dumme Gans zuckte nur gleichgültig mit den Schultern.

Vielleicht sollte ich verreisen. Um mich abzulenken,

anstatt Tag und Nacht auf einen Anruf von Anna zu warten. Irgendwo in den Süden, eventuell in die Türkei. Anna hatte es dort sehr gut gefallen. Sie war allerdings im Frühling dort gewesen. Bei der Hitze jetzt und den Massen von Touristen war es sicherlich nicht mehr sehr reizvoll. Die meisten verstanden sowieso nicht, was sie sahen, aber überall herumstehen, lärmend, schwitzend, alberne Fotos knipsend – das gehörte einfach zum Programm. Wir hatten es ja gesehen, als wir damals zu Ostern in Ägypten waren und auch in Jerusalem zu Weihnachten, wo sich die Führer gegenseitig überschreien mussten. Nein, das war nichts für mich. Dann doch lieber nach Prag oder Budapest, aber dort war es sicher ebenso überlaufen.

Und wenn Anna inzwischen zurückkommen sollte und die Wohnung leer vorfand? Das konnte ich keinesfalls riskieren! Acht Tage war sie nun schon weg. Vielleicht rief sie mich heute an. Was machte sie wohl bei diesem prächtigen Wetter? Wir hätten an einen See fahren können oder ins Mittelgebirge.

Meine Kopfschmerzen waren dank der Tabletten und des Essens inzwischen fast abgeklungen. Ich ging langsam wieder nach Hause und hielt – wie immer vergebens – Ausschau nach Anna. Es graute mir ein wenig vor der leeren Wohnung, aber es graute mir auch vor den sonnigen Straßen und den lachenden Menschen.

Immer wieder kontrollierte ich mein Handy. Der Klingelton war eingeschaltet und auf maximale Lautstärke gestellt. Keine Nachricht.

Ich war erschöpft, alles ermüdete mich. Ich verwünschte den Sommer, den wolkenlosen Himmel, die sonntägliche Atmosphäre. Wenn es bloß schon Herbst gewesen wäre, ein Regentag mit Wind, der das dürre Laub von den Bäumen riss. Ich hätte wieder meine Vorlesungen, ein volles Programm, die Studenten.

Und Anna würde bis dahin bestimmt zurückgekommen sein, wieder vernünftig. Wir müssten eine Aussprache haben – denn der Inhalt der Tagebücher bedurfte einer Klärung. Besonders jetzt, wo auch Gabi von ihnen wusste. Anna war mir eine Erklärung schuldig. Die Unterstellungen und Anschuldigungen konnten nicht mehr unter den Teppich gefegt werden.

Es war für mich immer noch unfassbar, dass meine Frau diese Sätze hatte schreiben können. Wenn ich mir die Sache recht überlegte, dann wäre es für sie das Beste, sie würde einen Psychiater aufsuchen. Sie brauchte ärztliche Hilfe, das stand außer Zweifel. Diese plötzliche Veränderung der Persönlichkeit konnte nur krankhaft sein, denn das ging über eine gewöhnliche Midlife-Crisis hinaus. Ich musste mit Gabi darüber sprechen – sie war ja vom Fach, sicher konnte sie unter ihren Kollegen einen für Anna passenden Therapeuten empfehlen. Gabi sagte, Anna bräuchte Zeit, um sich selbst zu finden, mit sich ins Reine zu kommen. Das schaffte sie gewiss nicht allein, sie brauchte fachmännische Hilfe. Eigenartig, dass Anna ihr nicht schon dazu geraten hatte.

Der Anrufbeantworter blinkte nicht.

Ich hatte jetzt wieder die Energie, um Gabi anzurufen. Trotz ihres dummen Lachens von heute früh.

Aber Gabi war kurz angebunden. Trotzdem bat ich sie, Anna einen Psychotherapeuten zu empfehlen. Sie fand meinen Rat vollkommen abwegig. Nein, Anna bräuchte bestimmt keine Therapie, wie ich denn auf diese Idee käme? Ich ließ mich nicht so schnell abwimmeln. Sie musste mir helfen. Aber Gabi war nicht zu überzeugen.

Wie konnte ich mir von ihr Hilfe erhoffen? Sie war ja nie verheiratet gewesen, wie sollte sie den Wert der Ehe, die Harmonie des Zusammenlebens, die Vertrautheit des täglichen Beisammenseins verstehen und schätzen, die Wurzeln, die im Laufe der Jahre zusammenwachsen und zwei Menschen untrennbar vereinen?

Sie schwirrte ja nur von einem Abenteuer zum nächsten

und nun war es ihr endlich gelungen, auch Anna ein paar Flausen in den Kopf zu setzen. Frei sein wollte sie, frei wie Gabi! Wozu? Um sich von einem Strolch vögeln zu lassen, der sie dann gleich wieder fallen ließ?

Ich sollte sie einfach gewähren lassen, dann würde sie schon selbst sehen, welchen Tausch sie gemacht hatte. Ob ich aber dann wieder bereit sein würde, es noch einmal mit ihr zu versuchen, stand auf einem anderen Blatt. Immerhin hatten wir uns gegenseitig die Treue geschworen und ein Schwur bleibt ein Schwur.

Ich ging erregt im Zimmer auf und ab und goss mir zur Beruhigung ein Glas Cognac ein.

Machte sie sich denn gar keine Gedanken um mich? Gabi hatte ihr sicher gesagt, in welch jämmerlicher Verfassung sie mich vorgefunden hatte. Wie konnte man nach neun gemeinsamen Jahren einfach den Partner im Stich lassen, ohne sich auch nur einmal nach ihm umzusehen?

Ich goss mir ein zweites Glas Cognac ein und zündete eine Zigarette an. Mir wurde ein wenig schwindlig. Ich vertrug die Zigaretten nicht – es konnten aber auch die Erregung und der Cognac sein.

Ich streckte mich auf dem Sofa aus und schloss die Augen.

Als ich erwachte, dämmerte es bereits. Ich ging ans Fenster und sah auf die Straße hinunter, auf den Sonntagabendverkehr, die Spaziergänger. Es war noch warm draußen.

Den ganzen Tag hatte das Telefon geschwiegen – abgesehen von Gabis Anruf. Ich hörte gespannt in die Stille, als müsste es in diesem Augenblick zu läuten beginnen. Jedes Mal, wenn in einer anderen Wohnung des Hauses ein Telefon klingelte, was bei den offenen Fenstern manchmal zu hören war, schreckte ich zusammen und einen ganz kurzen Augenblick überkam mich eine wahnwitzige Welle der Hoffnung, die sofort wieder der bitteren Enttäuschung wich.

Dieses Warten machte mich krank. Ich hatte immer einen

gut geregelten Alltag geliebt. Regelmäßige, gesunde Mahlzeiten, Ordnung, Sauberkeit. Ich brauchte diese Struktur
und jetzt wusste ich nicht mehr, wie viele Flaschen Fusel ich
in diesen acht Tagen ausgetrunken hatte. Ich rauchte, obwohl es mir nicht schmeckte, bloß um mich zu betäuben.
Ich schlief in meinen Kleidern, wusch mich nur notdürftig,
rasierte mich kaum. Ich hatte mir Blößen gegeben, die in einen Albtraum passen würden.

Ja, ich hatte mich zum Thema Midlife-Crisis schlaugе-
macht. Anna wies praktisch alle Symptome auf. Es war vielleicht noch ein wenig früh, aber es gab keine genaue Alters-
grenze für diese Krise. Sie war fast Ende dreißig, eine
gutaussehende, gepflegte Frau. Aber die ersten Anzeichen
des nahenden Alters waren nicht zu verheimlichen. Sie war
eine Spur runder geworden, vor allem um die Hüften. Sonst
hatte sie noch eine recht gute Figur. Vielleicht war das der
südliche Einschlag in ihrer Familie, die dunklen Haare, das
Blutvolle – ihr Vater hätte gern und gut Italiener sein können, mit seiner lauten Stimme und der übertriebenen Ges-
tik.

Das Bedürfnis, ihr Leben zu überdenken, Bilanz zu ziehen – alles typisch, sogar eine Trennung in Betracht zu ziehen. Ihr Fortpflanzungszyklus ging zu Ende. Der unerfüllte
Kinderwunsch und das Gefühl, dass der Zug bald endgültig abgefahren sein würde. Ihre Freundinnen, mit denen sie
in den letzten Monaten ständig beisammen war und die ja
sicher immer nur über ihre Kinder redeten, hatten sie dies
wahrscheinlich noch stärker fühlen lassen. Unbewusst hatte
sie es auf mich abgeladen, deshalb auch die Abneigung gegen jede körperliche Berührung mit mir, die harte, unge-
rechtfertigte Kritik an mir, an meinen, unseren Freunden –
und deshalb auch plötzlich die Neugierde auf andere sexuelle Erfahrungen. Der unbewusste Drang nach einem Kind,
der instinktive Wunsch, noch begehrt zu werden, der natürliche Versuch, das herannahende Alter zu verdrängen.

Die Sache war sonnenklar.

Das alles hatte sich in ihr aufgestaut, Tag um Tag, von einem Monat zum anderen, bis sie sich keinen Rat mehr wusste und beschloss, allein sein zu müssen, um wieder zu sich zu finden.

Ihr Weggehen, das Tagebuch, ihr Schweigen – das war natürlich ein Schock. Kein Wunder, dass ich ein wenig überreagiert hatte. Für so manche Ehemänner war dies sogar ein Grund, ihren Frauen nach dem Leben zu trachten. Ich sollte also nicht zu hart mit mir ins Gericht gehen.

Warum hatte ich ihr nicht einfach einen Stimmungsaufheller gegeben, der ihr aus ihrer Unzufriedenheit geholfen hätte? Ich hatte ihre Rastlosigkeit zwar bemerkt, sie hatte mich auch genervt, aber leider war ich ihr nicht auf den Grund gegangen. Wenn sie erst wieder zu Hause war, würden wir all diese erfundenen Probleme schnell in den Griff bekommen. Wenn sich Gabi nicht dazu bereit erklärte, würde ich ihr, einen Termin bei einem Psychiater verschaffen.

Ich schüttelte die Kissen des Sofas aus, auf dem ich noch bis vor einer Stunde mit den Schuhen an den Füßen gelegen hatte, reinigte die Aschenbecher, räumte die Cognacflasche weg und spülte das Glas in der Küche.

Ich holte frische Wäsche aus dem Schrank, ließ ein heißes Bad ein und goss ein wenig erfrischende Fichtennadelessenz hinein. Während sich die Wanne allmählich füllte, rasierte ich mich sorgfältig. Ich holte mein Schuppenschampon aus dem Schrank, denn ich hatte auf meiner Jacke ein paar Schuppen entdeckt. Ich schnitt noch meine Finger- und Zehennägel und putzte die Zähne. Das Mundwasser schmeckte erfrischend und verbannte endgültig diesen eklig faden Geschmack von dem vielen Alkohol und den Zigaretten.

Die frischen Kleider und der vertraute Duft meines Rasierwassers gaben mir nicht nur das Gefühl von Sauberkeit und Ordnung zurück, sondern auch der wiedergewonnenen Sicherheit und Tatkraft.

Ich öffnete alle Fenster, um den Rauchgeruch aus den Vorhängen und Möbeln zu beseitigen. Morgen würde ich die Hausmeisterin bitten, nochmals die Wohnung zu reinigen – auch mein Arbeitszimmer. Auf dem Bücherregal lag der Staub schon millimeterhoch. Ich holte die Schuhputz-Utensilien aus dem Schrank, ging auf den Küchenbalkon und reinigte, fettete und polierte meine Schuhe, bis sie wieder den gewohnten Glanz zeigten.

Ich war hungrig. Die Geschäfte waren ja heute geschlossen, außerdem hatte ich die ewigen Brote satt. Ich rief im Schlossgarten an. Es meldete sich der Anrufbeantworter, der mitteilte, dass wegen Ferien geschlossen war. Mit dem neuen Bistro hatte ich mehr Glück. Es gab auch noch freie Tische. Ich reservierte für halb acht Uhr.

Ich beschloss, Gabi einzuladen. Ich musste eine andere Taktik anwenden, um sie auf meine Seite zu bringen. Mit meinen Argumenten war es mir gestern Abend eindeutig nicht gelungen, sie zu überzeugen. Gabi hatte Anna bestimmt brühwarm erzählt, dass ich mich betrunken hatte und jetzt auch noch rauchte. Das könnte vielleicht sogar Schuldgefühle bei Anna geweckt haben. Aber, wenn das Gegenteil der Fall war?

Heute Abend würde ich wieder der Alte sein. Ich brauchte keinen Alkohol und keine Zigaretten mehr, denn letztendlich war es nur eine Frage, wie lange Anna brauchen würde, um ihre Krise zu überwinden. Wenn es mir gelang, Gabi zu überzeugen, dass Anna Hilfe brauchte, dann würde diese Krise bald der Vergangenheit angehören. Annas Probleme waren im Grunde genommen nichts anderes als ein Ausrutscher der Natur, eine Hormonpanne sozusagen.

KAPITEL 8

Während wir die etwas exotische Speisekarte studierten, fragte ich Gabi nach ihrem Urlaub. Nach ihrer Studienreise durch Griechenland hatte sie anschließend eine Woche Badeurlaub in Spetses gemacht. Ich erkundigte mich scheinheilig nach unserem Wirt. In der Tat hatte sie sich wieder bei ihm eingemietet, bestimmt wegen seinem Bruder. Sie erzählte von Fahrten mit dem Motorboot und einsamen Stränden.

Ich dachte an Annas Tagebuch, an die zerkratzten Rücken und zerbissenen Lippen und vermutete unter dem lose um den Hals gebundenen Seidentuch Reste von Knutschflecken. Sie berichtete weiter von der Studienreise, aber ich hörte nur mit halbem Ohr hin. Ich sah ständig das Bild des Bruders unseres Wirtes vor mir, dieses einfachen, ungebildeten Mannes, mit dem sie nichts, aber auch gar nichts verband und dessentwegen sie eigens eine Woche nach Spetses fuhr, um sich auf jede erdenkliche – und scheinbar auch recht rohe Weise – bumsen zu lassen. Eine hübsche, intelligente und kultivierte Frau – warum? Hatte sie das nötig? Die Kerze warf ein sanftes Licht auf sie. Schon gestern war mir aufgefallen, wie gut sie aussah.

Sie war eine Nymphomanin. Man sagte, dass Nymphomaninnen im Grunde genommen frigide Frauen waren, die im Liebesakt keine Befriedigung erreichten. Ich betrachtete sie prüfend – die Mannstollheit sah man ihr nicht unbedingt an. Sie war auch heute kaum geschminkt, trug einen engen, etwas kurzen Rock, dazu eine schlichte, lavendelblaue

Seidenbluse mit einem für meinen Geschmack etwas tiefem Dekolleté, dazu Sandalen mit hohen Absätzen, die braunen Beine waren nackt. Sie wirkte elegant und zugleich ziemlich sexy.

Ich bemühte mich fast gewaltsam, nicht an die Seiten in Annas Tagebuch zu denken, in denen Anna ihre Träume und Phantasien über diesen Griechen niedergeschrieben hatte. Hier hatten unsere heutigen Probleme ihren Anfang genommen. Ich konzentrierte mich auf Gabis Worte, aber immer wieder malte mir meine Erinnerung die Bilder vor Augen, mit denen Anna ihren erträumten Liebestaumel zu Papier gebracht hatte.

Inzwischen hatte die Kellnerin meine Gemüsequiche und Gabis gegrillte Shrimps serviert. Ich aß mit großem Appetit, während Gabi von Olympia erzählte, vom Museum, von der berühmten Hermes-Statue von Praxiteles, die sie in diesem Jahr zum zweiten Mal besichtigt hatte und deretwegen alleine – so fand sie – sich eine Griechenlandreise lohnte.

Wir waren vor zwei Jahren nach Olympia gefahren. Ich konnte mich an diese Statue nicht mehr erinnern, wohl aber an die Touristen, die wie ein wildgewordenes Heer von Ameisen die Ruinen übersäten, Coca-Cola-Literflaschen und Papiertaschentücher zwischen die Säulenreste warfen und mir jedes Interesse an der Besichtigung genommen hatten. Wir waren dann auch nicht lange geblieben. Ich hatte keine Lust gehabt, mich unter diesen Pöbel zu mischen, unter diese ungebildeten, halbnackten Proleten, die wie die Affen auf Säulenstummel kletterten und sich in den albernsten Posen fotografieren ließen.

Eigentlich hatte ich mir fest vorgenommen, nicht wieder über Anna zu sprechen. Ich wollte höflich und zuvorkommend sein, um Gabi zu überzeugen, mir zu helfen. Wahrscheinlich war es für Gabi eine Genugtuung, Anna endlich auf ihre Seite gezogen zu haben. Ich hatte ihrer Beziehung zu Anna ja immer im Weg gestanden.

Ein bisschen Eifersucht war vielleicht auch im Spiel. Gabi betonte zwar dauernd, dass sie sich nicht vorstellen konnte, ihre Eigenständigkeit zu verlieren, sich einem Mann anpassen zu müssen, gar seine Hemden und Socken zu waschen – was heute doch die Waschmaschine machte – aber es klang doch sehr nach sauren Trauben.

Warum hatte ich trotzdem von Anna zu reden begonnen?

Wie gestern hörte mir Gabi schweigend zu, schälte elegant die letzten Shrimps und hob gelegentlich den Blick, um mich zu mustern. Zwischendurch nippte sie an ihrem Weißwein und lächelte manchmal – überlegen, so schien mir, oder sogar spöttisch.

Ich bestellte zum Dessert einen Obstsalat, denn ich hatte in letzter Zeit viel zu wenig Vitamine zu mir genommen, während Gabi sich für einen Espresso entschied.

Wir hatten bereits den Kaffee und dann noch den Cognac getrunken und ich bezahlte gerade, als sie mich – immer noch mit diesem irritierenden Lächeln – fragte, ob ich nicht wissen wollte, was Anna gesagt hätte.

Wann, wollte ich wissen, wann hatte sie mit Anna gesprochen? Hatten sie sich hier in der Stadt getroffen?

Nein, sie hatten telefoniert. Heute früh.

Augenblicklich geriet die eben erst wiedererrungene Sicherheit ins Wanken.

»Wo ist sie? Was macht sie?«

»Wo sie ist, kann ich dir nicht sagen. Sie arbeitet viel. Es geht ihr gut.«

»Sie arbeitet? Ich dachte, die Kanzlei wäre diesen Monat geschlossen?«

»Ja, ist sie auch. Anna arbeitet von zu Hause.«

Wo immer auch dieses Zuhause war. »Warum antwortet sie nie auf meine Anrufe?«

»Wahrscheinlich hat sie deine Anrufe nicht erhalten. Sie hat eine neue Handynummer.«

War es also sinnlos, dass ich sie weiter anrief?

»Warum hat sie eine neue Handynummer? Was hat sie mit dem alten Handy gemacht?«

Gabi wusste es nicht. »Sie hat sich nach dir erkundigt.«

»Was sagte sie? Was hat sie vor? Wann kommt sie zurück?«

»Ihre Pläne wirst du sicher von ihr persönlich erfahren. Vielleicht wird sie ein paar Tage verreisen.«

»Wann? Wohin?«

Das durfte Gabi mir natürlich nicht sagen.

Sie spielte mit Hingabe die solidarische Schwester, die Eingeweihte.

Sie warf mir vor, ich hätte ihr – wie schon gestern Abend – über eine Stunde erzählt, wie glücklich Anna bei mir gewesen sei, wie viel Schönes wir gemeinsam erlebt hätten, die finanziellen Vorteile aufgezählt, die gesellschaftliche Stellung, die sie – wie ich behauptete – mir verdankte, unseren angesehenen Freundeskreis, aber ich hätte nicht einmal gefragt, warum Anna ausgezogen war, warum sich Anna im letzten Jahr so verändert hatte. Ich hätte nicht einmal mit Anna darüber gesprochen, ihre Versuche, über unsere Eheprobleme zu sprechen, als Nonsens abgetan oder gar empört und beleidigt reagiert.

Aha, das war unser Orgasmusgespräch! Hatte ihr Anna sogar davon erzählt? Oder hatte ich es ihr vielleicht in meinem Ouzodusel gestern Abend aus Annas Tagebuch vorgelesen?

Ich spürte, wie mir das Blut zu Kopf stieg, aber ich ließ Gabi reden. Nichts von dem, was sie mir vorwarf, war neu. Ich hatte ja alles schon in den Tagebüchern gelesen, da stand es noch deutlicher und brutaler. Jetzt war es an mir, überlegen zu lächeln.

Ich hörte nur mehr mit halbem Ohr hin. Schließlich unterbrach ich sie. Gabi hatte nichts von alledem verstanden, was ich ihr den ganzen Abend lang erklärt hatte. Ich versuchte es nochmals: die Wechseljahre, unsere Kinderlosigkeit. Es war eine schwierige Zeit für Anna. Sie brauchte

Ruhe, um zu sich zu kommen, das verstand ich. Sie brauchte aber auch Hilfe, die sie bei ihren Freundinnen sicher nicht finden konnte. Ich würde ihr gerne helfen oder ihr einen Psychiater empfehlen, der ihr in dieser für die Frau einschneidenden Zeit, die die Wechseljahre nun einmal sind, zur Seite stand. Oder hatte sie Anna vielleicht schon einen ihrer Kollegen empfohlen, wie ich sie gebeten hatte?

Gabi schüttelte nur den Kopf. »Was soll ein Psychiater? Was erwartest du dir denn von einer Therapie? Eine Gehirnwäsche, die sie wieder gefügig macht?«

Ich wurde wütend.

»Gabi, du hast doch sicher eine Reihe von Patientinnen, die an einer Midlife-Crisis leiden. Warum willst du nicht einsehen, dass Anna praktisch alle Symptome aufweist?« Um sie zu überzeugen, zählte ich sie nochmals auf.

Aber Gabi schien mich nicht verstehen zu wollen. Ich verbarg meinen Ärger, so gut ich konnte, und schlug noch einen Spaziergang vor. Auf keinen Fall durfte ich mir ihre Sympathie vergällen. Nicht nur war sie meine einzige Verbindung zu Anna, sie übte offenbar einen nicht zu unterschätzenden Einfluss auf Anna aus.

Gabi war zu müde für einen Spaziergang. Ich begleitete sie also zu ihrem Wagen und versuchte, ihr nochmals meinen Standpunkt zu erklären. Sie musste wohl todmüde sein, denn mitten im Satz unterbrach sie mich mit einer beschwichtigenden Bemerkung und fuhr davon.

Ich war so aufgekratzt, dass ich alleine eine Runde ging. Es war ein lauer Sommerabend, ein leichter Wind brachte ein wenig Abkühlung. Ich machte einen Spaziergang durch die Innenstadt. Natürlich hielt ich wieder Ausschau nach Anna. Sie war ja noch in der Stadt. Gabi hatte das zwar nicht explizit gesagt, aber ich konnte es ihren Worten entnehmen. Warum rief sie mich nicht einmal an? Wenigstens um sich nach meinem Ergehen zu erkundigen! Was würde sie sich damit vergeben? Mit Gabi war sie in Kontakt, also vermied sie nicht jede Art von Einfluss, um zu sich selbst zu finden. Sie betrachtete meinen Einfluss wohl als den negativsten. War das ihr Vertrauen zu mir? Wer weiß, wen sie neben Gabi noch traf. Wie sollte sie je zu einer vernünftigen Entscheidung kommen, wenn sie sich so einseitig beeinflussen ließ?

Plötzlich war ich nicht mehr ihr Partner, sondern ihr Gegner. Sie wollte die Entscheidung über unser gemeinsames Leben jetzt allein in die Hand nehmen.

Es war diese ungewohnte Ohnmacht, die mich in diesen Tagen gelähmt hatte. Sie war die Ursache, weshalb ich mich so hatte gehen lassen.

Es war nicht meine Art abzuwarten, mein Leben dem Zufall zu überlassen. Ich bin ein aktiver Mensch, ich ziehe es vor, die Dinge selbst in die Hand zu nehmen. Deshalb hatte ich es auch so weit gebracht.

Aber was konnte ich tun?

Der einzige Anhaltspunkt war Gabi. Sie wusste, wo Anna war, sie sprach mit ihr, sie kannte ihre Stimmung und sicher auch ihre Pläne.

Wenn ich Gabi nachspionierte, würde sie mich früher oder später zu Anna führen.

Nein, das war zu entwürdigend. Und wie würde ich dastehen, wenn sie mich entdeckte? Wer weiß, wie lange ich sie beschatten musste, um auf einen grünen Zweig zu kommen?!

Ich kehrte widerwillig nach Hause zurück. Den ganzen Tag hatte mein Handy kein einziges Mal geklingelt. Immer wieder sah ich nach, ob vielleicht eine Nachricht gekommen war – nichts.

Sobald ich die Wohnungstür hinter mir geschlossen und das Licht angemacht hatte, beschlich mich das Gefühl, dass jemand in der Wohnung war.

Anna?

Einbrecher? Die hatten ja im Sommer Hochsaison, wenn alle Welt auf Urlaub war.

116

Ich machte vorsichtig ein paar Schritte durch den Flur. Mein Herz pochte unsagbar laut. Ich hielt den Atem an. Wenn ein Einbrecher in der Wohnung war, musste er meine Rückkehr schon bemerkt haben.

Nichts rührte sich.

Die Tür zum Badezimmer stand weit offen. Hatte ich vergessen, sie abzuschließen? Ich warf einen Blick hinein – niemand.

Ich ging auf Zehenspitzen in die Küche und nahm ein großes Messer aus der Schublade. Dann warf ich einen Blick in das Wohnzimmer. Hatte ich ein Fenster offengelassen, als ich wegging? Die Vorhänge blähten sich ein wenig. Das große Bild über dem Sofa hing ganz leicht schief. Dahinter war der Safe mit Annas Schmuck und verschiedenen Wertsachen. Ich hob das Bild vorsichtig ein wenig hoch. Der Safe war verschlossen. Auch die silbergerahmten Familienfotos standen ein wenig anders als sonst. Fehlte vielleicht eines?

»Wer ist da?«

Keine Antwort.

»Anna?«

Wieder keine Antwort.

Schnell ging ich in unsere Arbeitszimmer, in das Schlafzimmer, auf unsere Terrasse. Ich warf einen Blick in den Schrank und unter das Bett.

Nein, es war niemand in der Wohnung. Trotzdem wurde ich das Gefühl nicht los, dass jemand in meiner Abwesenheit hier gewesen war. Ich inspizierte genau das Schloss – es war unversehrt. Es musste wohl Anna gewesen sein. Vielleicht hatte sie etwas von ihren Sachen geholt. Aber warum, wenn ich nicht zuhause war? Fürchtete sie, dass ich sie nicht mehr gehen lassen würde?

Natürlich würde ich sie nicht mehr gehen lassen. Wir mussten miteinander reden, es gab eine Menge Dinge zu klären.

In ein paar Tagen würde Anna wahrscheinlich verreisen, sagte Gabi. Wohin? In die Türkei, von der sie nach ihrer

Rückkehr so geschwärmt hatte? Oder nach Spetses, um endlich ihre erotischen Träume zu verwirklichen?

Ich musste sie um jeden Preis vorher finden. Wenn sie erst in den Armen eines anderen war, war es vielleicht zu spät.

Wie, wie um Himmels willen sollte ich sie finden? Unsere Stadt war zwar nicht sehr groß, aber auch nicht so klein, dass man sich ständig über den Weg lief. Gabi wollte mir nicht helfen, das war aussichtslos.

Alles schien mir aussichtslos.

Ich goss mir ein Glas Cognac ein, nahm einen großen Schluck, machte noch eine Runde durch die Wohnung, versicherte mich, dass die Wohnungs- und Terrassentüren gut abgesperrt waren, trank den restlichen Cognac und ging schließlich zu Bett. Ich zog die Bettdecke über meinen Kopf.

Es hatte keinen Sinn.

Ich würde Anna verlieren.

KAPITEL 9

Ich schrak plötzlich hoch. Hatte mich ein Geräusch geweckt? Es klang, als wäre eine Tür ins Schloss gefallen.

Ich knipste das Licht an. Im Zimmer war niemand. Ich nahm das Küchenmesser, das ich gestern Abend vorsichtshalber auf den Nachttisch gelegt hatte, rutschte vom Bett und schlich barfuß hinaus. Im Flur blieb ich reglos stehen und horchte. Kein Geräusch. Ich drückte schnell den Lichtschalter und machte vorsichtig wieder die Runde in der Wohnung.

Es musste wohl ein Traum gewesen sein.

Inzwischen war ich hellwach. Es war zwei Uhr. Meine Gedanken wanderten zurück zum gestrigen Abend, zu dem unbefriedigenden Gespräch mit Gabi. Es war frustrierend zu wissen, dass Anna irgendwo im Umkreis von wenigen Kilometern schlief und doch für mich unerreichbar war.

Sollte ich sie bei der Polizei als vermisst melden? Dann würde man sie gewiss bald finden. Nein, nein, das war reiner Blödsinn. Der verlassene Ehemann, der eine Vermisstenanzeige aufgibt. Lächerlicher konnte man sich kaum machen.

Gab es keinen anderen Weg, Anna zu finden?

Ein Privatdetektiv!

Ich brauchte einen Privatdetektiv. Einen Fachmann, der würde sie im Handumdrehen finden. Noch bevor sie verreiste. Er musste sie finden!

Ja, der Privatdetektiv war die Lösung!

Ich war so erleichtert, endlich eine Lösung gefunden zu haben, dass ich vor Erregung erst mehrmals im Zimmer auf und ab ging. Ich stellte Teewasser auf und holte das Telefonbuch.

Was das wohl kostete? Sicher war ein Privatdetektiv keine billige Sache!

Egal, was es kostete, es war der einzige Weg, um mein Leben wieder in den Griff zu bekommen. Das war es mir wert. Außerdem ging es ja nicht nur um meine, sondern auch um Annas Zukunft.

Ich schlug die Gelben Seiten auf und war überrascht, wie viele Privatdetektive es in der Stadt gab. Ich schrieb sieben Namen auf ein Blatt Papier und würde morgen, gleich bei Bürobeginn, alle in alphabetischer Reihenfolge anrufen. Erst wollte ich mich erkundigen, wie so ein Detektiv vorging, und natürlich musste ich auch einen Preisvergleich machen.

Am Telefon bekam ich keine Auskunft über die Tarife, also machte ich einen Besuch bei den verschiedenen Detekteien und erklärte meinen Fall. Es war peinlich, aber ich konnte nicht die Katze im Sack kaufen. Die Tarife waren nicht sehr unterschiedlich. Schließlich entschloss ich mich für eine der größeren Detekteien. Da konnte ich sicher sein, professionelle Arbeit geboten zu bekommen, glaubte ich. Außerdem zog ich den unpersönlicheren Ton vor – nur keine Anteilnahme vom Privatdetektiv, das hätte mir noch gefehlt!

Wir verabredeten uns für zehn Uhr. Die Büros lagen im Zentrum, ein modernes Gebäude, die Einrichtung war sachlich und zweckmäßig. An den Wänden hingen hässliche Bilder moderner Künstler, die ich nicht kannte. Die Sekretärinnen waren trotz des warmen Augustwetters ordentlich gekleidet, die Männer alle im Anzug und Krawatte.

Ich wurde von einem Hans Pichler erwartet, der sich als Miteigentümer der Detektei vorstellte. Seine Art war angenehm kühl und sachlich. Er machte einen ordentlichen Eindruck, trug einen hellen Anzug und ein weißes Hemd, allerdings keine Krawatte. Man hätte ihn für einen Bank- oder Versicherungsangestellten halten können. Auf die Brusttasche seines Hemdes war ein Monogramm gestickt: H.P.

Er speicherte meine Angaben direkt in den Computer.

Ein Foto meiner Frau?

Ich holte ein paar Aufnahmen hervor, die Gabi voriges Jahr in Spetses gemacht haben musste. Ein paar schob er gleich kopfschüttelnd zurück. Das Gesicht war zu sehr im Schatten, die Entfernung zu groß. Zum Glück waren ein paar Bilder dabei, die ihm passten. Ich gab ihm auch ein Foto von Gabi und Anna zusammen.

Wer mochte wohl geknipst haben? Dieser Panos?

Ich erwähnte auch, dass Anna wahrscheinlich plante zu verreisen. Er musste sie also schleunigst finden.

Pichler nickte sachlich und steckte die Fotos in einen gro- ßen weißen Umschlag. Er gab mir ein Gefühl der Sicherheit, zugleich verspürte ich eine tiefe Abneigung gegen ihn, weil er jetzt Mitwisser meiner Eheprobleme war und ich seine Hilfe brauchte. Ja, er war mir geradezu verhasst.

Ob er nur die Adresse meiner Frau ermitteln sollte oder ob sie auch überwacht werden müsste? Interessierte mich etwaiges Belastungsmaterial für eine Scheidung?

Ich wollte schon entrüstet den Kopf schütteln, besann mich aber eines Besseren. Man konnte ja nie wissen, und je mehr Material ich in der Hand hatte, desto günstiger war meine Lage.

Ich verließ das Büro, einigermaßen befriedigt, aber mit einem peinlichen Gefühl, als wäre ich in meiner Unterwä- sche auf die Straße gegangen.

Es tat mir einerseits gut, endlich etwas unternehmen zu können, um mein Leben, unsere Ehe und auch Annas Leben wieder ins Lot zu bringen. Andrerseits kochte die Wut auf Anna wieder hoch, die mich gezwungen hatte, so verhasst es mir war, vor einem wildfremden Menschen meine Eheprobleme auszupacken.

Auf dem Nachhauseweg machte ich mehrere Umwege, aber Anna blieb unauffindbar. Schließlich erledigte ich noch ein paar Einkäufe und ging in ein Reisebüro. Ich ließ mir einige Prospekte geben. Wir könnten eine Art Versöhnungsreise machen. Vielleicht auf die Kanarischen Inseln – dort wäre es nicht so schrecklich heiß oder vielleicht die Seychellen oder wäre vielleicht Mauritius das Richtige? Nein, Fernreisen waren nicht mein Ding, lieber etwas weniger Exotisches. Eine Versöhnungsreise – vorausgesetzt ich wollte mich wieder versöhnen. Wir konnten, wenn sie zurückkam, zwar Tisch und Bett teilen, wie man so schön sagt, aber bis zur Versöhnung würde es doch ein langer Weg sein, nach all den grauenhaften Dingen, die sie über mich geschrieben hatte.

Erst musste sie zurückkommen ...

In der Gastronomieabteilung des Supermarktes hatte ich ein ofenfertiges Kartoffelgratin und eine Flasche Weißwein gekauft. Während das Gratin im Rohr allmählich goldgelb wurde, goss ich mir ein Glas Wein ein. Auf der Terrasse sah ich die Post durch, die ich in diesen Tagen nur nach einem Zeichen von Anna durchwühlt und dann auf meinen Schreibtisch geworfen hatte.

Die Werbung ging ungeöffnet in den Papierkorb. Ich kontrollierte die Rechnungen, auch die Telefonrechnung. Das machte gewöhnlich Anna. Ich sah die Telefonnummern durch und fand mehrmals eine unbekannte Vorwahl. Die Beträge waren nicht sehr hoch, bis auf einen, die Nummer immer dieselbe. Ich hätte am liebsten angerufen, um zu sehen, wer sich meldete, aber die Telefongesellschaft hatte die Zahlen nicht vollständig ausgedruckt.

Ich rief die Auskunft an. Die Anrufe waren in die Türkei gegangen.

Die vollständige Nummer konnten sie mir nicht geben. Ich sollte einen schriftlichen Antrag stellen. Auch die

Tatsache, dass ich, der Abonnent, der ja schließlich die Anrufe bezahlte, diese Auskunft benötigte, brachte die blöde Kuh nicht zur Einsicht.

Ich legte verärgert auf. Wenn ich heute noch den Antrag stellte, könnte ich die Auskunft frühestens Ende der Woche oder Anfang nächster Woche erwarten.

Anna hatte mir von der türkischen Familie in Istanbul erzählt, bei der sie einige Tage untergebracht war. Dass sie ständig mit ihnen telefonierte, hatte sie mir verschwiegen.

Vielleicht plante sie, sie zu besuchen?

Ich rief Pichler an. Je mehr Einzelheiten er wusste, desto größer waren die Chancen, dass er sie fand.

Ich deckte den Tisch auf der Terrasse und füllte mein Weinglas wieder.

Der Kartoffelgratin schmeckte wie Sägespäne. Ich hätte gerne etwas Salat dazu gegessen, aber hatte es leider versäumt, welchen einzukaufen. Nach all diesen Jahren musste ich mich plötzlich mit diesem Alltagskram herumschlagen. Wie sollte das weitergehen? Nicht vorzustellen, wie ich das alleine schaffen sollte, wenn die Ferien vorüber waren. Aber bis dann war Anna sicher wieder zurückgekehrt, und inzwischen musste ich mich einfach irgendwie behelfen.

Ich goss mir noch ein Glas Wein ein. Nein, ich durfte mich von diesen Trivialitäten nicht unterkriegen lassen. Es war nur für kurze Zeit.

Ich entfaltete die Zeitung. Im Sommer schienen auch die Journalisten alle auf Urlaub zu gehen. Die einzige nennenswerte Nachricht war die Gefahr, dass wieder Horden von illegalen Einwanderern über die schlecht bewachten italienischen Küsten zu uns kommen könnten. Das hatten wir davon, dass wir uns mit Ländern zusammentaten, in denen es nur Schlendrian und wahrscheinlich auch eine bestechliche Küstenwache gab!

Ich legte die Zeitung wieder weg.

Das Wetter war immer noch prächtig. Ein wenig frische Luft würde mir guttun, ich konnte versuchen, im Grünen ein bisschen zu arbeiten. Vielleicht fand ich endlich meine Konzentration wieder. Vom Detektivbüro war noch keine Nachricht zu erwarten und von Anna mit aller Wahrscheinlichkeit ebenso wenig.

Ich vergewisserte mich, dass der Anrufbeantworter eingeschaltet war, steckte mein Handy ein und fuhr mit dem Wagen bis zum Rand des großen Waldes, der sich im Norden unserer Stadt über die umliegenden Hügel erstreckte.

Es war angenehm kühl im Schatten der hohen Nadelbäume. Der Wald hatte fast kein Unterholz. Das verlockte mich, den Weg zu verlassen. Der Nadelboden war weich und gab bei jedem Schritt ein wenig nach. Es roch leicht modrig, wie nach Pilzen und Holz. Ich genoss den grünen Schatten, die Stille. Ab und zu der Gesang eines Vogels, oder besser gesagt der Ruf oder das Gezwitscher eines Vogels, denn dass sie singen, kann man ja nur von den wenigsten sagen.

Ich weiß nicht, wie lange ich so quer durch den Wald gewandert war. Ich kam auf eine kleine Lichtung und setzte mich auf meine mitgebrachte Wolldecke. Ich versuchte, mich in meine Arbeit zu vertiefen, aber meine Gedanken schwirrten wie eine Schar aufgescheuchter Hühner ungeordnet und planlos durcheinander. Hätte ich Pichler von den Tagebüchern erzählen sollen? Ein Fachmann las ja auch zwischen den Zeilen, möglicherweise hätte er ein paar nützliche Hinweise gefunden?

Nein, ich konnte mir vor diesem Mann nicht auch diese Blöße geben! Sicher litt er unter einer krankhaft perversen Neugierde, sonst hätte er doch nicht gerade diesen Beruf gewählt, wie man ja auch von Gynäkologen sagte, dass es so manchen Wüstling unter ihnen gab. Die letzten Seiten des Tagebuchs hatte ich selbst noch nicht gelesen. Bis jetzt hatte ich mich nicht dazu überwinden können.

Heute Abend würde ich das Tagebuch zu Ende lesen. Es musste sein. Wer weiß, vielleicht enthielt es doch einen Hinweis darauf, wo sie war, was sie vorhatte?

Sicher hatte Gabi Anna von unserer gestrigen Begegnung erzählt. Und bestimmt auch von meinem Ouzo-Rausch vom Samstagabend. Wer weiß, mit welchen Worten, vielleicht sogar Häme, sie unser Gespräch geschildert hatte.

Das Gefühl der Ohnmacht überkam mich wieder.

Ich durfte mich nicht derart quälen! Bald würde alles wieder in seine gewohnten und rechten Bahnen zurückkehren.

Die Luft war allmählich kühl und feucht geworden. Die Baumschatten waren inzwischen so lang geworden, dass kein Sonnenstrahl mehr die Lichtung erreichte.

Ich faltete die Wolldecke und steckte sie in meine Tasche. Mit meiner Arbeit war ich um keinen Deut weitergekommen. Ratlos sah ich mich um. Aus welcher Richtung war ich gekommen? Warum bloß hatte ich den Weg verlassen?

Ich hastete durch das Unterholz. Bald würde es dämmern! Ich war der Panik nahe, als plötzlich ein wild kläffender, fetter Dackel auf mich zulief.

»Rudi, Platz, Rudi!«, rief eine geziert hohe Männerstimme. Hinter den Bäumen kam ein Pärchen hervor. Als sie näher kamen, sah ich, dass es zwei Männer waren. Der eine mit der hohen Fistelstimme hob den unablässig hysterisch bellenden Rudi auf. Er streichelte den fetten Köter, zuckte dabei mit den Schultern – als wollte er sagen, Hunde müssen doch bellen dürfen! – den Kopf ein wenig schief geneigt entschuldigte er sich mit einem affektierten Lächeln.

Ehrlich gesagt konnte ich Homos nicht leiden. Aber das war ja nicht mehr politically correct. Außerdem war ich leider auf ihre Hilfe angewiesen. Also überwand ich mich und fragte sie nach dem Weg.

Es dämmerte bereits, als ich endlich wieder im Auto saß. Plötzlich wurde mir bewusst, dass ich in der letzten halben Stunde zum ersten Mal seit neun Tagen keinen einzigen Gedanken an Anna verschwendet hatte.

Nie, nicht einmal am Anfang und auch nicht während

unserer Hochzeitsreise, noch in all den Jahren unserer Ehe hatte ich so andauernd, so unaufhörlich an Anna gedacht, wie seit dem Augenblick, als sie unsere Wohnung verlassen hatte. Die Luft um mich schien aus ihr zu bestehen, es war wie ein Fieber, das mich ständig begleitete, wie ein Schmerz, von dem mich nichts abzulenken vermochte.

Aus welchem Grund hätte ich mir früher über unsere Beziehung Gedanken machen sollen? Unser gemeinsames Leben verlief ohne Erschütterungen, harmonisch, geordnet, vorhersehbar.

Und glücklich. Jawohl, glücklich!

Das konnte mir niemand ausreden, auch nicht Anna mit ihrem Tagebuch, das doch nur das Zeugnis einer Verblendung war.

Ich war kein Tyrann, ich unterdrückte niemanden, bestimmt nicht Anna. Immer hatten wir unsere Entscheidungen gemeinsam getroffen. Natürlich musste man in der Ehe auch Kompromisse eingehen. Zum Beispiel als wir die Wohnung kauften. Anna hatte ursprünglich ins Grüne ziehen wollen. Sie wünschte sich ein Haus mit Garten und eine Schar Kinder, wie sie es von zu Hause gewohnt war.

Sie sah schließlich ein, wie unpraktisch und aufwendig es gewesen wäre, auf dem Land zu wohnen. Schon der Gedanke, dass ich meine Sonntage mit Unkrautjäten, Umstechen, Rasenmähen und Heckenschneiden hätte verbringen müssen, vertrieb jeden Wunsch nach Naturverbundenheit. Dann noch jeden Tag Stunden im Verkehrsstau zu stecken, jeder Theater- oder Konzertbesuch eine Mühe, besonders im Winter, bei Nebel, Glatteis oder Schneefall!

So einigten wir uns schließlich auf die Stadtwohnung – in bester Lage. Das konnten wir uns mit dem fetten Batzen Geld leisten, den Annas Vater beigesteuert hatte. Auch unsere Möbel haben wir alle gemeinsam ausgesucht, wenngleich ich Anna dabei schon öfters bremsen musste. Ohne mich wäre sie gleich zum besten Möbel-Designer der Stadt gelaufen und hätte die komplette Einrichtung gekauft. Sie ließ sich dann aber doch überzeugen, dass man auch bei Trödlern so manch gutes Stück für einen Pappenstiel erstehen konnte. Wie zum Beispiel die Truhe, die wir bei Bauern gekauft hatten, bei denen wir nach einem Ausflug eingekehrt waren, um uns bei einem Glas Buttermilch auszuruhen. Anna sah die Truhe draußen unter einem Vordach stehen. Das Holz war vom Regen und der Sonne vollkommen gebleicht, ein Bein war morsch und zum Teil abgebrochen. Sie sah aber sofort, dass es ein schönes Stück war, mit einer hübschen Einlegearbeit, das Holz trotz allem noch gut. Sie hatte offenbar ein Auge dafür.

Ich war anfangs etwas skeptisch, weil die Truhe wirklich sehr mitgenommen aussah und ich ehrlich gesagt ihren Wert nicht sah, fragte aber auf Annas Beharren den Bauer, ob er die Truhe verkaufen würde. Der Dummkopf meinte, sie sei nichts wert und überließ sie mir für ein Butterbrot. Anna protestierte leise und wollte, dass ich ihm mehr bezahlte, aber dazu ließ ich mich nicht überreden. Ich hatte damals immer den Dachträger montiert, für genau diesen Fall, dass sich ein Schnäppchen bot, und nahm die Truhe gleich mit, bevor er sich eines Besseren besinnen konnte.

Ja, so war ein Stück nach dem anderen zusammengekommen. Anna hatte von ihren Eltern ein paar Erbstücke bekommen und – gegen meinen Willen – auch ein paar sündteure Design-Möbel erstanden. Das Ergebnis konnte sich sehen lassen. Bei unseren Einladungen entgingen mir die neidischen, aber auch bewundernden Blicke meiner Kollegen und ihrer Frauen nicht. Ich spürte, wie ich in ihrer Achtung stieg – schließlich ist Besitz alles, egal, wie man dazu kommt.

Einmal hörte ich, wie Seegers Frau, die immer gerne kritisierte und sich für eine Stilikone hielt, sagte, sie fände die Wohnung ein wenig unpersönlich. Die Wohnung der Seegers war ja auch total überladen, voller Staubfänger. Ich konnte überfüllte Wohnungen voller Nippsachen und Spitzendecken nicht ausstehen. Die Wände sah ich gerne weiß getüncht ohne Bilderwald. Dass trotzdem ein paar Bilder – nicht viele – in unserer Wohnung hingen, war allein meiner Kompromissbereitschaft zuzuschreiben. Das große Ölgemälde über dem Sofa war überhaupt nicht nach meinem Geschmack. Annas Vater hatte es uns geschenkt, er und Anna hatten es ausgesucht. Wir hätten uns damals beinahe gezankt. Ich war wütend über diese unerhörte Einmischung ihres Vaters. Erst nachdem ich es schätzen gelassen hatte und seinen Wert erfuhr, ließ ich mich überzeugen, es hängen zu lassen. Unsere Freunde bewunderten es durch die Bank, einige Kollegen kannten sogar den Künstler und wussten auch, was es wert war. Na ja, damit war das Thema begraben.

Sollte Anna auf all das verzichten wollen – oder mich vielleicht gar zwingen auszuziehen? Vielleicht in ein möbliertes Studio Nie, um nichts auf der Welt! Sie hatte mich verlassen, sie war der schuldige Teil!

Hatte ich dem Detektiv ausreichend eingeschärft, wie dringend es war, dass er Anna fand?

Vielleicht sollte ich ein bisschen nachhelfen?

Ich beschloss, bis morgen zu warten. Bestimmt machte er bereits Feierabend.

Irgendetwas musste ich inzwischen unternehmen.

Was vergab ich mir, wenn ich in Gabis Viertel ein wenig spazieren ging?

Als ich die Straße erreichte, in der Gabi wohnte, rief ich bei ihr an.

»Hallo Friedrich!«, meldete sie sich.

Ich hatte nicht bedacht, dass sie meine Nummer gespeichert hatte. Am liebsten hätte ich einfach aufgelegt, stattdessen sagte ich: »Entschuldige Gabi, der Anruf ist versehentlich abgegangen.« Jetzt war ich wenigstens sicher, dass sie zu Hause war.

Ich stellte mich in einen Hauseingang gegenüber von Gabis Wohnung und wartete. Ein paar Leute kamen und gingen. Hin und wieder auch ein Mann ohne Begleitung. Einer hatte einen Blumenstrauß in der Hand. Für Gabi? Oder gar für Anna?

Ich wurde müde. Wenn ich mich bloß hätte setzen können!

Erst jetzt bemerkte ich, dass ein paar Häuser weiter ein kleines Café offen war.

Als ich das Lokal betrat, wurde zum Glück gerade ein Tisch am Fenster frei. Von hier aus konnte ich sehen, dass in Gabis Wohnung Licht brannte, aber die Vorhänge zugezogen waren.

Ich bestellte und sah mich in dem gemütlich eingerichteten Café um. Als ich meine Gabel in den heißen Apfelstrudel versenkte, saß mir plötzlich Gabi gegenüber. Sie winkte grüßend der Kellnerin zu, die freundlich zurückwinkte.

»Hat dich der Apfelstrudel in mein Stammcafé gelockt?« Sie sah mich verärgert an. Ich spürte, wie mir die Röte der Wut ins Gesicht stieg.

Die Kellnerin kam und fragte, ob sie ihr etwas bringen dürfte. Aber Gabi blickte nur kurz auf und schüttelte den Kopf. »Danke. Jetzt nicht.«

Sie ließ mir keine Zeit für Erklärungen. Es hätte keinen Sinn, dass ich sie belauerte, Anna sei nicht bei ihr. Ich sollte um Gottes willen ein wenig Haltung bewahren! Sie würde es sich verbitten, dass ich ihr nachspionierte. »Anna will allein sein und vielleicht könntest du endlich einmal ihre Wünsche respektieren!«

Ich war nie besonders schlagfertig und jetzt hatte es mir die Sprache verschlagen. Nichts war mir verhasster, als dieser süffisante, belehrende Ton, der mir gegenüber in Annas Familie – wo alle die Nase mächtig hoch trugen – immer wieder durchklang. Sie sprach zwar leise, aber die Kellnerin stand nur wenige Meter abseits und hörte mit offenem Maul zu.

So unerwartet, wie Gabi hereingeschneit war, verschwand sie auch wieder.

Ich saß in meiner Beschämung wie versteinert und

begann automatisch meinen inzwischen erkalteten Apfel-
strudel aufzuessen, obwohl ich Mühe hatte zu schlucken.
Ich hätte gerne einen Cognac getrunken, aber nach dieser
Blamage wollte ich nur weg aus dem Lokal, weg aus dieser
Straße und dem ganzen Stadtviertel.

Ich zahlte und irrte eine Weile blind vor Wut durch die
Straßen. All diese Demütigungen! Ich schwor mir, dass ich
Anna eines Tages dafür die Rechnung präsentieren würde.
Ich hatte ein Gedächtnis wie ein Elefant, wenn mir jemand
Unrecht tat!

Schließlich betrat ich eine mir unbekannte Kneipe, in der
nur ein paar Gäste – dem Aussehen nach allesamt alte Trun-
kenbolde – saßen, und bestellte ein kleines Bier und einen
Schnaps. Nach dem dritten Schnaps bat ich den Barkeeper,
mir ein Taxi zu bestellen. Die drei Schnäpse, das Bier, der
Ärger von vorhin und der Waldspaziergang hatten mich total erschöpft. Ich nahm ausnahmsweise den Lift, denn
meine Beine hätten mich nie und nimmer in den vierten
Stock getragen.

Kein Blinken auf meinem Anrufbeantworter, natürlich.
Und wie immer schwieg das Handy. Sollte ich wieder Anna
anrufen? Vielleicht hatte sie ihr altes Handy irgendwo liegen und warf ab und zu einen Blick darauf?

Ich rief an und hinterließ meine immer gleichbleibende
Nachricht: »Anna! Bitte melde dich endlich!«

Mit letzter Kraft streifte ich meine Kleider ab, legte mich
ins Bett und schlief sofort ein.

KAPITEL 10

Ich hatte wieder vergessen, die Vorhänge zu schließen, sodass mich das graue Licht der Morgendämmerung weckte. Ich hatte schlecht geschlafen. Selbst nachts schienen meine Gedanken – womöglich auch meine Träume – um Anna zu kreisen. Noch bevor ich richtig wach war, fühlte ich schon dumpf den Schmerz. Und immer öfter auch die Wut. Zehn Tage waren es, dass Anna die Wohnungstür hinter sich zugezogen hatte. Zehn Tage waren es heute.

Was waren objektiv gesehen zehn Tage? Andere Ehepaare trennten sich manchmal für ein oder mehrere Jahre, bevor sie wieder zueinanderfanden. Aber ich konnte Anna nicht so ohne weiteres gehen lassen, als läge mir nichts an ihr. Ich musste an ihrer Seite bleiben, ihr helfen. Ich konnte ihr Weggehen nicht einfach akzeptieren. Über kurz oder lang würde sie mir dafür dankbar sein.

Der Schnaps von gestern Abend musste von guter Qualität gewesen sein, denn ich hatte heute keine Kopfschmerzen. Die Episode im Café mit Gabi erschien mir nun nicht mehr peinlich, sondern war, im hellen Morgenlicht besehen, nur ein kleiner Ausrutscher. Konnte es mir jemand verübeln, dass ich wissen wollte, wo sich meine Frau herumtrieb?! Hatte ich nicht jedes Recht darauf? Und wer war Gabi, um sich ein Urteil über mich erlauben zu können?

Ich braute mir einen Tee, bestrich zwei Scheiben Roggenbrot mit Butter und Honig und nahm die Abschrift von Annas Tagebuch aus meiner Schreibtischschublade.

Es musste sein.

11.2. Nasse, dunkle Wintertage. Ich vermeide, so oft es geht, die gemeinsamen Fernseh...(abende). F. sieht es nicht gern, dass ich abends weggehe. Schon die Abende mit meinen ...(Freundinnen) waren Anlass zu mehr als einem Streit. Wenn ich abends länger im Büro bleibe, weil ich an einem Fall arbeite, dann beklagt er sich, als hätte ich ein lästiges Hobby, das mich von meinen wirklichen Pflichten fernhält. Selbst wenn er abends arbeitet, will er, dass ich zu Hause bleibe. Früher hätte ich nachgegeben, aber jetzt tue ich einfach so, als hörte ich sein Murren und Schimpfen (wo musst du denn immer hinrennen? Ist es dir daheim nicht gut genug? Kannst du dich denn nicht mit dir selbst beschäftigen?) nicht. Es ist eine Frage des Gleichgewichts – früher wog der ...(häusliche) Friede mehr und für ihn verzichtete ich. Jetzt sind mir die Abende so unerträglich geworden, dass ich auf den Frieden verzichte. Zweimal wöchentlich Fitness (was ist denn das schon wieder für eine Neuigkeit? Dieser Körperkult! Musst du denn jede Mode mitmachen? – und natürlich: Was kostet das denn schon wieder?), manchmal ein Kino, Theater, das ...(Konzertabo) mit F., für das er sich im letzten Jahr kein einziges Mal freimachen konnte. (Das können wir uns im nächsten Jahr sparen!) Dass ich das Abo nur für mich kaufen könnte, kam ihm nicht in den Sinn. An den Abenden, an denen ich zu Hause bin, arbeitet er bis spät oder sieht fern. Gesprochen wird kaum mehr, unsere ...(Beziehung) ist kühl und höflich. Seit Oktober, seit unserem »Friedens...(schluss)« haben wir nicht mehr miteinander geschlafen. Eine neue Fremdheit herrscht zwischen uns. Ich könnte in mein Arbeitszimmer ziehen, denn F. wird ganz bestimmt nicht auf seines verzichten. Der Streit ist vorgeplant ...

Nein, getrennte Zimmer wollte ich nicht. Außerdem war unsere Wohnung nicht groß genug. Meine Mutter hatte trotz der ständigen Prügel bis zu Vaters Tod sein Bett geteilt. Sie hatte natürlich keine andere Wahl gehabt, denn in unserer Wohnküche schlief ja schon ich. Ja, Annas Eltern hatten getrennte Schlafzimmer. Kein Wunder bei dem riesigen Haus und auch weil das laute Schnarchen meines

Schwiegervaters meine Schwiegermutter seit Jahren gezwungen hatte, Ohrenstöpsel zu verwenden. Das hatte mir Anna einmal verraten.

Die Vorbereitung eines neuen Studienganges und meine Artikel für die verschiedenen Konzerne hatten mich im vergangenen Winter sehr in Anspruch genommen. Ich hatte diese hektische Betriebsamkeit beinahe vergessen. Natürlich hatte es mir nicht gepasst, dass sie abends ständig unterwegs war. Die Unruhe wäre jedem unerträglich gewesen, umso mehr, als ich ja wirklich unter Druck stand.

15.2. Ein Wochenende bei meinen Eltern. Meine Mutter rät mir zu ...(Geduld). Die Ehe verlange viele Opfer und Selbst...(disziplin) von uns. Von den Frauen versteht sich. Wozu Opfer, Selbstver...(leugnung), Hingebung? Der heiligen Ehe willen? Warum rät mir meine Mutter nicht, das Glück zu suchen, den Sprung zu wagen, den sie sich wahrscheinlich unseretwegen, der Kinder wegen, ...(versagt) hatte? Warum will sie, dass ich – die sie doch über alles liebt – dieselben Opfer bringe, dasselbe Unglück auf mich nehme wie sie? Ist es die Angst vor dem Unbekannten? Der Wunsch, mich in Sicherheit zu wissen? Lebens...(angst)? Oder unbewusste Rachsucht?

Anna hatte also auch bereits ihre Mutter in ihre erfundenen Eheprobleme eingeweiht. Annas Mutter war zum Glück eine intelligente Frau, sie wusste, wo das wahre Glück lag. Sie hatte ihren Mann nicht verlassen, obwohl sie – im Gegensatz zu Anna – viele Gründe gehabt hätte und jetzt genoss sie die Früchte ihres Lebens, einen großen Wohlstand, einen im Alter ruhiger gewordenen Mann, der jedoch immer noch Leben in ihr Heim brachte. Was hätte sie denn von einer Trennung gehabt? Mehr Ruhe, sicher, aber dann die Einsamkeit, finanzielle Zwänge, ein monotones Leben und als Abwechslung vielleicht manchmal eine kleine Busreise mit anderen alleinstehenden älteren Damen? War da ihre Ehe nicht tausendmal besser? Mit einem Mann, der mit ihr im großen Mercedes zur Kur und nach

Italien fuhr, teure Fernreisen machte und die Rechnung der schönen Hotels, der besten Restaurants und Boutiquen bezahlte?

Wie sollte sie Anna raten, »den Sprung zu wagen«, »ihr Glück zu suchen«? Sie müsste von Sinnen sein!

10.3. Ich fahre während der ...(Osterfeiertage) für drei Wochen in die Türkei. Eine Reise, die die Rechtsanwaltskammer organisiert, um mit türkischen Kollegen über die Arbeit in einem fast autoritären System ohne unabhängige Justiz zu diskutieren, verbunden mit einer kleinen Rundreise zu den wichtigsten Sehenswürdigkeiten. Drei Wochen frei! Drei Wochen weg von unserer ...(Routine), von den schweigsamen Mahlzeiten. Drei Wochen ohne F.! Ich habe mich einfach angemeldet, ohne es vorher mit F. zu besprechen, ihn zu fragen, ob es ihm passt. Er hätte sicher zahllose Ein...(wände) vorgebracht, denn ihn für drei Wochen im Voraus zu versorgen, ist unmöglich. Ich habe Irina gezeigt, wie Friedrichs Hemden zu bügeln und zu falten sind. Natürlich wird sie es ihm nicht recht machen, denn seine Hemden zu bügeln ist eine ...(Kunst), die nur seine Mutter und inzwischen auch ich beherrschen. Gleich nach der ...(Hochzeits)reise war sie bei uns zu Besuch, um mich in diese Kunst einzuführen. F. hatte seine Mutter dieses einzige Mal eingeladen und nur für zwei Tage, damit sie mich kennenlernen konnte, denn zur ...(Hochzeit) war sie nicht gekommen. F. hatte gesagt, sie sei krank gewesen und zu schwach, um zu reisen.

Heute denke ich, dass er sie nicht eingeladen hatte, damit niemand von den Gästen, vor allem von seinen Kollegen erfuhr, aus welch einfachem Haus er kam. Sie hatte es akzeptiert, dass F. sie aus seinem Leben verbannte, damit sie seine neue ...(Fassade) nicht ins Wanken bringen konnte.

Seine Mutter erschien mir wie ein kleines Spatzenweibchen, das einen Kakadu aus...(gebrütet) hatte. Sie bewunderte ihren Kakadu und erwartete sich keinerlei Dank. Sie war damals vor allem gekommen, um mich, die ...(verwöhnte) Bürgerstochter, in alle Dinge einzuweihen, die der Kakadu für sein Wohlbefinden

brauchte. Seine Lieblings...(speisen), seine Hemden, wie seine (ge-
bügelten!) Socken einzuordnen, die Wohnung in Ordnung zu
bringen war, und vor allem, wie man sparsam ...(wirtschaftet).
Und ich einfältiges Gretchen habe mich tatsächlich bemüht, so gut
ich konnte. Warum? Warum? Warum habe ich das alles akzep-
tiert, als wäre ich ein wirbelloses ...(Kriech)tier? Genoss ich es,
mich unterzuordnen? Sollte das ein Liebesbeweis sein? Warum
habe ich nicht auch meine Wünsche und Vorlieben auf einem Sil-
berteller präsentiert und verlangt, dass er sich gefälligst daran
hält?

Damals hatte ich noch nicht erkannt, dass ich gedemütigt und
auf sein ...(Niveau) hinabgezogen werden sollte. Es musste doch
eine gewaltige Genug...(tuung) für F. gewesen sein als Sohn eines
Säufers, der seine ganze Jugend von seinen Kameraden ...(gehän-
selt) worden war, die Tochter eines berühmten Rechtsanwalts in
seine persönliche Putzfrau zu verwandeln! ...

In meine persönliche Putzfrau! Was war absonderlich
daran, dass Anna meine Hemden bügelte und für mich
kochte? Was war daran demütigend? War das nicht in allen
Ehen unseres Bekanntenkreises so? Überdies hatten wir ja
Irina, unsere Haushaltshilfe. Sie brauchte sich also gar nicht
selbst zu bemühen!

Was waren alle diese Klagen und Nöte? Vorwände, Trivialitäten des Ehelebens, die jedes Ehepaar tagaus tagein erfuhr.

14.3. Morgen fliegen wir. Als ich F. sagte, dass ich für drei
Wochen verreise, gab es einen Riesenkrach. Noch nie hatte ich ihn
so außer sich gesehen, keine Spur mehr von seiner kühlen Be-
herrschtheit. Er hatte regelrecht Schaum vor dem Mund, das Ge-
sicht hochrot und einen Augenblick hatte ich Angst vor ihm. Zu-
erst wollte er mir die Reise einfach verbieten, aber als ich sagte,
das ginge nicht mehr, ließ er zum ersten Mal seine künstliche Fas-
sade fallen. Am liebsten hätte er mich wohl verprügelt wie sein
seliger – oder besser gesagt – unseliger Vater. Prolet bleibt Prolet,
sagt Gabi immer. Wir sprechen nur mehr das Notwendigste.

Ich habe Irina gebeten, jeden Morgen zu kommen, um sauber-
zumachen und zu kochen – das konnte F. allerdings nicht be-
schwichtigen. Im ...(Gegenteil). Er würde das nicht bezahlen, was
mir denn einfiel, ohne zu fragen zu verreisen und ihm obendrein
noch ...(Unkosten) zu verursachen! Warum Unkosten?, habe ich
gefragt. Irina ist ja schon immer nur auf mein Konto gegangen.
Wie immer ist es letztendlich eine Frage des Geldes und seiner
...(Bequemlichkeit). Es ist ihm natürlich gelungen, mir Schuldge-
fühle zu verursachen. Es hatte nicht viel gefehlt und ich hätte
mich im letzten Moment wieder ...(abgemeldet). Aber diesmal
lasse ich mich nicht zurechtbiegen! ...

»Prolet bleibt Prolet!« Diese Scheißsnobs! Was hatte sie
sich denn erwartet? Dass ich Ja und Amen sagen würde, als
sie mir verkündete, sie würde drei Wochen allein verreisen!

Das Telefon klingelte.

Pichler war es offenbar irgendwie gelungen, Gabis Telefon abzuhören und heute früh hätte er ein Gespräch zwischen Gabi und Anna mitgeschnitten. Anna wollte schon
morgen verreisen. Über das Reiseziel hätten sie leider nicht
gesprochen. Anna hatte nur erwähnt, dass sie das Flugti-
cket gekauft hatte. Es war ihm nicht gelungen, Annas Adresse auszukundschaften, aber die beiden Frauen hätten
sich zum Mittagessen verabredet. Wann er mir das aufge-
zeichnete Telefongespräch übergeben dürfte? Könnte ich es
einrichten, in einer halben Stunde im Café Corso in der
Müllerstraße zu sein?

Wie gut, dass ich mich an einen Privatdetektiv gewendet
hatte! Warum hatte ich das nicht sofort getan? Nutzlos
meine Zeit verwartet, auf Anrufe oder Annas Rückkehr gehofft und nichts unternommen!

Vielleicht war es noch nicht zu spät. Wenn Anna sich mit
Gabi zum Mittagessen traf, konnte ich ihr auflauern, versuchen, alleine mit ihr zu reden, und der Schnüffler konnte ihr
nachgehen und herausfinden, wo sie wohnte.

Ich rasierte mich in Windeseile und zog mich an.

Während ich die Treppe hinunterlief, kämmte ich eilig die Haare und knotete meine Krawatte.

Die Hausmeisterin starrte mich richtig aufdringlich an, und ihr »Guten Morgen, Herr Professor!«, war zugleich Frage, Mutmaßung und schamlose Neugierde.

Das Wetter hatte umgeschlagen. Es war windig und bewölkt, die Luft herbstlich kühl. Ich war froh, dass sich der strahlende Sommerhimmel endlich mit Wolken bezogen hatte.

Pichler war noch nicht da. Ich setzte mich an einen Fensterplatz und bestellte eine Tasse Milch. Sie beruhigte meinen Magen und außerdem entgiftete sie mich von dem vielen Alkohol und den Zigaretten der letzten Tage.

Der Schnüffler war bereits fünf Minuten verspätet. Ich hätte mir die Raserei sparen können.

Jetzt sah ich ihn gemütlich die Straße überqueren. Er blieb einen Augenblick im Eingang des Cafés stehen, bemerkte endlich mein Handzeichen und setzte sich mir gegenüber.

Er bestellte einen Kaffee – erwartete er, dass ich ihn einlud, oder war das in seinem Honorar inbegriffen?

Er bezahlte zu meiner Erleichterung sofort. »Ich habe den Mitschnitt auf eine CD gebrannt«, sagte er und überreichte mir die CD.

»Wo haben sie sich verabredet? Um wie viel Uhr?«

»Im Akropolis am Stadtgraben, um halb eins.«

Er hatte vor, die beiden Frauen während des Essens zu belauschen. Auch um endlich Annas Reiseziel zu erfahren.

Ich schüttelte den Kopf. Nein, ich würde selbst ins Akropolis gehen. Um keinen Preis wollte ich die Chance versäumen, Anna zu sprechen. Ich würde sie sicher zur Einsicht bringen. Dann gab es keine Reise und ich brauchte auch Pichler nicht mehr.

Der Privatdetektiv schüttelte zweifelnd den Kopf. Er sah offenbar die Möglichkeit, gratis in den Süden zu reisen, in Rauch aufgehen!

Aber der Kunde war ich. Ich bezahlte und ich bestimmte!

Ich schaute auf die Uhr. Es war ein Viertel nach zehn. Ich hatte ausreichend Zeit, mir vorher das Gespräch anzuhören. Ich musste hören, was sich Anna und Gabi sagten, welchen Ton Annas Stimme hatte. Klang sie glücklich oder deprimiert? Hatte sie ihren Schritt schon bereut?

Ließ ihr Stolz sie nicht zurückkehren? Wahrscheinlich wartete sie nur auf ein Zeichen von mir!

Ich ging schnell nach Hause, lief sogar ein Stück, kam aber bald außer Atem.

Ich fuhr mit dem Aufzug, um Zeit zu sparen, und weil ich immer noch ein wenig kurzatmig war.

Das erste mitgeschnittene Telefongespräch – wie hatte der Schnüffler das überhaupt bewerkstelligt? – war von gestern und zwischen Gabis Mutter und Gabi. Ich hätte das Gespräch gerne übersprungen, aber wagte es nicht, aus Angst, für mich Wichtiges zu überhören.

Meine Schwiegermutter klagte über Hüftschmerzen. Die Schmerztabletten wirkten nicht mehr wie früher. Gabi wollte sie zum Orthopäden begleiten. Sie sprach geduldig und liebevoll.

Eine Anmeldung beim Friseur.

Ein kurzes, belangloses Gespräch mit einer gewissen Inge oder Ingrid.

Eine Nachricht von einem Mann mit einem unverständlichen ausländischen Namen und einem ausländischen Akzent, der für ein paar Tage in der Stadt sein würde und sie für den nächsten Tag, also heute, zum Abendessen einlud.

Schon wieder ein neuer Freier – dabei waren noch nicht einmal die Spuren ihrer tollen Liebesnächte mit diesem Stavros abgeklungen!

Und siehe da, auch eine Nachricht von ihm! »Hello Gabi, Stavros. I'll call you later.«

Dann Gabis Rückruf an den Ausländer und eine Verabredung für heute Abend.

Gleich darauf Gabis Rückruf an Stavros. »Oh hello, Gabi!

How are you?« Schien sich ja ehrlich über ihren Anruf zu freuen. Vielleicht doch ein wenig mehr, als nur eine Bettgeschichte. Und der Ausländer? Kein Wunder, dass Anna auf abwegige Gedanken gekommen war!

»Are you already in bed?«, wollte er wissen. Mhm, sie schien sich zu räkeln. Jetzt fragte er, was sie trug. Ich hatte Mühe mit seinem Akzent. Er sagte etwas über den Träger ihres Nachthemdes. Sollte sie ihn abstreifen? Er sprach von ihrer Brust. Ich konnte nicht alle Worte verstehen, obwohl ich mehrmals zurückgespult hatte. Von ihrer Haut, von ihren Schenkeln. Das Wort »thigh« verstand ich erst beim dritten Mal. Seine Aussprache war wirklich schauderhaft!

Ich hatte nie gedacht, dass man sich am Telefon lieben könnte. Natürlich hatte ich früher auch hin und wieder am Telefon geplänkelt, Dinge gesagt, die nicht für alle Ohren bestimmt waren. Dieses Gespräch aber überstieg an Erotik alles, was ich bis jetzt gelesen, gehört oder gesagt hatte.

Ich schwankte zwischen Neugierde und Widerwillen. Die Phantasie der beiden fesselte mich. Sie flüsterten sich Worte zu, die ich nach neun Jahren Ehe nicht sagen könnte, die mir gar nicht in den Sinn kämen! Sie erregten sich an der eigenen und der Phantasie des anderen.

Mir war plötzlich heiß. Ich stellte den CD-Player ab und öffnete das Fenster. Ich ging ein paarmal auf und ab, bis ich mich halbwegs wieder beruhigt hatte. Sie sagten sich im Grunde genommen doch nichts als Schweinereien. Dass Gabi es so trieb, hatte ich ja nicht ahnen können. Wer weiß, welch pikante Details sie Anna erzählte! Diese Frau kam mir nicht mehr ins Haus!

Endlich kam das Gespräch mit Anna. Sie hätte sich entschlossen, sie würde morgen fliegen.

»Bist du sicher?« Gabi schien sie nicht gerade zu ermutigen.

»Ja. Der Entschluss ist gefasst. Richtig oder falsch – wie soll ich es je wissen, wenn ich es nicht versuche?«

Gabi lachte. »Wir werden sehen. Ich drücke dir die

Daumen, dass es der richtige Entschluss ist. Und wenn nicht, kommst du eben wieder zurück! Wenn du Hilfe brauchst, kannst du mich ja anrufen.« Warum sagte sie ihr nicht, dass sie zu mir zurückkommen sollte? Kein einziges Wort von alledem, was ich ihr ausführlich und gründlich erklärt hatte. Nicht einmal einen Psychiater empfahl sie ihr.

Sie verabredeten sich zum Mittagessen im Akropolis. Um halb eins.

Keine von beiden hatte das Reiseziel erwähnt. War es möglich?

Ich spulte nochmals zurück, musste mir wieder den letzten Teil des Pornogesprächs mit anhören, verstand jetzt auch ein paar Worte mehr als vorher. Dann kam nochmals das Gespräch mit Anna. So aufmerksam ich auch mithörte, das Reiseziel blieb ein Geheimnis.

Als wüssten sie, dass ich mithörte.

Ich sah auf die Uhr. Es war höchste Zeit, wenn ich Anna noch vor ihrer Verabredung mit Gabi sprechen wollte.

Auf dem Weg zum Akropolis überlegte ich fieberhaft.

Was sollte ich tun? Ihr nachreisen? Den Schnüffler hinterherschicken?

Nein, ich musste sie überzeugen, nicht zu fliegen. Und wenn sie sich nicht überreden lassen sollte? Dann war es das Beste, Pichler mitzuschicken. Mich würde sie ja sofort entdecken. Notfalls konnte ich nachkommen.

Was würde mich das wohl kosten? Alles bloß wegen einer dummen Laune oder besser gesagt, wegen ihrer Starrköpfigkeit. Im Grunde hatte sie diese Trennung gewiss schon satt, aber konnte oder wollte es sich nicht eingestehen!

Wer weiß, in welcher tristen Pension sie jetzt wohnte oder vielleicht in irgendeinem mit Ikea-Möbeln eingerichteten Studio am Stadtrand. Sicher fehlte ihr längst unser schönes Heim und Angst vor der Zukunft hatte sie nach dieser Kurzschlusshandlung wohl auch schon beschlichen. Zu Recht, denn man brach nicht ungestraft einen Vertrag. Die

140

Ehe ist ein Vertrag und wir hatten ihn vor Gott und den Menschen unterzeichnet und besiegelt. Bis dass der Tod uns scheidet!

Wie sollte ich mich jetzt Anna gegenüber geben? Nachsichtig? Liebevoll? Streng?

Am besten eine Mischung aus streng und liebevoll.

Es war ein Viertel nach zwölf, als ich vor dem Restaurant ankam. Sollte ich so tun, als würde ich zufällig im Akropolis mittagessen? Anna wusste, dass ich die griechische Küche nicht vertrug und nicht mochte. Die in Öl schwimmende Moussaka mit ihrer Béchamelhaube oder die verkochten Maccheroni mit dem ranzigen Ragout des Pastizzi verursachten mir beim bloßen Anblick Übelkeit.

Es war besser, ich sprach Anna vor dem Restaurant an, ohne Gabis Beisein.

Neben dem Akropolis war glücklicherweise ein Reisebüro, von dem aus ich die Straße beobachten konnte. Als mich eine Angestellte nach meinen Wünschen fragte, erkundigte ich mich nach Billigurlauben. Für unsere Versöhnungsreise.

Ich steckte wahllos ein paar Prospekte ein.

Als das Reisebüro schloss, waren weder Anna noch Gabi eingetroffen. Ich stand unschlüssig vor dem Schaufenster, tat, als würde ich die Prospekte studieren und wartete. Von Pünktlichkeit hielten scheinbar beide wenig.

»Hallo Friedrich! Wartest du auf jemanden?« Wie kam es, dass mich Gabi immer durchschaute? Mit ihren schwindelerregenden Stöckeln war sie fast so groß wie ich und sah mir gerade in die Augen. Diesmal errötete ich allerdings nicht. Unwillkürlich musste ich an ihr Pornogespräch mit diesem Griechen Stavros denken. Ich verneinte kühl und deutete auf die Prospekte unter meinem Arm. Ob sie Lust hätte, mit mir zu essen?

Ein anderes Mal, sie war heute schon verabredet. Mit einem burschikosen Tschiao und einem Hüftschwung verschwand sie im Restaurant.

Plötzlich stand Anna vor mir. Sie trug einen dunkelblauen Blazer über einem hellblauen Pulli und Jeans. Sie erschien mir schlanker – die Trennung hatte wohl auch an ihr gezehrt. Schließlich warf man nicht einfach neun Jahre harmonische Ehe über Bord.

Ich gab mich überrascht.

»Anna!« Sie schreckte zusammen. Sie schien ein wenig fassungslos. Ich hatte sie überrumpelt. »So eine Überraschung!« Ich bemühte mich vergeblich, meiner Stimme einen herzlichen Ton zu geben. »Wie geht es dir?«

»Danke, gut.«

»Warum hast du dich nicht gemeldet? Ich habe dich unzählige Male zu erreichen versucht und mir solche Sorgen um dich gemacht!«

Sie seufzte und schüttelte den Kopf, als wollte sie sagen, selber schuld.

»Anna, ich verstehe, dass du in einer Krise steckst. Ich akzeptiere, dass du eine Zeit allein sein möchtest. Aber einen Anruf hin und wieder könntest du mir doch zugestehen!« Sie blickte mir kurz in die Augen und schüttelte wieder den Kopf.

»Friedrich, ich hab dir gesagt, dass ich allein sein will. Ich will meine Entscheidungen treffen, ohne, dass du versuchst, mich zu beeinflussen oder umzustimmen.« Dabei streckte sie die Hand nach der Tür des Restaurants aus, als wäre sie ein Rettungsring. Ich sprach schnell, denn ich befürchtete, Gabi könnte nach ihr Ausschau halten.

»Du hast mir so gefehlt, Anna! Mein Leben ist drunter und drüber. Ich muss mit dir reden. Könnten wir nicht irgendwo in Ruhe zusammen etwas essen?«

»Nein, ich bin verabredet.«

»Mit Gabi, nicht wahr? Ich sah sie vorhin hineingehen. Sag ihr einfach ab! Unsere Ehe, unser gemeinsames Leben ist doch wichtiger als eine Verabredung mit Gabi!«

Sie schüttelte störrisch den Kopf. »Nein, Friedrich, ich sag ihr nicht ab. Natürlich ist unsere Ehe wichtiger, aber ich will jetzt nicht mir dir über unsere Ehe sprechen! Ich habe es oft versucht, aber du warst ja nie zu einem Gespräch bereit.«

»Wie lange willst du allein bleiben? Eine Woche, einen Monat? Was soll inzwischen aus mir werden? Wie lange soll das so weitergehen?«

»Friedrich, ich bin ausgezogen, weil ich mein Leben, unsere Ehe allein überdenken will. Also, lass mich jetzt ...«

Die Wut stieg in mir hoch. Sie benahm sich wie ein störrisches Kind. Ich hätte sie am liebsten am Arm gepackt und nach Hause gebracht, aber ich musste mich ja beherrschen, um nicht alles zu verderben.

»Lass uns wenigstens nachher zusammen eine Tasse Tee trinken! Nur eine halbe Stunde! Das kannst du mir nicht abschlagen! Im Café Radetzky um drei Uhr.« Ich beugte mich vor, um ihr einen Kuss zu geben, aber sie wich zurück, als wäre ich eine Klapperschlange und flüchtete ins Restaurant.

Ich zog mein Handy heraus und rief Pichler an. Es war doch besser, er behielt sie im Auge. Ich durfte nichts riskieren.

Es war inzwischen ein Uhr. Ich ging ziellos durch die Straßen und setzte mich schließlich in ein Gasthaus. Das Lokal war gut besucht. Ich bekam einen kleinen Tisch neben dem Kücheneingang und bestellte ein Naturschnitzel mit Reis. Da konnte nicht viel schiefgehen, dachte ich. Doch als es dann kam, steckte das Schnitzel in einer mit Fett vollgesaugten Mehlpappe, die ich umständlich abkratzen musste, und der Reis war ein unförmiger Klumpen. Ich sehnte mich nach Annas leichter, gesunder Küche. Hoffentlich gelang es mir, sie bei unserem Treffen zur Vernunft zu bringen.

Während der Mahlzeit versuchte ich, mir das Gespräch mit Anna auszumalen. Ich würde mich verständnisvoll zeigen, auf sie eingehen, ihre Probleme, so unbedeutend ich sie auch finden mochte, ernst nehmen. Sie sollte einsehen, dass sie sich ein falsches Bild von mir gemacht hatte. Ob es mir gelingen würde, sie in der kurzen Zeit umzustimmen? Ich musste ihre Unsicherheit nutzen, ihre Schuldgefühle mir gegenüber. Denn Schuldgefühle musste sie haben, schließlich verließ man seinen Mann nicht ohne ein echtes Motiv nach neun Jahren, ohne sich ein einziges Mal zu melden und nachzufragen, wie er denn allein zurechtkam!

Ich war schon um halb drei im Café Radetzky. Vielleicht kam sie ein wenig früher. Ich wählte einen Tisch fern der Fenster und der zum Glück spärlichen Gäste, damit keine neugierigen Ohren mithören konnten. Am liebsten wäre ich natürlich mit ihr zu uns nach Hause gegangen, denn ein so privates Gespräch an einem öffentlichen Ort zu führen, war mir im Grunde zutiefst zuwider.

Als sie in das Café Radetzky trat, sprang ich auf und lief ihr entgegen.

»Ich bin froh Anna, dass du gekommen bist!«

»Du hast mir ja keine Wahl gelassen!« Sie hatte ihr Trotzkopf-Gesicht aufgesetzt. Vermutlich hatte ihr Gabi ordentlich ins Gewissen geredet, sich nur ja nicht von mir umstimmen zu lassen. Sicher hatte sie ihr von meinem Ouzo-Rausch am Samstagabend erzählt und den Tagebüchern, wenn sie es nicht schon längst getan hatte.

»Komm, setz dich.« Ich flüsterte fast, damit auch sie ihre Stimme senkte. Ein paar Köpfe hatten sich schon nach uns umgedreht.

»Gabi sagte, du wolltest verreisen. Darf ich wissen, wohin du fährst?«

Anna schüttelte den Kopf. »Nein.« Wieder das störrische Kind.

»Anna, so hab doch ein wenig Vertrauen zu mir! Was ist mit dir passiert? Du gehst einfach fort nach all den Jahren, ohne Vorwarnung, ohne einen wahren Grund. Du willst nichts mehr mit mir zu tun haben und behandelst mich, als wäre ich ein Fremder! Was steckt dahinter? Ein anderer Mann? Sag mir die Wahrheit!« Die Worte sprudelten aus

144

mir heraus. Dabei hatte ich mir vorhin genau zurechtgelegt, was ich sagen wollte.

Ihr Gesicht wurde noch verschlossener. Sie starrte an mir vorbei und schüttelte den Kopf. »Nein Friedrich. Den Grund habe ich dir schon gesagt.«

»Anna, sieh mich an! Sei ehrlich! Hast du mich wegen eines anderen verlassen? Du bist mir eine Erklärung schuldig.«

Sie musterte mich einen Augenblick. »Nein, Friedrich. Wir haben uns auseinandergelebt. Wahrscheinlich haben wir nie wirklich zusammengepasst. All diese Jahre habe ich mich immer angepasst, immer deinen Wünschen und deinen Bedürfnissen den Vorrang gegeben, während du meine Bedürfnisse als Lappalien abgetan hast. Meine Wünsche hast du nur respektiert, wenn sie mit deinen übereinstimmten. Und das war nicht oft der Fall. Ich will mein eigenes Leben leben, so wie du dein Leben lebst, und nicht nur ein kleines Beiwerk in deinem sein!«

»Ein kleines Beiwerk? Anna, wie kannst du so etwas sagen? Ich habe dich mehr respektiert als die meisten Männer ihre Frauen! Wie viele Männer schlagen ihre Frauen, betrügen sie und die Frauen bleiben trotzdem bei ihnen. Siehst du nicht ein, dass deine Vorwürfe gegen mich haltlos sind? Anna, glaube mir, deine Probleme haben nichts mit uns zu tun. Es sind die Vorboten deiner Wechseljahre! Weißt du, wie viele Frauen sich in deinem Alter in einer ähnlichen Verfassung befinden wie du? Geh doch zu deiner Gynäkologin oder zu einem guten Psychiater und lass dir helfen, bevor du dein und mein Leben ganz zerstörst.«

Anna schüttelte den Kopf und stand auf. »Es hat keinen Sinn Friedrich. Wir sprechen zwei verschiedene Sprachen. Wie immer willst du mich oder kannst du mich nicht verstehen!«

Ich lief ihr bis zur Tür nach. »Anna, so warte doch noch einen Augenblick. Lass uns in Ruhe reden!«

Aber sie war schon auf der Straße. Der Kellner verstellte

mir drohend den Weg. Hielt er mich etwa für einen Zechpreller? Ich bezahlte eilig. Er öffnete gemächlich seine Bauchtasche und zählte mir betont langsam den Rest auf die Hand.

Als ich das Café verließ, war Anna nirgends mehr zu sehen.

KAPITEL 11

Ich lief in den Straßen auf und ab und hielt nach Anna Ausschau, bis es zu dunkeln begann und die Geschäfte schlossen. Ich war müde, fühlte mich leer.

Morgen flog sie für wer weiß wie lange weg. Ließ mich allein zurück. Nicht einmal ihr Reiseziel wollte sie mir sagen.

Ich musste versuchen, mir ein Essen zu bereiten. Ich überlegte gerade, wie man Kartoffeln kochte – mit der Schale oder ohne? Stellte man sie in heißem oder kaltem Wasser auf? –, als das Telefon klingelte.

Anna! Bestimmt hatte sie nicht das Herz, im Bösen mit mir zu verreisen, und wollte Frieden schließen.

Nein, ich hatte mich wieder in ihr getäuscht. Es war Pichler.

Er hatte Annas Adresse. Sie wohnte in der Seilergasse, mitten in der Altstadt. Sehr malerisch, aber bestimmt sehr unbequem. Ohne Aufzug, wahrscheinlich ohne Zentralheizung und vielleicht sogar ohne Bad! Umso besser! Je schlechter sie untergebracht war, desto früher würde sie sich nach unserer schönen Wohnung sehnen und reumütig zurückkehren.

Pichler hatte Glück gehabt und im Restaurant einen Tisch direkt neben Anna und Gabi bekommen. Anna flog in die Türkei. Ich hatte richtig geraten! Morgen Nachmittag. Nach Bodrum – der Name war mir unbekannt. Ich musste gleich den Ort googeln. Herr Pichler sagte, es sei ein Badeort südlich von Izmir.

Hatte er sonst noch etwas Wissenswertes mitgehört?

Nein, denn als er ins Akropolis gekommen war, waren die beiden Frauen bereits beim Dessert angelangt. Gabi hatte, während sie das Mousse au Chocolat aß und einen griechischen Kaffee trank, von ihrem Bekannten erzählt, mit dem sie heute Abend essen ging.

Der Mann mit dem ausländischen Namen.

Ich überlegte fieberhaft. Was sollte ich tun? Sofort in die Seilergasse laufen und Anna mit nach Hause nehmen?

Nein, sie war heute Mittag und noch mehr heute Nachmittag derart starrköpfig, dass ich befürchtete, sie noch mehr gegen mich einzunehmen. Ich konnte sie ja leider nicht zwingen und vernünftigen Argumenten schien sie im Augenblick nicht zugänglich zu sein.

Ich hatte keine andere Wahl, ich musste Pichler mit- oder nachschicken. Was immer es kosten mochte. Wenn ich im Augenblick ihre Pläne nicht ändern konnte, musste ich wenigstens über sie wachen, denn die Türkei war kein ungefährliches Land! Attentate, Millionen von Flüchtlingen und ein Willkürherrscher, der die Menschen unter fadenscheinigen Vorwänden einsperrte. Auch Ausländer.

Wie war sie auf diesen Ort gekommen? Hatte sie während ihrer Reise zu Ostern davon reden gehört? Hatten ihre neuen türkischen Freunde ihr den Ort empfohlen? Der Reiz des einfachen Lebens, der Drang nach dem Süden! Wie kitschig-romantisch!

Schon damals in Ägypten hatte sie ständig bedauert, dass wir uns nur die berühmten Sehenswürdigkeiten ansahen. Stattdessen wollte sie sich in die schmutzigen Straßencafés setzen, um Tee oder frisch gepressten Orangensaft zu trinken und mit den Leuten zu plaudern. Aus dem Bazar war sie kaum mehr herauszukriegen und musste sich unbedingt noch in ein Café setzen, wo einmal irgendein ägyptischer Schriftsteller seinen Kaffee getrunken hatte. Ich hatte den Namen des Schriftstellers noch nie gehört, aber meine Kollegen, allen voran Seeger, kannten ihn natürlich – ein Nobelpreisträger!

Und schon hockten wir in dem Lokal, indem ohne Zweifel Millionen Kakerlaken wie die Maden im Fett lebten. Wir hatten damals einen regelrechten Streit. Ich fuhr doch nicht nach Ägypten, um Ägypter kennenzulernen! Mir reichten die Scharen Kinder, die ständig Bakschisch, Bakschisch riefen oder die aufdringlichen Männer in der Nähe der Monumente, die uns unentwegt irgendwelche kitschigen Souvenirs verkaufen wollten.

Sollte sie doch ihren Traum verwirklichen, in einer kleinen Pension wohnen, sich gestikulierend mit der Wirtin unterhalten, ungewaschene Kinder streicheln.

Wenn sie das brauchte, sollte sie es doch versuchen! Wenn sie dann nachts wegen der Wanzen nicht schlafen konnte, wegen der Läuse ihr Haar schneiden musste, das Bett hüten, weil sie vom Essen Durchfall bekam, dann würde sie schon zur Einsicht kommen.

Sie hatte Glück, denn ich war nicht bereit, sie hilflos ihrem Leichtsinn auszuliefern. Ich hatte dem Schnüffler eingeschärft, ihr ständig an der Seite zu bleiben und sie zu schützen. Von den Türken hörte man ja immer wieder Schreckliches – Frauenraub, Mord, Vergewaltigungen! Anna war zwar kein junges Mädchen mehr, Vorsicht war aber trotzdem geboten.

Wie es Pichler gelungen war, einen Platz auf demselben Flug wie Anna zu bekommen, war mir ein Rätsel. Überhaupt schien er versteckte Fähigkeiten zu besitzen. Es war Hochsaison, und die Türkei war trotz aller Gefahren ein beliebtes Urlaubsziel. Egal, das war nicht meine Sache, dafür kassierte er ja ein saftiges Honorar!

Anna war allein geflogen. Ich hatte ihr gar nicht so viel Selbständigkeit zugetraut. Meine größte Befürchtung war, Gabi könnte sich im letzten Moment entschließen, mit ihr zu reisen. Ich war erleichtert, denn wer weiß, wozu sie sich von Gabi hätte überreden lassen.

Somit war sie allein. Allein am Strand, allein im

Restaurant, allein beim abendlichen Spaziergang – das würde sie bald satthaben. Länger als eine Woche würde sie das nicht ertragen.

Das war dann der richtige Augenblick für mich, ihr nachzureisen, um sie wieder nach Hause zu bringen. Wenn sie von der Einsamkeit, den aufdringlichen Türken und der Langeweile mürbegemacht sein würde.

Zuerst aber musste ich auf den Bericht Pichlers warten. Um für alle Fälle bereit zu sein, legte ich mir ein paar Sachen zurecht, die ich in die Türkei mitnehmen würde. Immer, wenn ich verreiste, begann ich Tage, manchmal auch schon ein paar Wochen vorher, das Notwendige vorzubereiten, das dann Anna überprüfte, ergänzte und geschickt in Koffern verstaute. Ich verreiste nicht gern. Schon gar nicht allein. Fremde Länder, deren Sprache ich nicht verstand, verunsicherten mich.

Ich war unruhig, machte mir Sorgen um Anna – zum Glück war Pichler in ihrer Nähe.

Trotzdem. Diese Farce zog sich unnötig in die Länge und kostete allmählich eine Menge Geld. Wer weiß, was sie für die Wohnung in der Seilergasse bezahlte, die jetzt auch noch leer stand?!

Ich hatte der Versuchung nicht widerstehen können und war gestern Vormittag hingegangen. Es war ein schönes Barockhaus, voller Erker und Girlanden mit einer kunstvoll restaurierten Fassade. Auch die Wohnungen schienen – von den Fensterrahmen und -läden zu schließen, renoviert zu sein. Da Anna ja erst am Nachmittag geflogen war, hatte ich gehofft, sie noch einmal zu sehen. Ich durfte nichts unversucht lassen, musste einen letzten Anlauf machen, ihr die Augen über die Unsinnigkeit ihres Vorhabens öffnen. Ich studierte die Namensschilder neben dem Eingang, aber ihr Name war nicht dabei. Wahrscheinlich wohnte sie zur Untermiete. Ich wagte es nicht, aufs Geratewohl überall zu läuten, und blieb vor der Haustür stehen. Sicher musste sie ein paar Besorgungen der allerletzten Minute machen.

Ich hatte Pech. Anna ließ sich nicht blicken, dafür parkte kurz nach zwölf Gabi ihr Auto auf der gegenüberliegenden Straßenseite und ich schaffte es in letzter Sekunde, mich in den kleinen Bäckerladen nebenan zu retten, um nicht schon wieder Gabis spitze Bemerkungen ertragen zu müssen. Das war allerdings eine Kurzschlusshandlung, denn ich hätte sofort hinter Gabi die Treppen hinauflaufen müssen, um ein letztes Mal mit Anna reden zu können. Nun war es zu spät.

Als die beiden Frauen mit Annas Gepäck ein wenig später aus dem Haus traten, ging ich auf Anna zu und versperrte ihr den Weg. »Anna, ich bitte dich, mach keinen Unsinn. Komm wieder nach Hause! Wie kannst du mir das antun?!«

Anna hatte mich einen Augenblick überrascht angestarrt. Aber dann wurde ihre Miene ärgerlich. »Friedrich, bitte, lass mich! Hör endlich auf, mir ständig aufzulauern!«

Gabi musste sich auch noch einmischen. »Aber Friedrich, lass sie doch in Ruhe! Kannst du es nicht akzeptieren, dass sie einmal nicht das tut, was du willst?«

»Gabi, halte dich da heraus! Unsere Ehe geht dich nichts an! Eine gute Schwester bist du, das muss ich schon sagen! Anstatt ihr aus dieser Krise zu helfen, versuchst du, sie noch tiefer hinabzustürzen. Du konntest es wohl nicht ertragen, dass es ihr besser ging als dir!«

Gabi sah mich böse an. »Besser!«, äffte sie mich mit einem künstlichen Lachen nach. Ich glaubte noch ein leises: »Arschloch!«, gehört zu haben, aber vielleicht täuschte ich mich. Sie drehte mir den Rücken zu, als wäre ich Luft und fügte laut hinzu: »Anna, komm, du versäumst sonst deinen Flug!«

»Anna, bleib hier! Glaubst du, du findest so dein Glück? Du zerstörst alles, was wir gemeinsam aufgebaut haben. Anna, ich brauche dich. Komm nach Hause, sei doch vernünftig!«

Aber Anna rollte ihren silbergrauen Hartschalenkoffer,

den Gabi ihr vor ein paar Jahren zu Weihnachten geschenkt hatte, über die Straße und verstaute ihn, ohne mir zu antworten, im Kofferraum.

Gabi hatte inzwischen den Motor gestartet. Ich stellte mich zwischen Anna und das Auto, aber Gabi öffnete ihr den Wagenschlag, und Anna entschlüpfte mir und stieg ein.

»Anna!«, rief ich dem davonfahrenden Wagen hinterher. Ein paar Passanten sahen neugierig zu mir herüber. Ich erhaschte einen letzten Blick von Anna. Es fiel mir schwer, ihn zu deuten, aber ein gewisses Schuldbewusstsein war nicht wegzuleugnen.

Natürlich hatte ich mir keine großen Hoffnungen für diese kurze Begegnung gemacht. Wenn es mir jedoch gelungen war, Annas Schuldgefühle ein wenig zu schüren, hatte ich etwas erreicht.

Trotzdem war ich am Boden, als ich langsam nach Hause zurückkehrte. Es war mir nicht gelungen, Gabi als Verbündete zu gewinnen, im Gegenteil, sie und sicher auch Annas Freundinnen bestärkten sie auch noch in ihrem plötzlichen Freiheitsdrang, anstatt ihr klarzumachen, dass die ersehnte Freiheit sie gewiss nicht glücklich machen würde.

Es waren fast vierundzwanzig Stunden seit Annas Abreise vergangen, aber immer noch kein Wort von Pichler. Wir hatten uns geeinigt, dass er mich per Mail – vorausgesetzt die wussten dort unten, was das war – oder per Telefon auf dem Laufenden halten würde. Aber mit der Kommunikation schien es nicht zu klappen, denn er hätte mir ja wenigstens den Namen ihres Hotels durchgeben können. Vielleicht hatte er sie aus den Augen verloren und meldete sich deshalb nicht?

Bis morgen würde ich ihm Zeit lassen, dann musste ich etwas unternehmen. Und spätestens in drei Tagen würde ich Anna nachreisen.

Ich ging wieder in das Reisebüro neben dem griechischen Restaurant und erkundigte mich, ob sie Angebote für

Bodrum hatten. Alle Angebote sahen einen Mindestaufenthalt von einer Woche vor. Die Flüge ohne Hotel waren teurer als die Pauschalreisen. Verrückt. Ich hatte keine Lust, eine Woche in diesem Fischerkaff zu bleiben, aber ein Hotel musste ich auf jeden Fall vorher buchen. Der nächste Charterflug ging kommenden Samstag, es waren noch wenige Plätze frei. Ich erkundigte mich in zwei weiteren Reisebüros. Die hatten aber keine Angebote für Bodrum. Ich hätte gerne sofort gebucht, aber da das Reisebüro auch gleich eine Anzahlung verlangte, beschloss ich, erst auf den Bericht des Schnüfflers zu warten.

Am nächsten Morgen traf die erste Mail aus Bodrum ein. Der Detektiv teilte mir den Namen des Hotels mit, in dem sich Anna eingemietet hatte. Sie beabsichtigte, zwei bis drei Wochen zu bleiben. Auch die Telefonnummer seines Hotels hatte er vermerkt.

Warum wohnte er nicht im selben Hotel?

Wahrscheinlich hatte er so mehr Bewegungsfreiheit. Sicher wusste er, was er tat.

Ich googelte Annas Hotel und notierte mir die Telefonnummer und die Vorwahl für die Türkei und Bodrum. Das Hotel sah recht passabel aus, die Zimmer modern und geräumig, das Frühstücksbüffet reichlich, ein schöner Pool in einem Garten, gratis WiFi – immerhin! Obwohl die Fotos bestimmt »geschönt« waren – die Kakerlaken und Wanzen fotografierte man ja nicht.

Ich wählte die Nummer. Nur um einmal zu sehen, ob sich überhaupt jemand meldete. Es gab mir das Gefühl, in Annas Nähe zu sein. Ich hätte ihr Zimmer verlangen und mit ihr reden können.

»Seastar Hoteli ...« Die Frau sagte etwas auf Türkisch. Ich zögerte einen Augenblick und legte wieder auf.

Ich musste mich mit Geduld wappnen. Das fiel mir extrem schwer, denn die ganze Sache war total absurd! Ich war unglücklich, sie war unglücklich. Nur war sie zu stolz, es einzugestehen. Es war wie ein sinnloses Spiel, dessen

Ausgang man längst kannte, aber trotzdem zu Ende spielen musste.

Ganz abgesehen von der finanziellen Seite. Manchmal, wenn ich nachts wach lag und im Kopf überschlug, was mich das alles kostete, allem voran natürlich der Privatdetektiv, samt Flug, Hotel, Spesen etc. wurde mir richtig schwindlig.

Wenn sie erst wieder zu Hause war, dann musste auch dies einmal gesagt werden. Sie benahm sich wie ein kapriziöses, launisches Kind und ich musste die Folgen tragen!

Ich rief Pichler an. Er war nicht im Hotel.

Am nächsten Morgen hatte ich mehr Erfolg. Seine Stimme klang, als hätte ich ihn aus dem Schlaf geklingelt, dabei war es nach türkischer Uhrzeit bereits acht Uhr früh!

Für mein schönes Geld konnte ich doch erwarten, dass er nicht bis spät in den Tag hinein schlief!

Anna ginge es gut. Ihr Hotel hätte Charme, was immer das heißen mochte. Ja, es sei auch sauber. Sie verbrächte die meiste Zeit mit einer Gruppe Türken, einem Ehepaar und zwei Frauen, die alle so zwischen dreißig und fünfzig waren. Sie wohnten nicht im Hotel, sondern in einer nahegelegenen Villa. Auch abends ginge sie mit ihnen aus. Ja, bis spät in die Nacht. Die Unterhaltung sei problemlos, da alle Englisch und einige sogar Deutsch konnten. Anna könnte auch ein paar Worte Türkisch. – Türkisch? Seit wann konnte Anna Türkisch? Wer waren diese Freunde? All das in drei Wochen Türkeiaufenthalt? – Nein, die Freunde sahen nicht aus wie Frauenhändler, auch nicht wie Drogenhändler, auch keine Hascher. Er meinte eher Journalisten oder Akademiker.

Anna hätte mehrere Telefonanrufe aus Istanbul erhalten und selbst dort angerufen. Die Nummer war dieselbe, die auf meiner Telefonrechnung aufschien. Der Abonnent war ein gewisser Cem Nebioğlu. Pichler musste mir den Namen buchstabieren.

Morgen würden sie eine Bootsfahrt machen. Sie hätten

154

eine dieser Gulettas gemietet und würden den ganzen Tag unterwegs sein. Nein, ich konnte beruhigt sein, ein Kapitän würde das Boot steuern. Ja, natürlich ein Türke.

Der Mann war ein Volltrottel – wie sollte ich beruhigt sein? Alles schien sich gegen mich zu wenden! Hätte nicht das Hotel schäbig sein können, die Gäste langweilig, das Meer verschmutzt? Dann wäre dieser Albtraum jetzt zu Ende.

Was sollte ich tun? Pichler meinte, ich sollte abwarten. Er hatte sicher recht, jetzt war es sinnloser denn je, ihr nachzureisen. Sicher genoss sie die neu entdeckte Freiheit in vollen Zügen. Mit mir wäre sie bestimmt nicht bis in die Morgenstunden ausgegangen. Ich ging immer gerne früh zu Bett, auch im Urlaub. Meist lasen wir noch. Auch Anna hatte nie viel für nächtliches Herumschwärmen übrig gehabt. Aber jetzt musste sie ja alles anders machen!

Ich hatte meinen Flug nun doch für morgen, Dienstag, gebucht. Heute Vormittag meldete der Detektiv, dass Anna wie immer gestern Abend nach der Bootsfahrt mit ihren Freunden ausgegangen sei. Dieser Cem Irgendwas war inzwischen zur Gruppe gestoßen. Er und Anna schienen gut befreundet zu sein, denn er hätte sich den ganzen Abend fast ausschließlich mit Anna unterhalten. Zum Glück wohnte er nicht in Annas Hotel, sondern bei seiner Mutter in einer kleinen Villa am Stadtrand.

Ich vermutete, dass Anna ihn auf ihrer Türkeireise kennengelernt hatte. Vielleicht waren sie Kollegen. Was hätten sie sich sonst zu sagen gehabt, zwei Menschen aus zwei grundverschiedenen Welten?! Mir würde kein einziges Gesprächsthema in den Sinn kommen.

Cem, Cem, dieser Name, ich hatte ihn doch schon ... ja, natürlich! Das Foto in Annas Heft! Ich rannte in unser Schlafzimmer, riss die Schublade von Annas Nachttisch auf und wühlte nach dem Heft. Richtig, es war der kleine Junge, der schelmisch in die Kamera lächelte. To Anna, Cem!

Das also war des Pudels Kern! Also doch ein anderer Mann! Und ich, der blauäugige, gutgläubige Ehemann saß zu Hause, während sie sich mit dem Türken vergnügte! Von wegen Schuldgefühle und Niedergeschlagenheit!

Das Blut war mir in den Kopf geschossen. Belogen hatte sie mich, belogen und betrogen! Sie müsste über uns nachdenken, wieder zu sich finden – in den Armen eines anderen!

Ich ging ins Bad und wusch mir das Gesicht mit kaltem Wasser.

Ich musste meine Phantasie im Zaum halten. Der Schnüffler hatte nichts von Ehebruch gesagt, nur von Telefonanrufen und Gesprächen.

Leider gab es dienstags keinen Flug nach Bodrum. Die Dame im Reisebüro konnte mir aber ein preiswertes, sogenanntes Last-Minute-Angebot nach Izmir mit Transfer in das Hotel in Bodrum anbieten. Es wären nur 250 km, beschwichtigte mich die Dame. Ich hatte keine Wahl und kaufte sofort den Flug samt Hotel. Auch wenn Anna keine Affäre mit diesem Türken hatte, so war es doch höchste Zeit, dass ich nach dem Rechten sah.

Jetzt, da die Entscheidung getroffen war, fühlte ich mich zwar ruhiger, zugleich aber auch nervös. Ich muss gestehen, ich litt unter Reisefieber, sogar vor kleineren Reisen. Es hatte keinen Sinn zu arbeiten. Ein Bericht über Appetithemmer, Sättigungskapseln und Anorektika war in zwei Wochen fällig und ich hatte noch nicht einmal damit begonnen. Natürlich hatte ich eine gewisse Übung inzwischen, trotzdem erforderten diese Berichte viel Konzentration, um auf dem schmalen Grat zwischen Werbung und wissenschaftlicher Arbeit nicht zu straucheln.

Ich packte ein paar Unterlagen in meinen Koffer, vielleicht fand ich in der Türkei – nach der Aussprache und Versöhnung mit Anna – endlich die nötige Ruhe.

Ich hätte Pichler fragen sollen, wie alt dieser Cem Nebelreiher, oder wie immer er hieß, war und wie er aussah. Es war mir peinlich gewesen. Das war natürlich dumm von mir, es stand mir zu, zu wissen, mit wem meine Frau verkehrte! Ich stellte ihn mir vor, klein, dunkel, mit einem riesigen schwarzen Schnurrbart. Ich sah mir nochmals das Kinderfoto an. Es war nicht zu erkennen, wann die Aufnahme gemacht worden war. Bei uns wäre der Stil altmodisch, aber in der Türkei machte man vielleicht immer noch solche Fotos. Ich schätzte, dass die Aufnahme wohl um die fünfzig Jahre zurückliegen mochte, also war er nicht mehr der Jüngste. Vielleicht hatte er auch ein paar Goldzähne, Orientalen schienen ein Faible dafür zu haben, sogar goldene Schneidezähne hatte ich schon gesehen.

Ich musste Vertrauen zu Anna haben. Sie war eine Frau von Klasse. Nicht vorzustellen, mit einem Türken!

Wie würde sie reagieren, wenn ich plötzlich vor ihr stand? Früher hätte ich mir eine solche Frage nie gestellt, denn es war außer Frage, dass sie sich immer freute, mich zu sehen. Aber jetzt war sie ja so verändert. Außerdem schien sie sich ohne mich, bestens zu unterhalten. Ob sie an mich dachte? Sicher nicht unentwegt wie ich an sie.

Diese ständigen Zweifel zermürbten mich. Ich konnte es nicht ertragen, mich in unserer Ehe nicht mehr zurechtzufinden, mir Annas Gefühle nicht mehr sicher sein zu können. Mit Wehmut dachte ich an früher, als wir noch eine klare Beziehung hatten, ohne Überraschungen, ohne Ungewissheiten.

Ich erwachte im Morgengrauen. Mein Flug ging erst kurz nach Mittag, aber das Reisefieber trieb mich aus dem Bett. Der Koffer war gepackt. Ich überlegte immer wieder, was ich vergessen haben konnte. Es fiel mir schwer, mich zu konzentrieren. Gewöhnlich hatte Anna immer geprüft, ob wir alles Nötige dabeihatten.

Ich hatte reichlich Zeit und beschloss, kurz in mein Büro zu gehen. In den letzten Tagen hatte ich dazu keine Kraft gefunden.

Ein kühler, lästiger Nieselregen schlug mir entgegen. Die Treppen und Gänge der Universität waren fast menschenleer. Ich hätte es nicht ertragen, mich mit meinen Kollegen über ihre Reisen und Familien zu unterhalten. Ich sah meine Post durch. Es war nichts dabei, das nicht eine Woche warten konnte.

Ich war schon wieder fast am Ausgang, als ich beinahe mit Frau Dr. Kuhn zusammenstieß. Sie war seit ein paar Jahren Assistentin von Prof. Franzens, eine sympathische, gut aussehende junge Frau, ungefähr Mitte dreißig. Ihr Mann hatte sich eine andere angelacht und sie sitzengelassen, dieser Schuft. Sie wirkte sehr gepflegt und war immer elegant gekleidet, nicht wie so viele Frauen hier an der Universität, die in Klamotten herumliefen, die sie nur auf dem Flohmarkt gekauft haben konnten.

Sie begrüßte mich fast herzlich und erkundigte sich nach Anna und ob wir einen schönen Sommer verbracht hatten. Um ein Haar hätte ich mich ihr anvertraut. Aber die Vorstellung, dass die Nachricht wie ein Lauffeuer durch die Lehrsäle und Büros gehen würde, die mitleidigen Blicke der Kollegen und Kolleginnen, die kaum verborgene Freude, dass es nicht sie getroffen hatte und die Anmaßung, dass das allein ihr Verdienst war, hielt mich in letzter Minute zurück. Ich verschwieg also, dass Anna ausgezogen war, und erwähnte nur, dass ich ihr morgen nachreiste. Der Gedanke, Gegenstand von geheucheltem, ja auch echtem Mitgefühl oder gar hämischen Klatsches zu werden, war mir ein unbeschreiblicher Gräuel. Schon deshalb hoffte ich, Anna zur Vernunft zu bringen, damit mir dies erspart blieb.

Frau Dr. Kuhn wünschte mir gute Reise und drückte mir – wie mir schien – mit großer Herzlichkeit die Hand. Ich musste mein Unglück offenbar groß auf meiner Stirn stehen haben!

Als ich wieder zu Hause war, stellte ich mich vor den Spiegel im Schlafzimmer und prüfte aufmerksam meine Erscheinung. Ich hatte abgenommen, mein Gesicht wirkte eingefallen und hager. Mein Hemd war zwar sauber, aber die Bügelfalten meiner Hose ließen einiges zu wünschen übrig.

Es war höchste Zeit, dass Anna wieder nach Hause kam!

Auf meinem Anrufbeantworter war eine kurze Nachricht vom Detektiv. Er würde mich morgen im Hotel erwarten und über die letzten Entwicklungen unterrichten. Seine Stimme klang neutral wie immer. Was konnte er mit »letzten Entwicklungen« gemeint haben? Warum hatte er sich nicht deutlicher ausgedrückt?

Ich rief ihn sofort an, aber bekam nur seine Mailbox. Ich versuchte es nochmals vom Flughafen aus, wieder nichts. Diese Zweifel machten mich wahnsinnig.

KAPITEL 12

Während des Fluges stellte ich mir vor, wie überrascht Anna sein würde, wenn ich plötzlich in ihrem Hotel auftauchte, und wie ich die Überraschung am besten nutzen konnte. Darüber war ich eingeschlafen. Jetzt saß ich mit anderen Touristen im Bus nach Bodrum. Die Klimaanlage schien nicht zu funktionieren, denn die Luft war heiß und stickig. Ich krempelte die Ärmel meines Hemdes hinauf, das voller Schweißflecken war.

Die Fahrt dauerte gute drei Stunden. Die Landschaft war hügelig und überraschend grün. Wir fuhren durch kleine Dörfer und Städte. Überall gab es unvollendete Bauten. So war das in diesen Ländern. Erst fing man einmal groß zu bauen an, dann ging das Geld aus, und überall standen dann diese Betonruinen herum, aus denen die verrosteten Betonstangen ragten! Dazwischen gab es armselige Hütten, aber überraschenderweise auch ein paar recht schmucke Häuser.

Die Straße war kurvenreich, der Fahrer fuhr wie ein Wahnsinniger. Ich hatte nicht die Absicht, eines der sicher zahllosen Verkehrsopfer hier zu werden und ging nach vorn zum Fahrer. »Slow!«, sagte ich, und als er nicht reagierte, wiederholte ich nochmals und ein bisschen lauter: »Slow«, und fügte hinzu: »Langsam!« Aber der Fahrer ignorierte mich einfach und überholte gerade in einer vollkommen unübersichtlichen Kurve einen langsam kriechenden Laster, der uns in schwarze Abgaswolken hüllte, um dann wie bei der Achterbahn den Berg hinabzurasen.

Mir wurde übel. Die anderen Fahrgäste schienen ihren Spaß zu haben. Ein Franzose sagte etwas, das ich nicht verstand, die anderen lachten. Ich kehrte zu meinem Platz zurück und schloss die Augen.

Ich dachte wieder an Anna. Wie viele Zwiegespräche hatte ich im Geiste mit ihr in diesen Tagen geführt. Ich war ehrlich in mich gegangen, hatte mein Verhalten ihr gegenüber kritisch geprüft, konnte jedoch beim besten Willen nichts finden, das ihr Gehen rechtfertigen würde. Wir hatten seit dem vergangenen Winter nicht mehr miteinander geschlafen. Sechs oder sieben Monate. Vielleicht acht. Gut, darüber hätten wir reden sollen, aber war das ein Grund zu gehen? Wie sah es denn in anderen Ehen aus?

Dachte Anna, dass die Wogen der Leidenschaft ein Leben lang anhalten würden? Da täuschte sie sich aber gründlich!

Ich war ein Perfektionist und zugegebenermaßen manchmal ein bisschen pedantisch. Ja, das war ein Fehler – aber wer war frei von Fehlern? Dafür trank und rauchte ich nicht – einmal abgesehen von dieser letzten Zeit ohne Anna. Ich rannte nicht hinter anderen Frauen her, verprasste nicht unser Geld mit aufwendigen Hobbys. Ich war häuslich und treu.

Vielleicht hatte ich mir zu wenig Zeit für sie genommen, hatte mich zu sehr von meiner Arbeit, von meinen Studenten in Anspruch nehmen lassen. Natürlich wusste ich, dass Frauen gerne umworben sein möchten. Ich hatte geglaubt, Anna hätte Verständnis für meine Arbeit. Ich hatte sie überschätzt.

Es hatte keinen Sinn, die Vergangenheit zu zerpflücken, wir mussten über unsere Zukunft reden. Ich war bereit, Anna Zugeständnisse zu machen, in einem vernünftigen Rahmen.

Sollte ich sie gleich heute Abend aufsuchen? Ja, je früher, desto besser. Ich könnte meinen Koffer abladen und sofort mit dem Detektiv in ihr Hotel gehen. Ich sah auf die Uhr. Es wurde allmählich spät. Hoffentlich war sie nicht schon ausgegangen.

Ich holte den kleinen Notizblock hervor, den ich immer bei mir trug, und machte mir ein paar Notizen, Schlagwörter, um sicher zu sein, keines der Argumente zu vergessen, über die ich mit Anna sprechen wollte.

Mein letztes Treffen mit Anna hatte mich verunsichert. Sie war so verändert, dass ich nicht mehr wusste, wie ich mich ihr gegenüber verhalten sollte.

Wie hasste ich diese Unsicherheit!

Ich beschloss, mich einsichtig und geduldig zu geben, das war wohl das Beste. Auf keinen Fall durfte ich es zu einem Streit kommen lassen. Sie musste einsehen, dass ich nicht ihr Feind, sondern ihr Freund war, dass ich es gut mit ihr meinte.

Die Sonne ging gerade unter, als wir endlich die Halbinsel erreichten, auf der Bodrum lag. Die Straße verlief jetzt das Meer entlang. Eine türkisblaue Bucht reihte sich an die andere. Auch hier wurde überall gebaut. Eine Unzahl von geklonten einstöckigen Schachtelhäuschen überzog die an das Meer grenzenden Hügel. Zum Teil noch im Rohbau, zum Teil bereits bewohnt, mit blühenden Hibisken und Bougainvilleas in den winzigen Gärten. Die Strände waren um diese Uhrzeit fast menschenleer, im Wasser da und dort ein Boot.

Der Fahrer meldete: »Bodrum«, und alle sahen aus dem Fenster. Es war kein Fischerkaff, sondern ein kleines Städtchen, das alte Halikarnassos, wie ich in meinem Führer gelesen hatte, Geburtsort von Herodot und Grabstätte von Mausolos. Vom Mausoleum, einem der sieben Weltwunder, schien es aber kaum mehr Reste zu geben.

Von der Anhöhe sah man ein Gewirr von weißen Häusern, ein paar schmale Minarette und davor eine weite Doppelbucht voll bauchiger Segelboote, deren Lichter im letzten Schein der Dämmerung funkelten und leuchteten. Auf einer kleinen Landzunge, die die große Bucht zweiteilte,

162

stand das wuchtige, von den Malteser Rittern erbaute Kastell, das theatralisch gelb angestrahlt war. Die Häuser lagen bereits in tiefer Dämmerung, gelb leuchtete das künstliche Licht aus den Fenstern und darüber wölbte sich ein noch hellblauer Abendhimmel. In einer anderen Gemütsverfassung hätte ich ein paar Fotos gemacht, aber es war nicht der richtige Augenblick. Außerdem stürmte der Bus bereits die Anhöhe hinunter.

Wir fuhren zum Busbahnhof, wo ein paar Passagiere ausstiegen. Es war ein großer staubiger Platz, an dessen Rand sich Kaffeebuden mit ihren kleinen Tischen aneinanderreihten. Kleine und große Busse und Taxis fuhren kreuz und quer über den Platz, dazwischen in ständiger Lebensgefahr die Koffer schleppenden Passagiere. Die Fahrzeuge hupten durchgehend in verschiedenen Tonlagen. So in etwa stellte ich mir die Hölle vor.

Endlich fuhren wir weiter.

Mein Hotel lag ein wenig erhöht in der Nähe der Marina. Der Bus hielt vor der hell erleuchteten breiten Glastür. Die Halle war voller Menschen in sommerlich bunten Verkleidungen.

Ich wollte mich gerade nach Pichler umsehen, da kam er bereits auf mich zu. Ich war erleichtert, ihn zu sehen, zugleich ein wenig peinlich berührt, wie bei jeder Begegnung, ja sogar bei jedem Telefongespräch mit ihm. Im Grunde genommen verachtete ich ihn wegen seines Berufes und gleichzeitig verachtete ich mich, dass ich es ihm erlaubt hatte, in meinem und Annas Leben herumzuspionieren. Anna hatte mich mit ihrem Verhalten leider dazu gezwungen, ihretwegen hatte ich Dinge getan, derer ich mich bis vor Kurzem nicht für fähig gehalten hätte.

Ich fragte ihn sofort nach »den letzten Entwicklungen«. Er winkte ab. Das hätte Zeit. Ob ich mich vor dem Abendessen ein wenig ausruhen wolle? Ich wollte mich wenigstens duschen, aber war es nicht schon sehr spät?

Pichler meinte, dass man hier bis tief in die Nacht hinein

essen konnte. Nein, Anna würde ich heute Abend nicht in ihrem Hotel antreffen. Sie sei vor einer Stunde ausgegangen. Ob er ihr nicht gefolgt sei? Ja, sie sei bei ihren Freunden.

Nein, im Beisein anderer wollte ich ihr nicht gegenübertreten. Ich musste wohl oder übel bis morgen warten. Oder ich könnte mich in die Halle ihres Hotels setzen und mich nicht von der Stelle rühren, bis sie kam. Ich durfte auf keinen Fall aus Ungeduld unsere erste Begegnung verspielen.

Die lange Fahrt und die Hitze hatten mich ermüdet. Ich sah mich nur flüchtig in meinem Hotelzimmer um, prüfte nicht wie sonst die Bettwäsche und die Handtücher und kontrollierte auch nicht, wie viel Staub unter dem Bett lag.

Ich duschte mich lauwarm, zog ein frisches Hemd an und kehrte in die Halle zurück.

Leider hatte es bei dem Last-Minute-Angebot keine Hotels mit Voll- oder Halbpension gegeben, was ich immer vorzog, weil es praktischer und gewöhnlich auch billiger war. Außerdem lag mir nichts an exotischen Genüssen aus dubiosen Küchen, die oft mit einem verdorbenen Magen oder gar mit Salmonellen, Ruhr oder anderen Darmerkrankungen endeten.

Schließlich machten wir uns auf den Weg zu einem Restaurant. Es war noch heiß, aber ein leichter Wind machte die Hitze erträglich. Pichler führte mich durch ein enges Labyrinth von Gassen. Er schien sich hier schon recht gut zurechtzufinden. Vor den Restaurants standen aufdringliche Schlepper, es gab zahllose Bars die »Happy Hour« anboten, was immer das sein mochte, und ohrenbetäubende Musik.

Überall drängten sich Touristen, Frauen in engen, ihre Fleischwülste betonenden Stretch-Kleidern mit tiefen Ausschnitten und zu kurzen Röcken, Männer mit nacktem Oberkörper oder zerlöcherten und zerschlissenen T-Shirts, meist unrasiert, mit langem Haar, vielen Ringen in den Ohren, alle tief gebräunt. Die Menschheit zeigte sich hier in fast unverhüllter Hässlichkeit. Von Bier und Würsten aufgeblähte Fettbäuche, schlaffe Hängebusen, feiste Hintern, alles wurde breit zur Schau gestellt. Es gab in den Hotels scheinbar keine Spiegel.

Pichler trat mit mir in ein Restaurant am Strand ein, dessen Schlepper ihn freundlich begrüßte. Wir setzten uns an einen wackeligen Holztisch, nur wenige Meter vor uns klatschten kleine Wellen auf den Sand. Man hatte sich nicht einmal die Mühe gemacht, eine Holzveranda zu bauen oder wenigstens einen Fußboden zu verlegen. Tische und Stühle standen direkt am Strand. Vor uns das von gelben Scheinwerfern angestrahlte, eindrucksvolle Kastell. Der Kellner brachte auf Pichlers Wunsch Raki oder Raka mit Eis. Ich goss ein wenig in meinen Trinkbecher, der mich auf allen Reisen begleitete. Es schmeckte mir genauso wenig wie der Ouzo, aber es war heiß und ich war durstig.

Der Kellner begann die Vorspeisen zu servieren, Meze, hießen sie, sagte Pichler. Auberginensalat, gefüllte Paprika, gefüllte Tomaten, gebackener Käse, Joghurt mit Knoblauch. Es nahm kein Ende mehr. Ein wenig erinnerte es mich an Griechenland, aber vielfältiger. Ich esse ja auch zu Hause nicht gerne auswärts, im Ausland muss ich mich zum Essen meistens überwinden. Ich desinfizierte mein Besteck und bot auch Pichler eines meiner Desinfektionstücher an. Der hatte aber schon seine Gabel in den Mund gesteckt und schüttelte nur mit erstauntem Blick den Kopf. Ich nahm mir nur von den gekochten Vorspeisen. Gebackenes esse ich nicht einmal daheim und rohes Gemüse in diesen Ländern schon gar nicht.

Ich fragte wieder nach Anna. Pichler sah mich einen Augenblick unentschlossen an, holte dann einen Briefumschlag aus seiner Aktentasche, die er achtlos auf den Boden gestellt hatte, und reichte ihn mir ohne Kommentar über den Tisch.

Ich hielt den gelben Umschlag einen Augenblick unschlüssig in der Hand, las meinen Namen in einer mir unbekannten Handschrift, und da Pichler immer noch schwieg und sich ein Stück gebackenen Käse in den Mund schob, öffnete ich zögernd den Umschlag. Auf dem ersten Foto war ein mir unbekannter Mann abgebildet, er mochte Anfang oder Mitte dreißig sein. Er saß an einem kleinen Tisch in einem Straßencafé, vor einem Glas Bier. Schwer zu sagen, welcher Landsmann, dem Aussehen nach ein Südeuropäer, hätte aber ebenso gut ein Deutscher oder Franzose sein können. Er sah recht gut aus, gebräunt, dunkles, nicht sehr kurzes, welliges Haar, dunkle Augen, eine gerade Nase, vielleicht Mitte dreißig. Was sollte das Bild? Ich sah Pichler fragend an, aber er aß immer noch schweigend weiter, ohne von seinem Teller aufzusehen.

Auf dem nächsten Foto derselbe junge Mann im selben Straßencafé, diesmal in Begleitung einer jungen Dame. War das Anna? Bei dem Dämmerlicht am Tisch konnte ich nur unscharf sehen. Ich nahm die Brille ab und säuberte sie ein wenig mit einem Zipfel meines Hemdes. Umsonst. Ich sprang auf, um die Bilder im Neonlicht des Eingangs betrachten zu können. Mein Stuhl fiel um. Die Leute von den Nachbartischen sahen von ihren Tellern auf. Ich stellte den Stuhl schnell wieder hin.

Ja, es war Anna. Sie lachte, nein, sie strahlte. Jung sah sie aus, schön und glücklich. Wie lange war es her, dass sie mich so angelacht hatte? Ich holte hastig die anderen Bilder hervor. Meine Hände zitterten. Ein paar Bilder fielen zu Boden. Ich versuchte, sie aufzusammeln.

Jemand rempelte mich an. Ich brachte keinen Laut hervor und starrte auf die Bilder am Boden. Sein Arm um ihre Schulter, selbstbewusst, besitzergreifend, besitzbestätigend. Ein Kuss. Sie schmiegte sich an ihn, die Hände auf seinem Rücken verschlungen. Es brannte so bitter in meinem Hals und in meiner Brust, dass ich kaum Luft bekam. Jemand kniete jetzt neben mir auf dem Boden und sammelte die Bilder auf. Es war Pichler. Er zog mich hoch und führte mich zu unserem Tisch zurück.

Mein Hals war trocken. Pichler goss mir noch einen

Becher Raki – oder wie das hieß – ein. Ich hatte Mühe zu schlucken und spürte, wie ein Teil des Getränks von meinem Mundwinkel tropfte.

Pichler lud ein paar gefüllte Tomaten auf meinen Teller.

Ich schüttelte nur den Kopf. Mein Hals war so zugeschnürt, dass ich nie mehr in meinem Leben einen Bissen hinunterbringen würde.

Pichler zahlte und führte mich auf die enge Gasse hinaus. Wir gingen wenige Meter, dann schob er mich in eine Bar. Es war dunkel, die Musik dröhnte, zwischen den Tischen tanzten einige Paare. Wir setzten uns in den Garten.

Ich trank noch einen Becher von diesem Aniszeug. Auf ein Zeichen Pichlers stellte der Kellner die Flasche auf den Tisch, und Pichler goss ein wenig in meinen Becher und füllte ihn mit Wasser auf.

»Hat sie mit ihm geschlafen?«

Pichler verstand mein heiseres Flüstern nicht. Die Stimme wollte mir nicht gehorchen.

Es war eine dumme, überflüssige Frage, aber ich musste sie stellen.

Ich trank noch einen Schluck und wiederholte meine Frage. Lauter.

Die Musik übertönte meine Stimme und Pichler lehnte sich fragend vor. Auch ich neigte mich vor und brüllte in sein Ohr: »Hat sie mit ihm geschlafen?«

In diesem Augenblick machte die Musik kurz Pause. Mehrere Gäste drehten sich nach mir um.

Himmel, wie absurd, wie unwirklich war diese Szene! Dieser Albtraum nahm kein Ende. Die Hitze, der Lärm, die Fotos, Pichler und ich in diesem dunklen Garten. Was hatte das alles mit mir zu tun? Ein Riss hatte sich unter meinen Füßen aufgetan. Ich hatte geglaubt, er würde sich bald wieder schließen, aber er wurde ständig breiter und war zu einer unüberbrückbaren Kluft geworden, die mich von meinem geordneten Leben, von meiner Arbeit, der Achtung meiner Mitmenschen trennte.

Pichler zog, anstatt mir zu antworten, einen weiteren Umschlag hervor. Auch dieser enthielt Fotos. Ich wollte sie aber nicht sehen. Meine vorher zittrigen Finger waren jetzt ein wenig fühllos, der Umschlag fiel zu Boden. Pichler hob ihn auf und reichte ihn mir wieder.

Ich schüttelte den Kopf. Er legte ihn aber gnadenlos vor mich auf den Tisch und bedeutete mir, dass er jetzt gehen wolle.

Auf keinen Fall konnte ich alleine in mein Hotel zurückkehren. Ich füllte nochmals mein Glas, dann auch das Pichlers, obwohl er abwehrend den Kopf schüttelte.

»Hat sie?« Pichler nickte und sah weg. Ich zog eines der Fotos aus dem Umschlag. Trotz des Halbdunkels des Gartens konnte ich Anna erkennen, Anna nackt in den Armen des Türken.

Ich leerte mein Glas in einem Zug. Dieser Halunke! Dieser Schuft, dieser Dreckskerl!

Und Anna?! Wie ein Flittchen! Mit dem erstbesten Urlaubsbumser!

Und Pichler? »Konnten Sie das nicht verhindern?« Ich schrie, so laut ich konnte. »Wozu bezahle ich Sie? Doch nicht, damit Sie ein paar schweinische Fotos von meiner Frau machen! Das hat Ihnen wohl Spaß gemacht, nicht wahr, Herr Schnüffler? Warum sagten Sie mir nicht gleich Bescheid? Ich will zu ihr. Bringen Sie mich sofort zu ihr!«

Pichler versuchte, mich zu beschwichtigen.

Ich lehnte mich über den Tisch, um ihn am Hemd zu packen. Die Flasche und die Gläser fielen klirrend zu Boden, aber es gelang mir, mich an seinem Hemd festzuklammern.

»Ich will zu ihr! Sofort!«

Zwei große dunkle Schatten packten grob meine Arme und rissen mich von Pichlers Hemd los, von dem ich nur mehr die Brusttasche in der Hand hielt. »Was fällt Ihnen ein? Wie wagen Sie es?! Ich bin Professor Habermann. Herr Professor Friedrich Habermann!«

Die beiden schienen nicht zu verstehen, denn sie

schleppten mich einfach von unserem Tisch weg. Ich wehrte mich, aber sie hielten meine Arme fest wie Schraubstöcke. Ich versuchte, ihnen in die Eier zu treten, leider war ich nicht so gelenkig, also konzentrierte ich mich auf ihre Schienbeine.

Wie einen Sack warfen sie mich auf die Straße. Ich prallte gegen die gegenüberliegende Hauswand.

Ich wusste nicht mehr, was danach geschehen war. Vielleicht hatte ich mir den Kopf angeschlagen und hatte das Bewusstsein verloren.

Jedenfalls lag ich jetzt in meinem Bett, voll bekleidet. Die Sonne schien durch das offene Fenster und die Kopfschmerzen waren unerträglich, ärger als nach Annas Rum oder unserem namenlosen Schnaps. Die Kleidung klebte auf meiner schweißnassen Haut, kleine Rinnsale liefen über mein Gesicht und meine Brust. Ich lag reglos.

Vor meinen Augen befand sich unablässig das Bild Annas in den Armen ihres Liebhabers. Der Alkohol hatte dem Bild nichts von seiner Schärfe genommen, sondern es für immer in mein Gedächtnis eingeätzt.

Tränen rannen an meinen Schläfen entlang und tropften auf das Kissen. Ich wäre so gerne zurückgetaucht in mein ruhiges glückliches Leben, wollte mit einem großen, nassen Schwamm all diese hässlichen Bilder, diesen von Hoffnung und Enttäuschung zerwühlten Monat wegwischen. Ich wollte zurück, die Weichen anders stellen. Aber seit gestern gab es keinen Weg zurück zu früher. Annas Stimme würde nie mehr denselben Klang, unsere Worte nie mehr dieselbe Bedeutung haben.

Und jetzt? Ich konnte mir keine Zukunft ohne Anna vorstellen. Nie hatte ich unsere Ehe in Frage gestellt, auch nicht in den Augenblicken der Zweifel, der Ungeduld, der Niedergeschlagenheit.

Unsere Leben waren so tief und eng miteinander verstrickt, sie ließen sich nicht mehr auseinanderreißen, ohne dass Stücke von uns mit zerrissen wurden. Die vielen feinen

Fasern und Adern meines Ichs waren verwoben im Boden unseres gemeinsamen Lebens.

Ich setzte mich auf den Bettrand. Mit beiden Händen hielt ich meinen Kopf, damit er nicht zersprang und wartete, bis der Schwindel verebbte.

Meine Geldtasche! Ich fuhr hoch. Bestimmt hatte man mir meine Geldtasche gestohlen, als ich bewusstlos auf der Straße lag, und auch mein ganzes Bargeld, die Papiere und die Kreditkarte, die ich in einer Stofftasche immer am Bauch trug, wenn ich in exotischen Ländern unterwegs war.

Ich tastete nach meiner rückwärtigen Hosentasche. Sie war leer! Die Geldtasche war weg! Ich tastete nach meiner Bauchtasche. Ja, hier war sie! Wenigstens die Bauchtasche war noch da. Ich öffnete sie hastig und prüfte den Inhalt. Es schien nichts zu fehlen. Mein Pass, das Geld, die Kreditkarte. Alles war da. Ich lehnte mich erleichtert zurück. Da fiel mein Blick zufällig auf meinen Nachttisch. Obenauf lag meine Geldtasche. Gottseidank! Auch der Inhalt schien unversehrt.

Ich tappte mich mühsam ins Bad. Mein Gott, wie sah ich aus! Mein Gesicht war blutverschmiert. Blut klebte in meinen Haaren. Auf der Stirn hatte ich eine große blaurote Beule. Auch mein Hemd war blutverschmiert, meine Hose schmutzig und am Knie zerrissen. Ich wusch vorsichtig das Blut von meinem Gesicht und tauchte ein Handtuch ins kalte Wasser. Ein kalter Wickel würde mir guttun. Ich öffnete meinen Koffer, fand den Toilettenbeutel und nahm zwei Schmerztabletten, dann kehrte ich vorsichtig zum Bett zurück.

Auf meinem Nachttisch lagen auch die beiden Umschläge mit den Fotos. Sie sahen ein wenig mitgenommen aus. Warum waren sie nicht verlorengegangen?

Was zwang mich, die Bilder herauszunehmen und anzustarren, wehrlos, eines nach dem anderen, als hätten sie Schlangenaugen? Pichler war gnadenlos. Lachen schlug mir entgegen, Strahlen, Zärtlichkeit und Leidenschaft,

170

Hingebung, Ausgelassenheit. Zerwühlte Bettlaken, schweißverklebtes Haar, nackte Haut, aufgewühlte Gesichter, Mund in Mund, blicklos. Ich konnte nicht wegsehen. Die Fotos glitten langsam aus meinen Fingern auf das Bett. Ich streckte mich aus, in diesem Pfuhl der Untreue, legte das nasse Handtuch auf meinen Kopf und über meine Augen. Nie mehr sehen müssen, nie mehr hören.

Das Telefon erlöste mich aus meiner Erstarrung. Ich zog das Handtuch weg und setze mich auf. Ein paar Bilder fielen zu Boden. Ich hob sie auf, bevor ich antwortete, damit sie mich nicht mehr anstarrten.

Pichler erwartete mich in der Halle.

Ich duschte und zog mich um. Ich hatte Schrammen am Knie und am rechten Arm. Die Beule am Kopf leuchtete rotblau und verfärbte sich ein wenig grünlich. Wie gut, dass ich mich damals vor unserer Ägyptenreise gegen Tetanus hatte impfen lassen.

Ein unbändiger Hass auf diesen fremden Mann, der mir meine Frau weggenommen hatte, überkam mich. Wie konnte er es wagen, sich in eine glückliche Ehe zu drängen, mein Leben zu zerstören?! Und Anna? Leider waren die Zeiten vorbei, in denen Frauen wegen Ehebruchs ins Gefängnis kamen. Wenn sie allerdings glaubte, sie könne sich hier unbehelligt mit ihrem Lover vergnügen, dann irrte sie sich gründlich. Sie hatte mich falsch eingeschätzt.

Die Tabletten begannen zu wirken, die Kopfschmerzen wurden erträglicher.

KAPITEL 13

Ich musste Anna zur Rede stellen. Aber nicht sofort. In meinem derzeitigen Zustand konnte ich ihr nicht gegenübertreten.

Pichler saß an einem der kleinen Tische vor dem Hotel im Schatten eines riesigen Eukalyptus. Es war fast Mittag.

Er sah mich besorgt an und erkundigte sich nach meinem Ergehen.

Ich schüttelte den Kopf und zuckte mit den Schultern. Was sollte ich antworten? Dass es mir noch nie im Leben so dreckig ergangen war?

Ein Kellner brachte unaufgefordert ein Tablett mit frischem Schafskäse, Oliven, Tomaten, einem harten Ei, Butter, Honig und Weißbrot und dazu ein Glas starken Tee. Ich wehrte ab, ich wollte nicht essen. Der Kellner erklärte mir in einem recht verständlichen Deutsch, dass das Frühstück im Zimmerpreis inbegriffen war.

Pichler bestellte einen Ayran und bekam ein großes Glas mit einer dickflüssigen weißen Plempe.

Ich begann, die in der Hitze rasch schmelzende Butter auf mein Brot zu schmieren und untersuchte dabei das Teeglas. Es schien sauber zu sein. Ich hatte meinen Becher im gestrigen Durcheinander irgendwo verloren.

Ich musste mich für gestern Abend entschuldigen. Schon wegen des zerrissenen Hemdes. Natürlich würde er es mir trotzdem in Rechnung stellen.

Ich suchte nach den passenden Worten. Ich konnte Pichler ja nicht als meinesgleichen betrachten. Jetzt, da ich das

Ergebnis seiner Arbeit gesehen hatte, verachtete ich ihn noch mehr als zuvor. Trotzdem musste ich der Form halber ein paar Worte zu gestern Abend sagen. »Ich glaube, ich habe gestern etwas zu viel getrunken ... Haben Sie mich ins Hotel zurückgebracht?«

Pichler nickte und wischte meinen linkischen Versuch einer Entschuldigung mit einer Handbewegung vom Tisch. Allmählich konnte ich mich wieder erinnern, wie er mich, zusammen mit anderen Männern, hochgezogen hatte. Ich hatte aber auf dem harten trockenen Lehmboden liegen bleiben, mich vom Staub der Straße bedecken lassen und selbst zu Staub werden wollen. Pichler aber hatte mich halb bewusstlos durch endlose enge Gassen gezerrt. Ständig hatten uns schemenhafte, dunkle Gestalten ohne Gesichter angerempelt. Irgendwann musste ich wieder das Bewusstsein verloren haben, denn ich konnte mich nicht mehr erinnern, wie wir das Hotel oder mein Zimmer erreicht hatten.

»Vergessen Sie es! Wer hätte an Ihrer Stelle anders reagiert?« Er war es sicher gewohnt, hintergangene, enttäuschte Ehemänner aufzulesen und sich von ihnen beschimpfen zu lassen. Wie konnte man sich nur seinen Lebensunterhalt mit Treulosigkeit, Ehebruch, Betrug und Lüge verdienen?

Pichler reichte mir ein Blatt Papier. Er hatte die Adresse von Annas Hotel und die der Wohnung ihres Liebhabers aufgeschrieben und auf einem kleinen Stadtplan von Bodrum die beiden Adressen sowie auch mein Hotel angekreuzt, damit ich mich leichter zurechtfand.

Anna war jetzt in ihrem Hotel.

Ich ließ mir noch ein Glas Tee bringen.

Pichler sah mich abwartend an. Ich schüttelte den Kopf und trank meinen Tee. Das Frühstück und vor allem der starke Tee taten mir gut. Die Übelkeit und der leichte Schwindel waren fast vergangen.

Nein, ich wollte Anna nicht sehen. Nicht jetzt. Nicht in meinem Zustand.

Pichler fragte in meine Überlegungen hinein, ob ich seine Dienste noch benötigte. Er hatte seine Arbeit ja beendet. Wenn ich einverstanden sei, könnte er noch heute zurückfliegen. Einen Platz hatte er schon gebucht.

Ich sah ihn fassungslos an. Wie sollte ich hier allein zurechtkommen? Er konnte mich doch nicht einfach zurücklassen, in diesem fremden Land! Klar, seine Arbeit war erfolgreich abgeschlossen. Er hatte meine Frau wiedergefunden, gesehen, was es zu sehen gab, und mir die Beweise des Ehebruchs, samt der Adresse des Liebhabers übergeben. Ende. Dazu hatte ich ihn angeheuert. Für ihn war das Routine.

Das Klischeehafte meiner Lage widerte mich an. Wenn ich ihn wegschickte, musste ich nur noch die Rechnung bezahlen und würde nie mehr mit diesem Schnüffler zu tun haben.

Aber ich brauchte ihn! Ich hatte ja nur ihn. So peinlich es mir war, einen Mitwisser zu haben, Mitwisser und Mitseher, so machte ihn das im Gegenzug zu meinem Vertrauten. Er strahlte eine wohltuende Sicherheit aus.

»Könnten Sie noch ein oder zwei Tage bleiben? Ich befürchte, dass ich Sie eventuell brauchen werde ...«

Er nickte. »Wie Sie wollen.« Meine Bitte schien ihn nicht zu erstaunen. Er war ein überraschend wortkarger Mann, nie ein privates Wort, nicht einmal eine Bemerkung über das Wetter. Ich war froh darüber, denn in meiner peinlichen Lage hätte ich keine Silbe zu viel ertragen.

»Sind Sie verheiratet?« Wie hatte mir bloß eine so persönliche Frage entschlüpfen können? Es wäre besser gewesen, auf dem neutralen Gebiet seines Berufes zu bleiben.

Er sah mich überrascht an. Ja, er war verheiratet und hatte eine zweijährige Tochter.

Die arme Tochter! Hoffentlich erfuhr sie nie, dass sich ihr Vater sein Brot damit verdiente, treulose Ehefrauen und vermutlich auch Ehemänner zu bespitzeln und aus dem

174

Hinterhalt zu fotografieren! Es war tatsächlich verwunderlich, dass einer, der ständig nur Untreue und Betrug sah, den Mut hatte zu heiraten!

Das war der Leichtsinn der Jugend, die immer dachte, dass ein solches Unglück nur anderen widerfahren konnte.

»Sie haben wohl sehr jung geheiratet?«

»Mit 34. Ich bin jetzt 38.«

Ich hatte ihn für jünger gehalten.

Er lächelte nur und schwieg.

Ich versuchte nochmals, das Gespräch in Gang zu bringen, und fragte, wie er denn zu seinem Beruf gekommen war.

Damit schien ich das richtige Thema getroffen zu haben. Pichler erzählte, aber ich konnte mich nicht auf das Zuhören konzentrieren. Ich musste mit Anna reden. Vielleicht morgen. Was würde ich sagen? Pichler sprach von seinem abgebrochenen Studium, Rechtswissenschaften, Ausbildung zum Detektiv, schien mir, die Arbeit, vorwiegend Betrugsfälle, aber natürlich auch Untreue, Heirat, seine Tochter.

Was für einen Sinn hatte es, weiterhin zusammenzubleiben? War das noch die Frau, die ich liebte? Würde sie ihr Abenteuer gestehen? Mich um Verzeihung bitten? Sollte ich die Fotos mitnehmen? Ich musste versuchen, einen klaren Kopf zu bekommen.

Pichler schwieg. Vielleicht schon länger, ich hatte es nicht bemerkt.

»Verzeihen Sie, meine Gedanken, ich ...«

Ich konnte nichts anderes denken. Warum hatte Anna das getan? Hatte sie das nötig? Mit einem Mann, für den sie nichts anderes war, als eine von zahllosen liebesgeilen Touristinnen, ein Flittchen unter vielen! Einer von diesen Schurken, die im Sommer die Strände belagerten, immer auf Beute lauernd. Wahrscheinlich stand er gerade mit seinen Freunden an einer Bar und prahlte oder spottete über sie, seine letzte Bettgefährtin.

Ich musste ihn sehen! Ich musste sehen, mit wem Anna mein Leben zerstört hatte, für wen sie neun Jahre einer glücklichen Ehe über Bord werfen wollte.

»Ich will ihn sehen!« Ich war entschlossen. »Wohnt er weit von hier?«

Pichler schüttelte den Kopf. »Höchstens zehn Minuten zu Fuß. Soll ich Sie begleiten?«

Ich zögerte einen Augenblick. Ich hatte größte Lust, ihn darum zu bitten, aber das ging zu weit.

»Nein danke, ich gehe allein.«

Pichler sah mich besorgt an, sagte aber nur: »Wie Sie wollen.«

Es war inzwischen fast ein Uhr. Die Hitze war unerträglich geworden. Mein Kopf begann wieder zu schmerzen. Es flimmerte vor meinen Augen. Die Sonne stand fast senkrecht über uns und schien glühend auch in die engsten Gassen. Nirgends war ein Schatten. Und wieder hatte ich dieses Gefühl, in ein anderes Leben eingetaucht zu sein, das nichts mit mir und meinem gewohnten Alltag gemeinsam hatte. Der von der Sonne aufgeweichte Straßenteer, die staubigen Feigenkakteen, die Schwere der Hitze, orientalische Frauen mit Kopftüchern und manche Zigaretten rauchend in Pluderhosen, schwarzhaarige Männer mit Schnurrbärten. Das alles war mir so fremd wie der Mann im Mond, es hatte nichts mit mir zu tun.

Aber hier war ich, schweißnass, auf dieser staubigen, in der Hitze flirrenden Straße, setzte mühsam einen Fuß vor den anderen und sehnte mich zurück, zurück in unsere schöne, kühle Wohnung, in unsere Stadt, deren Straßen ich kannte, zurück in die Vergangenheit.

Dieser Cem Nebelkrähe wohnte in einem niedrigen weißen Haus am Stadtrand. Hinter einer weiß gekalkten mannshohen Mauer quollen ein Strauch blutroter Bougainvilleas, ein Pfefferbaum mit fein gefiedertem Laub und Trauben von rosaroten Pfefferkörnern und ein großer Feigenbaum voller Früchte hervor. Ich lehnte mich ein wenig an die warme Mauer und schloss die Augen. Die Hitze und das grelle Licht hatten meine Kopfschmerzen heftiger werden lassen. Ich konnte vor Erschöpfung kaum mehr stehen.

Wie ein Dieb versteckte ich mich hinter der Gartenmauer und versuchte, den Liebhaber meiner Frau zu erspähen. Als wäre ich der Schuldige, der Buhler, der Ehebrecher!

Wie kam ich dazu, mich hier herumzudrücken?! War es nicht mein gutes Recht, diesen Halunken zur Rede zu stellen? Ihm ordentlich die Leviten zu lesen?

Er musste wissen, dass er mit Anna nicht ungestraft sein Spielchen treiben konnte. Sie hatte einen Mann, der sie beschützte, der über sie wachte, dem sie trotz allem immer noch etwas bedeutete.

Ich ging zum Gartentor. Keine Klingel, nicht einmal ein Türklopfer. Kein Namensschild. Aber Pichlers Karte sagte deutlich: neben einem Obstladen. Und hier war ein Obstladen mit üppigen Pyramiden farbenfrohen Obstes, das so glänzte, als ob der Händler jedes Stück einzeln poliert hätte.

Ich öffnete entschlossen die eiserne Gartentür, die laut quietschte. Deshalb brauchte er keine Klingel, zu faul, um die Scharniere zu ölen!

Aus dem Haus rief eine Frauenstimme etwas auf Türkisch. Ich stand verblüfft da und überlegte, was ich antworten sollte. Die Frau rief nochmals, und da ich noch immer schwieg, trat sie vor die Tür. Es war eine Frau um die Sechzig, groß, schlank, dunkles, lockiges, kurzes Haar mit wenigen grauen Strähnen. Sie musterte mich ohne Neugierde. Keine Pluderhose, nicht einmal das obligate Kopftuch.

Sie sagte wieder etwas auf Türkisch. Jetzt fiel mir ein, dass dieser Schurke hier bei seiner Mutter wohnte!

Das brachte mich kurz aus dem Konzept. Ein schönes Früchtchen hatte sie sich da herangezüchtet! »Ich...I do not speak Turkish!«, sagte ich schließlich, und bevor sie weiter in dieser unbekannten Sprache auf mich einredete, fügte ich hinzu: »Cem?« Ich sah auf meinen Zettel. »Is Cem Nebioğlu here?«

Sie murmelte etwas wie, »please, take a seat«, wies auf ein paar Lehnstühle im Schatten des Feigenbaums und ging ins Haus zurück. Ich rührte mich nicht von der Stelle. Dass seine Mutter hier war, änderte nichts an dem, was ich ihm zu sagen hatte.

Er war größer, als ich ihn mir vorgestellt hatte, schlank, fast schmal. Bestimmt noch keine vierzig. Ein Gigolo also, der sich von reifen Damen aushalten ließ!

Er trug Jeans, die über den Knien abgeschnitten waren und ein dunkles Lacoste-Hemd. Wie er so sportlich braun und lässig durch den Garten kam, stieg eine namenlose Wut in mir hoch. Ich hätte mich beinahe auf ihn gestürzt und ihm seine blöde Fresse eingeschlagen, seinen Hals gewürgt, bis er den Geist aufgab. Die Wut schnürte mir fast die Luft ab.

Er blieb mit einem höflichen Lächeln vor mir stehen und fragte auf Englisch, was er für mich tun könnte.

Sein Lächeln war wie weggeblasen, als ich mich als Annas Mann vorstellte. Er starrte mich einen Augenblick mit offenem Mund blöd an, als hätte ich ihm eins mit einem Knüppel über den Schädel gezogen. Er fand aber schnell wieder seine Fassung und die Sprache – bei all den Touristinnen, die er vögelte, hatte er vermutlich eine gewisse Übung im Umgang mit gehörnten Ehemännern!

Er versuchte erst, sich dumm zu stellen. Ich ließ ihn aber gar nicht zu Wort kommen.

»Ich habe Beweise! Fotos!« Ich schrie, meine Stimme kam nur stoßweise. Unwillkürlich redete ich deutsch.

Ob Anna wusste, dass ich hier war, fragte er nun ebenfalls auf Deutsch. Er hatte sogar die Sprache gelernt, damit ihm unsere arglosen Frauen besser auf den Leim gingen! Ich ging nicht auf seine Frage ein. Die Fragen stellte ich!

Seit wann kannten sie sich? Wie lange ging das schon? Wusste er nicht, dass Anna eine verheiratete Frau war?

Aha, eine Bekanntschaft von ihrer Türkeireise zu Ostern. Daher die Telefongespräche mit Istanbul, die ich bezahlte.

Ich hätte sie nicht fahren lassen dürfen! Sie war offensichtlich nicht fähig, verantwortlich mit der Freiheit, die ich ihr – ehrlich gesagt ungern – gewährt hatte, umzugehen. Das war der Dank für mein Vertrauen.

Er versuchte einzuwerfen, Anna hätte ihm gesagt, sie hätte sich von mir getrennt.

»Getrennt? Von Trennung kann überhaupt nicht die Rede sein. Sie wollte eine kleine Verschnaufpause, verstanden? Sie steht kurz vor den Wechseljahren, das ist für die Frauen eine schwierige Zeit, umso schwieriger, wenn sie keine Kinder haben wie Anna! Das kann dir jeder Arzt bestätigen.«

Ich holte Luft, aber bevor er den Mund auftun konnte, fuhr ich fort: »Diese Krise auszunutzen, ist schändlich, niederträchtig. Anna ist jetzt eine leichte, wehrlose Beute. Wenn es Anna gut ginge, glaubst du, sie würde mit einem wie dir, einem dahergelaufenen Türken schlafen? Das ist nicht ihr Stil. Anna hat Geschmack, Klasse. Niemand kennt sie so gut wie ich!«

Wieder machte er den Mund auf, um etwas einzuwerfen, aber ich hob die Stimme und redete einfach weiter: »Weißt du denn überhaupt, was es heißt, eine Ehe zu zerstören? Eine glückliche, harmonische Beziehung? Ja, denn wir lieben uns, Anna und ich. Eine ruhige, abgeklärte Liebe, aber dafür umso tiefer. Eine Liebe, die in vielen Jahren des Beisammenseins gewachsen, gereift ist. Gegenseitige Achtung, Verständnis, Vertrauen, das sind die Werte, auf denen unsere Ehe beruht.«

Ich musste mich räuspern, dann meine Stimme hatte sich bei den letzten Worten überschlagen. Ich fuhr gleich wieder fort, bevor er etwas einwerfen konnte. »Aber das kannst du ja nicht verstehen! Von einer Touristin zur anderen, immer nur herumhuren, was weißt du schon von Liebe? Ich weiß doch, wie das ist in diesen Ferienorten! Wetten schließt ihr ab in den Kaffeehäusern zu Saisonbeginn, wer in diesem Sommer die meisten Frauen flachlegen wird. Für euch zählt ja bloß das Abenteuer, die Menge, vor den anderen prahlen zu können, pikante Details zu erzählen!«

Er hatte bei meinen letzten Worten die Augenbrauen zusammengezogen und schüttelte vehement den Kopf, als hätte ich etwas Absurdes gesagt. Aber ich gab ihm keine Chance, etwas einzuwerfen. »Leugne nicht! Ich weiß Bescheid, wie das bei euch läuft! Nach einer Woche wisst ihr schon nicht mehr, wem ihr das Blaue vom Himmel heruntergeschworen habt, damit sie ihre Schenkel öffnet. Und nachher gibt es wieder Geschichten, über die man im Kaffeehaus und am Dorfplatz lachen kann und zotige Bemerkungen auch von den anderen Ferienfickern. Aber nicht mit Anna! Vorher schlage ich dir alle Zähne ein! Du, du... Schuft, du Dreckskerl!«

Ich hatte mich immer mehr in Rage geredet und war bei den letzten Worten ganz nahe an ihn herangetreten. Jetzt holte ich tief Luft. Ich stand dicht vor ihm. Er überragte mich um eine Handbreit. Sein Gesicht war wenige Zentimeter von meinem entfernt, seine Augen zusammengekniffen. Meine rasenden Kopfschmerzen ließen mich alles unklar sehen. Ich verkrallte die Finger im Kragen seines Lacoste-Hemdes. Wir starrten uns in die Augen.

Es hatte ihm vor Überraschung wohl die Rede verschlagen. Bevor er den Mund aufmachen konnte, fuhr ich schnell fort: »Lass sie in Ruhe, verstehst du! Lass die Finger von ihr! Es gibt genug Touristinnen hier. Treib dein Spiel mit einer anderen!« Ich stieß die Worte mühsam hervor und drückte meine Fäuste mit aller Kraft in seinen Hals. »Sie ist meine Frau, ist das klar, meine Frau!«

Das Blut war mir ins Gesicht geschossen. Ich sah ihn nur noch durch einen roten Schleier.

Er versuchte vergebens, meine Fäuste von seinem Kragen und dem Hals zu lösen.

»Ich spiele nicht mit Frauen! Ich werde Anna in Ruhe lassen, wenn sie es will. Sie ist kein Kind! Wenn Anna zu Ihnen zurückkehren will, werde ich das respektieren ...«

180

»Nein! Du lässt sie in Ruhe! In Ruhe! Verstehst du, in Ruhe!« Ich schrie, meine Hände umklammerten seinen Hals und drückten ihm die Luft weg. Aber jetzt umfassten seine Hände meine Handgelenke so heftig, dass ich dachte, die Knochen müssten jeden Augenblick zerbersten.

Ich ließ seinen Hals los, aber er hielt weiterhin meine Handgelenke fest.

Vergeblich versuchte ich, meine Hände freizumachen. »Lass mich! Ich rufe die Polizei! Ich zeige dich an, wegen Ehebruchs!«

Plötzlich stand seine Mutter neben uns. Er ließ meine Handgelenke los und ich versetzte ihm einen Stoß gegen die Brust.

»Go! Go away!«, sagte die Frau. Sie hatte sich neben ihren Sohn gestellt, der etwas auf Türkisch zu ihr sagte. Ohne ihm zu antworten, wies sie mit der Hand auf das Gartentor und wiederholte: »Go! This is my house! Out!«

Mir blieb nichts anderes übrig. Ich ging die paar Schritte zum Gartentor, und während ich es hinter mir zuzog, schrie ich, um das Quietschen der Scharniere zu übertönen: »Sie ist meine Frau! Ich warne dich! Komm ihr nicht mehr in die Nähe!«

KAPITEL 14

»Was machst du hier? Wie kommst du hierher? Woher weißt du, dass ich hier bin?«

Anna stand vor mir in der Hotelhalle. Überrascht, ablehnend, feindselig – keine Spur von Schuldbewusstsein oder Reue.

Ich starrte sie an, ohne zu antworten. Sie war sonnenverbrannt. Ihr Haar war kürzer, die Locken nicht wie früher glatt zurückgebunden, sondern wirr und kraus um ihr Gesicht wie auf den Fotos.

Sie schien verändert. Ich hatte das Gefühl, wir hätten uns seit Jahren nicht mehr gesehen.

»Lass uns in dein Zimmer gehen. Ich möchte ungestört mit dir reden.«

Sie drehte sich wortlos um und ging vor mir durch das helle, weiß getünchte Treppenhaus in den ersten Stock. Am Ende des Flurs stand eine elegante Truhe mit Perlmutt-Einlegearbeiten und darüber hing ein alter Kilim.

Selbst von hinten sah ich, dass Anna verärgert war.

Ihr Zimmer war geräumig, das Fenster ging auf die große Doppelbucht von Bodrum und die Festung. Es war angenehm kühl hier. Das Bett war abgedeckt. Ich vermutete, dass sich Anna gerade ausgeruht oder geschlafen hatte, als ich sie vom Portier herunterläuten ließ. Der dachte sich bestimmt auch seinen Teil. Zuerst der türkische Liebhaber, dann der betrogene Ehemann!

Anna schloss die Tür und wendete sich mir zu.

»Was machst du hier? Wie kommst du hierher?« Ihr Ton war aggressiv. Auch das war neu.

War Angriff nicht die beste Verteidigung? Höchstwahrscheinlich hatte ihr Liebhaber sie vorgewarnt. Aber ich würde sie schon zur Einsicht bringen.

Ich reichte ihr wortlos einen der Umschläge mit den Fotos. Sie nahm ihn ein wenig widerstrebend entgegen und sah mich fragend an. Ich schwieg und sie öffnete den Umschlag zögernd. Ich hatte die Bilder wahllos hineingesteckt, ohne darauf zu achten, welches zuoberst lag.

Es war ein Foto vom Cem. Sie stutzte, sah mich an, dann wieder das Foto. Ich schwieg immer noch. Sie blätterte rasch durch ein paar Bilder, eine lachende Umarmung, ein Kuss, verschlungene Hände in einem Café. Sie schob den Stoß Bilder wieder zusammen und hielt ihn mit beiden Händen vor ihrer Brust. Den strahlenden Cem obenauf.

»Wie kommst du zu diesen Fotos? Wer hat sie gemacht?«

Das hatte ihr endlich die Fassung genommen.

»Glaubst du nicht, dass du es bist, die mir eine Erklärung schuldet?«

Anna schwieg. Sie sah nochmals die Fotos durch, nicht nur die ersten drei, sondern alle, auch zerwühlte Bettlaken, schweißnasse Haut, zärtliche Müdigkeit, schob den Stoß wieder in den Umschlag zurück und warf ihn auf das Bett.

Sie schwieg und sah zum Fenster hinaus.

Ich wollte ihr Zeit geben, sich zu fassen, ihre Gedanken zu ordnen, sich ihrer Gefühle bewusst zu werden. Jetzt, da ich vor ihr stand, konnte sie nicht anders, als ihr kleines Ferienabenteuer gegen die neun Jahre unserer Ehe abzuwägen. Ich sah an ihr vorbei, hinaus auf die Bucht, in der eine Reihe von bauchigen Segelschiffen auf Touristen warteten. Im blendend grellen Licht der Nachmittagssonne erblasste der graue Stein der Festung und das Blau des Meeres verschwamm am Horizont mit dem Blau des Himmels.

Anna setzte sich auf das Bett, neben den Umschlag. Eine steile Falte zwischen den Augenbrauen. »Wer hat diese Fotos gemacht?« Ihre Stimme war leise, als spräche sie mit sich selbst.

Ich antwortete nicht und setzte mich in den Lehnstuhl am Fenster. Es war doch nebensächlich, wer diese Bilder gemacht hatte. Wesentlich war ihre Untreue!

»Woher hast du diese Bilder?« Ihre Beharrlichkeit irritierte mich allmählich.

»Was tut das denn zur Sache? Von wem wohl? Von einem Privatdetektiv natürlich!«

»Du hast mir nachspionieren lassen? Von einem Privatdetektiv?!« Bei diesen Worten war sie aufgesprungen, der Oberkörper leicht vorgebeugt. Ihre Stimme war lauter geworden, die Augen schmal.

Ich holte tief Luft und sprach absichtlich leise. »Dachtest du, ich hätte dich einfach gehen gelassen, nach neun Jahren, als würdest du mir nichts bedeuten? Du kennst mich aber schlecht! Das wäre verantwortungslos gewesen. Nie hätte ich dich in deiner Krise allein lassen können. Zum Glück kam ich auf diese Idee! Hier!« Ich deutete auf die Fotos. »Hier hast du den Beweis, dass ich dich nicht allein lassen kann! Nach all den Jahren kenne ich dich besser als du dich selbst ...«

»Einen Privatdetektiv! Du hast mir einen Privatdetektiv nachgeschickt? Wie konntest du es wagen?! Mir nachzuspionieren, mich überwachen zu lassen, wie ein unmündiges, kopfloses Kind!« Röte war ihr ins Gesicht gestiegen. Ihre Stimme überschlug sich vor Zorn.

»Anna, ich bitte dich, beruhige dich. Das ganze Hotel hört dich!« Ich sprach immer noch betont leise.

»Das geht zu weit! Es reicht, damit hast du den Bogen endgültig überspannt! Ich wollte eine Zeit allein sein, ich wollte unbeeinflusst von dir mein Leben überdenken ...«

»Im Bett eines Türken!«

Sie ging auf meinen Einwurf nicht ein. »Ich wollte sehen, was von mir noch übrig geblieben ist, nach all den Jahren der Anpassung, in denen ich mich von dir in ein Korsett habe zwängen lassen, das mir an allen Ecken und Enden zu eng war. Das konntest du natürlich nicht einfach

184

hinnehmen, dass ich plötzlich eine eigene Entscheidung traf und obendrein eine, die dir natürlich ganz und gar gegen den Strich ging! Es ist mir eben in all den Jahren nie gelungen, dir für meine Bedürfnisse auch nur den geringsten Respekt abzuverlangen.«

Sie hielt einen Augenblick inne, um Luft zu holen. Bevor ich etwas einwerfen konnte, fuhr sie aber schon wieder fort: »Immer waren deine Wünsche wichtiger. Immer warst du so anmaßend zu glauben, dass nur deine Art die Dinge zu sehen und unser Leben zu organisieren, die Richtige sei. Welche Wahl hast du mir denn gelassen, als zu gehen? Und sogar jetzt, wo du endlich hättest begreifen können, dass du mir ein bisschen Raum geben musst, wenn ich dir wirklich etwas bedeute, wenn dir unsere Ehe wichtig ist, selbst jetzt glaubst du zu wissen, was ich brauche!«

Sie schüttelte den Kopf, ihr Mund verkniffen. Zorn blitzte aus ihren Augen.

»Also, Anna ...«, versuchte ich einzuwerfen, um diesen Strom von Anschuldigungen zu unterbrechen.

Aber sie hob die Stimme, überschrie mich praktisch. »Was faselst du von Krise und Wechsel und Hormonen? Auch Gabi hast du damit die Ohren voll geschwafelt. Ich sage dir, was ich brauche! Ich brauche Luft! Luft, sonst ersticke ich noch, so sehr hast du mich an die Wand gedrängt. Du hast mein Leben vollgefüllt mit deinem Kram, als wäre es deine Rumpelkammer! Deine Arbeit, deine Kollegen, deine Vorgesetzten, dein Geschmack, immer nur du, du und du! Du kannst es nicht ertragen, dass ich, deine Frau, die ja keinen eigenen Willen besitzt, weil dein Wille für uns beide reicht, dass ich mich plötzlich auf eigene Wege mache, die ja nur Abwege sein können. Du hast befürchtet, die Kontrolle über mich zu verlieren! Du fühlst dich sogar berechtigt, mich zu bespitzeln ...«

Sie rang nach Atem.

»Anna, ich bitte dich! Beruhige dich doch!« Noch nie hatte ich Anna derart außer sich gesehen. Ihr Gesicht war jetzt hochrot. Sie schrie mir die Sätze ins Gesicht, wie sie so vor mir stand, immer noch leicht vorgeneigt, feindselig, aggressiv. Hasserfüllt! Sie hasste mich, ihr ganzer Körper drückte Hass aus.

Die Fotos hatten sie nicht einmal in Verlegenheit gebracht. So sehr hatte sie sich verändert.

Ich war vollkommen überrumpelt.

Nach dem Gespräch mit ihrem Bumser war ich ins Hotel zurückgekehrt. Ich hatte mich im Halbdunkel der zugezogenen Fensterläden auf dem Bett ausgestreckt. Das Gespräch mit diesem Türken hatte mich erschöpft. Er hatte mir die Stirn geboten! Diese Feriencasanovas suchten normalerweise gleich das Weite, wenn ein Ehemann auftauchte. Gewöhnlich kuschte so einer doch, anstatt sich auf einen Streit mit dem Ehemann einzulassen!

Ich war bald eingeschlafen. Als ich kurz darauf erwachte, hatte ich mich ein wenig frischer gefühlt. Während ich duschte, hatte ich beschlossen, nicht länger zu warten und Anna sofort zur Rede zu stellen.

Ich rasierte mich, duschte und zog mich um. Mein gewohntes Rasierwasser, ein gerader Scheitel, noch ein Pfefferminzbonbon – ich wollte ihr das gewohnte, gepflegte Bild bieten.

Auf dem Weg zu ihrem Hotel sah ich nochmals die Stichwörter durch, die ich mir auf der Reise nach Bodrum aufgeschrieben hatte, um keines der Themen zu vergessen. Das Gespräch war zu wichtig, ich durfte nichts dem Zufall überlassen. Ich hatte wieder versucht, mir auszumalen, wie das Gespräch verlaufen würde.

Wahrscheinlich hatte ihr Lover sie vorgewarnt, dass ich in Bodrum war, also blieb mir nur mehr der Überraschungseffekt der Fotos. Das war aber immer noch ein beträchtlicher Vorteil. Was konnte sie zu ihrer Entschuldigung vorbringen, wenn ich ihr die Bilder zeigte? Wie würde sie reagieren? Beschämt? Reuig? Verwirrt? Bestimmt brach sie in Tränen aus, wie meist, wenn sie keine logischen

Argumente fand. Und diesmal gab es keine logischen Argumente, die sie als Rechtfertigung anführen konnte.

Und ich? Wollte ich ihr vergeben? Würde es mir denn je gelingen, diese Wochen des vergeblichen Wartens auf ein Lebenszeichen, des immer wieder enttäuschten Hoffens auf ihre Rückkehr und jetzt ihre Untreue, diese abscheulichen Bilder zurückzudrängen, würde ich all dies verzeihen können? Nie würde ich es vergessen, aber würde ich mich nicht ständig an diesen Erinnerungen reiben und verletzen? Würde ich nicht jedes Mal, wenn ich sie umarmen wollte, wieder diese Bilder vor Augen haben, dieses strahlende Glück in den Armen eines anderen? Nie würde unser Leben wieder sein wie früher. Nie.

Als ich in der Halle von Annas Hotel auf sie wartete, wusste ich immer noch nicht, was ich eigentlich wollte. Ich wusste bloß, dass ich mit ihr reden musste.

Vielleicht hatte ich unbewusst den Wunsch nach Versöhnung? Oder wollte ich nur eine Erklärung, Anna für das Unrecht, das sie gegen mich begangen hatte, zur Rechenschaft ziehen? Vielleicht wollte ich sie auch für diese Wochen bestrafen, in denen sie mein Leben aus allen Fugen gebracht hatte, für diese schändliche Demütigung, diese Schmach.

Und jetzt dieser Empfang! Diese Hysterie wegen des Privatdetektivs! Eine Trivialität – aber vor allem mein gutes Recht! Das schlug dem Fass den Boden aus!

»Beruhige dich doch Anna!« Ich stand jetzt ebenfalls auf, um nicht zu ihr hinauf sprechen zu müssen. »Lass uns vernünftig miteinander reden! Du bist nach neun Jahren Ehe, harmonischer Ehe, gegangen, ohne eine Erklärung, ohne eine Adresse zu hinterlassen, hast kein Lebenszeichen mehr von dir gegeben.«

Ich dachte an die Gäste in den Nebenzimmern und was sie sich wohl denken mussten, und sprach wieder absichtlich leise und beherrscht. »Du hast dir keinen Gedanken darüber gemacht, wie ich allein zurechtkommen sollte, wie mich das treffen würde. Nicht genug! Du sagtest, du wolltest allein sein. Du hast mich belogen. Du hast mich wegen eines anderen verlassen, du betrügst mich! Kaum kehrst du mir den Rücken, liegt schon ein anderer in deinem Bett. Ein Türke! Ein Gigolo, jünger als du! Wie eine von diesen zahllosen Nutten, die im Sommer in den Süden fahren, um sich von einem primitiven Wüstling gehörig bürsten zu lassen.«

»Wie wagst du es, mich eine Nutte zu nennen?«, fiel sie mir ins Wort, aber ich ließ mich nicht unterbrechen. »Wie begegnest du mir jetzt, da ich deinen Ehebruch aufgedeckt habe? Keine Spur von Scham und Reue! Nennst du das, wieder zu dir finden? Willst du mir weismachen, dass das deine wahre Natur ist, die du in all den Jahren unserer Ehe unterdrückt hast? Dass du dich immer nur vernünftig und besonnen gegeben hast, während du in Wirklichkeit verantwortungslos und ehrlos bist? Anna, siehst du nicht selbst, wie vollkommen verblendet du bist? Du hast dir den Kopf verdrehen lassen, von ... von einem Türken, aber natürlich auch von deinen Freundinnen, allen voran von deiner Schwester Gabi! Was muss ich daraus schließen? Dass du in einer Krise steckst, die du allein nicht zu bewältigen vermagst ...«

»Wie wagst du es, mich eine Nutte zu nennen?!«, wiederholte sie. Auch sie senkte jetzt die Stimme zu einem wütenden Flüstern. »Nach neun Jahren Treue!« Ihre Stimme schwoll wieder an. »Verblendung! Krise!« Sie spie mir die Worte ins Gesicht. »Ich hätte dir keinen Grund für mein Gehen genannt? Nicht einmal, zahllose Male habe ich versucht, mit dir zu reden. Das Fass war voll, randvoll, aber das hast du auf deinem hohen Professorenstuhl da oben natürlich nicht bemerkt. Keinen Deut hast du verstanden, aber du kennst mich besser als ich mich selbst! Ich hatte es dir auch im Café Radetzky erklärt, aber du hast mir wie gewöhnlich nicht zugehört. Oder mich eben nicht ernst genommen. Was war ich denn für dich? Anfangs eine nützliche Hilfe für deine Karriere und den gesellschaftlichen

Aufstieg und dann ein Zubehör, eine Hilfskraft für dein wichtiges Leben!« Sie redete sich zunehmend in Rage. »Wann hast du mich denn je ernst genommen? Was waren meine Wünsche verglichen mit deinen? Kleinkram! Nichtigkeiten!« Die letzten Worte hatte sie geradezu geschrien.

Ich versuchte ein »Pst, pst, Anna, schrei nicht«, einzuwerfen, aber sie schenkte mir keine Beachtung.

»Mich wolltest du dazu überreden, auf meine Karriere zu verzichten, nur mehr halbtags zu arbeiten, wenn überhaupt, denn ich sollte mich ja um den Haushalt kümmern, damit du dich ungestört deiner Karriere widmen konntest. Außerdem hätte es dir gefallen, mich so viel stärker von dir abhängig zu machen. Mein Vater hat mich unterstützt, zum Glück, sonst wäre ich womöglich noch ganz in die Rolle der gehorsamen Verlobten geschlüpft und dann eine Ehefrau nach dem Vorbild meiner Mutter geworden. Den Erfolg in meinem Beruf hast du mir geneidet ...«

»Wenn du Karriere machen wolltest, hättest du nicht heiraten sollen, denn eine Frau muss sich entscheiden, entweder Karriere oder Ehe!«

Ich sah, wie sich ihre Brust hob, als sie tief Luft einsaugte. »Jetzt bekennst du endlich Farbe! Immer hast du den Macho, der du bist, hinter geheuchelter Aufgeschlossenheit versteckt! Immer höflich, beherrscht, aber wehe es ging einmal etwas nicht nach deinem Kopf! Alles, unser ganzes Leben, angefangen von unserer Wohnung, unserem Essen, unseren Bekannten, alles wie du es wolltest! Meine Freunde waren bald nicht mehr interessant für dich, eine Zeitvergeudung – weil sie dir für deine Karriere nicht nützlich waren! Von unserem Liebesleben will ich erst gar nicht reden. Es war ja schon seit Jahren kaum mehr nennenswert. Dass ich sexuelle Bedürfnisse und Wünsche habe, fandst du unziemlich. Diese Themen waren tabu. Darüber redet man nicht, nicht einmal im Bett! Alles typisch weibliche Gefühlsduselei! Wichtig war ja nur das Geld, deine Karriere, deine Intrigen gegen Kollegen, und dass du vor deinen

Vorgesetzten immer gut dastandst! Und meine Aufgabe bestand vor allem darin, dir dabei behilflich zu sein!«

»Wie kannst du mir vorwerfen, dass ich mich um meine Karriere bemüht habe? Dass mir meine Arbeit wichtig war? Für wen ist sie das nicht? Ich hatte auf dein Verständnis gezählt, ich habe dich überschätzt, denn ich dachte, das würdest du verstehen. Schließlich hast du ja auch von meiner Karriere profitiert ...«

»Profitiert? Worin bestand denn der Profit? In den Staatsanleihen? In den Investment Fonds? Im Bankkonto, das auf deinen Namen lautet und auf das ich praktisch keinen Zugriff habe? Im kargen Haushaltsgeld, das nur dank der Zuschüsse aus meinem Einkommen bis zum Monatsende reichte? Denn unser gutes Geld durfte man nicht für Bequemlichkeiten ausgeben, für einen kleinen Luxus, nein, es musste gehortet werden. Wehe, ich kaufte einmal einen guten Wein nur für uns und nicht für unsere Gäste! Wehe, ich kaufte ein größeres Stück Filet anstelle der genau bemessenen zwei Stückchen! Nie ein Abend in einem Restaurant, wozu sollen wir unser gutes Geld für ein ungesundes Essen ausgeben, wenn wir es zu Hause besser und billiger haben?« Bei den letzten Worten äffte sie meine Stimme in Falsett nach. »Kein Wochenende in all den Jahren, an dem wir einmal verreist wären. Weißt du noch unseren Streit voriges Jahr, als ich vorschlug, ein Wochenende nach Prag zu fliegen – der Flug für zwei Personen samt Hotel kostete einen Pappenstiel. Wie hattest du dich über diese Zumutung empört! Ich hätte nur Vergnügen und Unsinn im Kopf! Diese Verschwendungssucht hätte ich wohl von meinem Vater! Ich wollte dich in den Ruin zerren!«

Am liebsten hätte ich gesagt, sie solle einfach den Mund halten. Ich hatte keine Lust, auf ihre lächerlichen Argumente einzugehen. »Wie kannst du alles so heruntermachen? Du hattest schließlich in jeder Hinsicht ein angenehmes, ja beneidenswertes Leben! Wir haben jedes Jahr eine Reise gemacht! Die Tatsache, dass es meistens recht günstige Angebote unserer Universität waren, hat ja den Genuss nicht kleiner gemacht – im Gegenteil! Wir werden eingeladen und geben selbst alle zwei Monate ein Abendessen – immer in einem sehr gepflegten Rahmen. Und wenn unser Freundeskreis auch vorwiegend aus meinen Kollegen und Vorgesetzten besteht – das sind doch alles gebildete, kultivierte Menschen! Es stimmt, ich bin sparsam, so wurde ich erzogen und ich bin stolz darauf! Es ist unmoralisch, das Geld zu verprassen, das man sich mühsam erspart. Wir haben ja keine Kinder und können im Alter auf keine Hilfe zählen ...«

»Ja, wir haben keine Kinder, weil du keine wolltest!«, fiel sie mir ins Wort.

Unsere Kinderlosigkeit ins Spiel zu bringen, war ein Fehler gewesen. Damit hatte ich ihr den Einsatz zu einer neuerlichen Tirade gegeben.

»Weißt du noch, wie du außer dir warst vor Schreck, als ich ein paar Monate nach unserer Heirat dachte, ich wäre schwanger?« Sie schüttelte den Kopf, als könnte sie immer noch nicht glauben, was für ein schrecklicher Ehemann ich schon seit jeher war. »Abtreiben hätte ich sollen, denn gleich am Anfang unserer Ehe ein Kind, das konnten wir uns nicht leisten! Wie hättest du je deinen Doktorgrad schaffen sollen, mit einem schreienden Balg im Haus? Und später, als meine Geschwister längst Kinder hatten und sogar deine Kollegen, fandst du immer noch Ausflüchte. Wir waren fünf Geschwister zu Hause, und ich hatte schon während der Verlobung kein Geheimnis daraus gemacht, dass ich auch eine Schar Kinder wollte. Warum hast du mir verschwiegen, dass du Kinder nicht ausstehen kannst? Sie hätten deine heilige Ruhe gestört, sie hätten deine heißgeliebte Ordnung womöglich in ein wildes Durcheinander verwandelt.«

Es war vielleicht das Beste, wenn sie sich all ihre eingebildeten Probleme von der Seele reden – oder besser gesagt – schreien konnte. Anschließend war sie vielleicht bereit, vernünftig mit mir zu reden. Ich erwartete jeden Augenblick einen Anruf des Portiers, weil sich die Nachbarn über ihr Geschrei beklagten. Oder zogen sie es vor, sich unseren Streit genüsslich anzuhören?

»Da wäre wahrscheinlich manchmal ein wenig Brei auf das cremefarbene Sofa gekommen«, fuhr sie fort und senkte jetzt zum Glück ein wenig die Stimme, die einen ätzenden Ton annahm, »oder eine schmutzige Windel auf den Teppich. Vielleicht hätte sich ein Rülpserchen auf dein Hemd ergossen! Das Geschrei, der Lärm, unvorstellbar! Kinder kosten Geld! Aber der Hauptgrund, der wahre Grund war, dass du allein mit deinen Wünschen, deinen Anliegen und Plänen im Mittelpunkt unseres Lebens stehen wolltest und dir kein kleiner Balg mit all seinen Bedürfnissen deine Vorrangstellung streitig machen durfte.«

»So fang doch nicht schon wieder mit dieser Geschichte an! Wir haben keine Kinder, weil keine kamen. Wie kannst du mir die Schuld zuschieben?«

»Du hast ja sogar Buch über meine fruchtbaren Tage geführt, um ja nicht zu riskieren, dass ich dir ein unerwünschtes Kind bescherte! An diesen Tagen war die Liebe absolut tabu, und an den unfruchtbaren Tagen hast du bis vor ein paar Jahren ein Kondom benutzt und zur Vorsicht, denn ein Kondom kann ja reißen, hast du auch den Coitus interruptus praktiziert. Und jetzt lieben wir uns so selten, dass es schon ein Wunder wäre, wenn ich schwanger würde. In deinen Augen war es nicht nur unziemlich, über unser verkrampftes Liebesleben zu sprechen, es war auch unziemlich, dass ich überhaupt sexuelle Bedürfnisse hatte!«

»Jetzt sind wir endlich bei des Pudels Kern! Bisher hast du ja bloß um den Brei herumgeredet! Was hat dich denn getrieben, nicht erst jetzt, nein bereits eine ganze Weile? Was hat dich denn so rastlos gemacht und dir alles, was dir bis jetzt lieb und teuer war, plötzlich grau und wertlos erscheinen lassen? Du wolltest ein Abenteuer, endlich auch einmal geknutscht und zerbissen werden wie Gabi. Alles

192

andere ist nur leeres Gerede, Ausflüchte! Unsere Freunde, das Essen, die Wohnung – das hat dir alles wunderbar gepasst, bis du angefangen hast, dich erotischen Phantasien hinzugeben. Um ein Haar hättest du dich von unserem Wirt in Spetses vögeln lassen! Wie geschmacklos! Und jetzt sogar ein Türke! Deshalb bist du gegangen! Weil du von anderen Männern gebumst werden willst! Weil ich dir nicht mehr gut genug bin! Ich hätte in dir ›herumgestochert‹! Ich habe deine Tagebücher gelesen! Du brauchst mir nichts vorzuspielen, ich weiß genau, was hier läuft!«

»Du hast meine Tagebücher ...? Wie konntest du es wagen?« Ihre Stimme war wieder ein wütendes Zischen.

»Jawohl, deine Tagebücher! Dachtest du, du könntest mein Leben zerstören, und ich würde das untätig hinnehmen? Ich bin immer noch dein Ehemann und habe ein Recht zu wissen, was dich umtreibt. Leider konnte ich dein Gekritzel nicht entziffern und musste die Tagebücher in eine Schreibkanzlei bringen ...«

»Du hast was?«

»Ich musste wissen, was über dich gekommen ist! Es war eine aufschlussreiche Lektüre. Worum drehten sich denn deine Gedanken in diesem letzten Jahr und vielleicht auch schon viel länger? Um Sex, Sex und wieder Sex! Zuerst träumst du davon, mit dem Bruder von Gabis Urlaubstarzan zu schlafen, dann masturbierst du am helllichten Tag und zu guter Letzt angelst du dir einen Türken! Deshalb bist du gegangen und nicht, um dich wiederzufinden oder weil ich dich bevormundet habe!«

»Lass Cem aus dem Spiel! Er hat nichts mit uns beiden zu tun. Glaubst du, ich hätte etwas mit einem anderen Mann begonnen, wenn ich in meiner Ehe auch nur halbwegs glücklich gewesen wäre? Ihm verdanke ich nur, dass ich endlich den Mut und vor allem die Kraft gefunden habe zu gehen.«

»Siehst du nicht, wie grotesk das ist? Du bist meine Frau, Anna, und ich kann es nicht zulassen, dass du dich auf diese

Weise lächerlich und mich zum Gespött aller Leute machst!«

»Ja, das ist das Problem! Dass ich mich lächerlich und dich zum Gespött mache!« Sie äffte meine Stimme nach. »Was die Leute denken! Es ist mir stinkegal, was die Leute denken! Glaubst du, die fragen mich um meine Meinung, wenn es um ihr Leben geht?«

»Es geht nicht nur um dein Leben, es geht auch um meines! Du richtest dein Leben zugrunde und meines ebenfalls – und da soll ich zusehen und mich heraushalten? Gefällt es dir, zu dem Heer von geilen Weibern zu zählen, die in den Süden fahren, nur um sich einmal im Jahr aufs Kreuz legen zu lassen? Von halben Analphabeten, die sich doch nur über euch lustig machen! Hast du keinen Funken Scham mehr im Leib?« Ich hatte plötzlich eine unbändige Lust auf eine Zigarette, hatte aber leider keine dabei.

»Hör auf mit deiner Männermoral! Halbe Analphabeten! Du glaubst wohl, nur bei uns können die Menschen lesen und schreiben? Cem ist Rechtsanwalt und lehrt an der Universität in Istanbul. Und woher willst du Cems Gefühle kennen? Er respektiert mich mehr, als du es je getan hast.«

»Du wirst bald sehen, was du dir hier einbrockst!« Ich machte einen Schritt auf sie zu und sie wich zurück, hob sogar ein wenig die Hände, als befürchtete sie, dass ich sie schlagen könnte. »Nimm deinen Exoten erst einmal mit in unsere Stadt. Es wird keine Woche vergehen, dann hast du seine ganze Sippe am Hals! Die warten bloß darauf, endlich ein ordentliches Dach über ihrem Kopf zu haben! Ganz zu schweigen von all den Sozialleistungen. Von der bodenlosen Blamage will ich erst gar nicht reden. Warte, bis seine Verwandten den Hammel im Hofe der Seilergasse schlachten, und er bei Tisch mit den Fingern zulangt! Führ ihn deinen Eltern vor, die bekommen ja schon einen Schock, wenn er seine Kartoffeln mit dem Messer schneidet, nicht weiß, aus welchem Glas man den Weißwein, den Rotwein und das Wasser trinkt oder Beethoven für einen holländischen

Käse hält ...« Unwillkürlich verfärbten sich meine Worte mit dem hässlichen Dialekt meines Heimatortes, den ich für immer abgelegt zu haben glaubte.

»Was bist du doch für ein Rassist. Du glaubst wohl, dass jenseits unserer Grenzen nur Barbaren leben! Lass Cem mein Problem sein! Er kommt aus einem sehr wohlhabenden Haus, hat nach dem Studium ein Stipendium in Yale bekommen und seine Sippe, wie du so elegant sagst, hat einige der schönsten Dächer Istanbuls über dem Kopf und braucht bestimmt keines in unseren Breiten ...«

»Das hat er dir alles vorgeflunkert? Und du bist darauf hereingefallen? Mädchen, du tust mir leid!«

»Es hat keinen Sinn, dass wir uns hier streiten. Wir können jahrelang über unsere Ehe reden – wir werden nie dieselbe Sprache finden! Für dich war sie harmonisch, für mich war sie ein Gefängnis. Ich weiß, es ist schwer für dich. Es tut mir leid, Friedrich, es tut mir aufrichtig leid, aber ich kann nicht mehr. Es hat keinen Sinn, dass du mir weiter nachspionierst. Das wird meinen Entschluss nicht ändern!«

»Du bist meine Frau! Du hast einen Vertrag mit mir abgeschlossen! Du hast vor Gott und den Menschen geschworen, mich zu lieben und zu ehren, bis der Tod uns scheidet!«

»Ja, das habe ich und habe mich auch redlich bemüht. Aber du hast ebenfalls geschworen, mich zu lieben und zu ehren, bis der Tod uns scheidet, hast aber immer nur dich selbst geliebt! Für mich ist einfach kein Funken übrig geblieben. Immer wenn du wählen musstest zwischen deinen und meinen Wünschen, zwischen deinen und meinen Bedürfnissen, hast du automatisch dir selbst den Vorrang gegeben. Nie hast du mein Glück gewollt, nie hast du aus Liebe zu mir auf etwas verzichtet. Dir lag an der guten Meinung unserer Nachbarn, deiner Kollegen und unserer Hausmeisterin, aber nie hast du dir Gedanken über meine Gefühle gemacht.«

»Wie kannst du das sagen?! Ich habe dich geliebt und liebe dich immer noch. Ich war dir treu, habe dich versorgt, habe unser Geld nicht verprasst. Es hat dir an nichts gemangelt! Das waren meine Pflichten als Ehemann und ich habe sie vorbildhaft erfüllt. Du kannst mir nicht den geringsten Vorwurf machen!« Auch ich hatte jetzt unwillkürlich die Stimme gehoben. All diese ungerechten Anschuldigungen hatten mich um meine Fassung gebracht.

»Es hat keinen Sinn Friedrich, es ist aus. Das Maß ist voll. Wenn ich zurückkomme, werde ich die Scheidung beantragen.«

»Du willst dich wegen dieses Türken scheiden lassen?! Das ist doch vollkommen irrsinnig! Wie lange, glaubst du, wird dein Techtelmechtel dauern? Kaum bist du weg, nimmt er die Nächste! Oder glaubst du, er wird dir folgen? Hat er dich gebeten, ihn zu heiraten? Damit hätte er einen Lotteriegewinn gemacht! Eine Aufenthalts- und Arbeitserlaubnis bei uns, davon träumen die hier natürlich. In Nullkommanichts kommen dann Mama, Papa, die Onkel, Tanten, Nichten, Neffen und vielleicht sogar seine türkische Frau samt Kinderchen nach! Anna, so komm endlich zur Vernunft! Verrenne dich um Himmels willen nicht in dieses wahnwitzige Abenteuer! Komm nach Hause! Gib uns noch eine Chance, Anna. Ich brauche dich! Versuche es doch noch einmal!« Ich streckte die Arme nach ihr aus, um sie zu umarmen. Sie wandte sich blitzschnell ab und ging zur Zimmertür.

»Es ist zu spät, Friedrich.« Anna öffnete die Tür und trat auf den Flur hinaus. »Geh jetzt.«

»Anna, ich bin dein Mann! Du kannst mich nicht einfach wegschicken ...«

»Geh. Es hat keinen Sinn!«

Im Zimmer war es inzwischen dunkel geworden. Ich trat hinaus zu ihr auf den Gang. »Anna!«

Sie wich zurück, als wäre ich aussätzig.

»Anna, bitte!«

Wieder streckte ich die Arme nach ihr aus. Ich war nicht schnell genug. Sie wich mir aus und war mit einem Schritt

196

im Zimmer. Ich wollte den Fuß in die Tür stellen, aber sie war schneller. Die Tür klickte vor meiner Nase ins Schloss.

Ich stand allein im Flur.

KAPITEL 15

Nach dem Gespräch mit Anna war ich derart erregt, dass ich mich erst einmal in das Café neben dem Hotel setzte und zur Beruhigung einen Cognac bestellte. Ständig wiederholten sich Annas Worte in meinem Ohr: »Ich will die Scheidung! Ich lasse mich scheiden!«

Anna hatte die ganze Zeit den Angriff geführt und mich zu einer linkischen Verteidigung gezwungen. Noch nie war Anna so aggressiv gewesen. Kein Wunder, dass sie mich vollkommen aus der Bahn geworfen hatte. Vergessen waren meine Notizen und Stichworte, die ich kurz vor dem Gespräch durchgesehen hatte, vergessen meine sorgfältig vorbereiteten Argumente, mit denen ich sie zur Einsicht hatte bringen wollen.

Ich konnte das Bild ihres vor Wut hochroten Gesichts, ihres vorgebeugten Körpers nicht mehr loswerden. Sie hatte dagestanden, als wollte sie sich erbrechen. Und sie hatte sich ja regelrecht erbrochen! Aggressionen, Ressentiments, Wut, alles war hervorgequollen, wie ein Schwall unverdauten, übelriechenden Essens! Wie hatte sie sich über den Privatdetektiv aufgeregt!

War es ein Fehler gewesen, ihr die Fotos zu zeigen? Nein, den Privatdetektiv hätte ich ja doch nicht verheimlichen können, denn ohne ihn hätte ich sie ja nie gefunden. Und dann diese Vorwürfe – noch heftiger und brutaler als in ihren Tagebüchern!

Wörter und Satzbrocken kreisten in meinem Kopf, vermischt mit dem, was ich eigentlich hätte sagen wollen, hätte sagen müssen. Alle Antworten fielen mir jetzt wieder ein! Stichhaltige Argumente, die sie überzeugt hätten. Es hatte mir an Geistesgegenwart gefehlt. Wie war es nur möglich, dass ich mich von ihr dermaßen in die Enge hatte treiben lassen?

Ich musste unbedingt noch einmal mit ihr reden. Ich konnte mich nicht so schnell geschlagen geben.

Ich leerte mein Glas, bezahlte und kehrte zu Annas Hotel zurück.

Derselbe Portier wie vorhin stand noch hinter dem Tresen. »Ist Frau Habermann auf ihrem Zimmer?«, fragte ich.

Er kontrollierte und nickte. »Wen soll ich melden?«, fragte er in fast akzentfreiem Deutsch. Wahrscheinlich war er auch ein ehemaliger Gastarbeiter.

Konnte er sich nicht erinnern, dass er mich vor ein paar Stunden bereits angemeldet hatte?

»Ihren Ehemann.«

Er hob leicht die Augenbrauen, griff nach dem Telefonhörer und wählte. Ich hörte, wie er Anna meldete, dass ich hier sei. Ihre Antwort konnte ich nicht hören. Er legte auf. »Frau Habermann kann Sie leider nicht empfangen.«

Ich biss auf meine Unterlippe und schloss einen Augenblick die Augen. Sie wollte mich nicht sehen. Ich versuchte, meinen Ärger zu verbergen, und holte tief Luft. »In Ordnung. Ich warte hier.«

Der Portier strich sich über den Schnurrbart und deutete auf die Sitzgarnituren auf der anderen Seite der Halle. »Wie Sie wünschen«, damit wendete er sich ab und machte sich am Computer zu schaffen.

Die Lifttür öffnete sich. Ich sprang auf. Es war eine Gruppe von Gästen. Sie lachten laut, unbeschwert, offenbar unterwegs zu einem der vielen Restaurants. Ich setzte mich wieder. Unwillkürlich wallte Neid und Wut in mir auf.

Auch Anna würde sich bald am Arm ihres Lovers in das Gemenge der Touristen mischen. Wenn ich es noch nicht geschafft hatte, beiden die Unbeschwertheit und das

Vergnügen zu vergällen, dann würde mir das vielleicht jetzt gelingen.

Von meinem Lehnstuhl aus konnte ich die Treppe und die Lifttür im Auge behalten. Ich musste nicht lange warten. Anna kam mit schnellen Schritten die Treppe herab. Sie war sehr schön, aber irgendwie fremd, tief gebräunt, in ihrem schicken, weißen, mit großen, weinroten Blumen übersäten Sommerkleid mit Spaghettiträgern und ihrer neuen, jugendlichen Frisur. Sie wirkte nicht besonders glücklich, eher besorgt. Umso besser!

Von Natur aus neigte ich nicht zu Komplimenten. Das war sicher ein Mangel, denn ihr exotischer Lover überhäufte sie gewiss mit überschwänglichen Schmeicheleien, wie das bei Orientalen üblich ist. Welche Frau freute sich nicht über Komplimente – sie waren ja gewöhnlich geradezu süchtig danach. Offenbar auch Anna. Ich hatte geglaubt, sie sei über diese Dinge erhaben, aber auch hierin hatte ich sie überschätzt. Ich musste meine Taktik ändern.

Ich trat vor sie hin. »Anna, ich konnte nicht so im Bösen auseinandergehen.« Ich hielt einen Augenblick inne und ließ meinen Blick betont über sie schweifen. »Hübsch siehst du aus. Das Kleid steht dir wunderbar.«

Sie blieb abrupt stehen, als ich ihr den Weg versperrte, schien sich aber schnell wieder zu fassen. »Friedrich, ich glaube, wir haben uns alles gesagt. Was willst du noch?«

»Ich möchte dich zum Abendessen einladen. In ein nettes ruhiges Lokal. Bitte.« Als sie langsam den Kopf schüttelte, als wollte sie sagen: »Hat der Kerl noch immer nicht begriffen?«, fügte ich schnell hinzu: »Das wird dir unsere Ehe, unsere Beziehung doch wert sein!«

»Ich bin verabredet. Ich muss los.«

»Anna, sind denn alle anderen wichtiger als ich? Gib mir doch eine Chance! Ich kann mich ändern. Ich werde mich bemühen, auf deine Wünsche einzugehen. Lass uns wenigstens darüber reden.«

»Nein, Friedrich. Du hast deine Chancen gehabt. Neun

Jahre hättest du auf meine Wünsche eingehen können und hast es nicht einmal in Betracht gezogen. Jetzt ist es zu spät – wie gesagt, das Fass ist voll, zum Überlaufen voll.« Damit wendete sie sich ab und versuchte, an mir vorbei zum Ausgang zu gelangen.

Wahrscheinlich wartete ihr Lover draußen im Schatten der Büsche. Wut und Eifersucht trieben mir das Blut in den Kopf. Ich packte ihren Arm. »Du bleibst hier. Ich verbiete dir, zu deinem Bumser zu gehen. Du bist meine Frau! Du gehörst mir! – Zu mir!«, verbesserte ich mich.

Sie versuchte, sich loszureißen, aber ich hielt ihren Arm umklammert. »Ich gehöre niemandem. Auch nicht dir.«

Ich sah verschwommen ihr störrisches Gesicht. Sie schüttelte heftig den Arm, den ich immer noch mit aller Kraft umklammert hielt. Gleichzeitig versuchte sie, mich mit der anderen Hand wegzuschieben, abzuschütteln, wie einen lästigen Bittsteller, einen aufdringlichen Anmacher, mich, ihren angetrauten, rechtmäßigen Ehemann! Ich packte auch ihren anderen Arm und schüttelte sie. Ich konnte nicht aufhören, sie zu schütteln.

Anna schrie auf. Es war ein unterdrückter Aufschrei. Ich ließ sie los. Sie taumelte ein paar Schritte zurück.

Sie griff sich an den Nacken und starrte mich mit weit aufgerissenen Augen an.

Ich versuchte zu sprechen, aber brachte keinen Ton hervor. »Komm nach Hause!« Mehr als ein heiseres Flüstern konnte ich nicht hervorwürgen.

Der Portier stand plötzlich neben mir und sagte irgendetwas, wie: »Lassen Sie die Dame«, und fragte Anna, ob er die Polizei rufen sollte.

»Ich bin ihr Mann«, schrie ich. Meine Stimme war wieder da, aber ich konnte sie nicht beherrschen. »Ihr Mann!«

Der Portier stellte sich zwischen mich und Anna. Sie antwortete etwas, das ich nicht hören konnte, und durchquerte die Halle. Sie rieb sich immer noch den Nacken und verschwand, ohne sich einmal nach mir umzudrehen, durch die breite Glastür. Draußen wartete eine Reihe von Taxis. Die Scheinwerfer eines Wagens leuchteten auf und verschwanden sogleich aus meinem Blickfeld.

Ich zitterte am ganzen Körper. Ich musste Anna erreichen, bevor sie sich ihrem Lover in die Arme werfen konnte, aber der schnurrbärtige Portier versperrte mir den Weg. Ich versuchte, ihn zur Seite zu drängen. Bevor ich mich versah, hatte er mit Bärenkräften meine Hände auf den Rücken gebogen und hielt mich fest. Es war ein Fehler, dass ich schon lange nicht mehr boxte.

»Lass mich los! Ich muss zu ihr! Lass mich los!« Aber der Kerl reagierte nicht. Ohne die geringste Anstrengung hielt er meine Hände am Rücken gefesselt. Als sich der Wagen entfernt hatte, schob er mich ohne ein Wort vor die Tür.

Ich sah mich nach Anna um, aber sie war natürlich verschwunden.

Ich blieb einen Augenblick stehen und holte tief Luft. Es gelang mir nicht, mich zu fassen. Ein paar der Taxifahrer lungerten herum und riefen: »Taxi? Taxi?«

Ich schüttelte den Kopf und marschierte los, blindlings, ohne darauf zu achten, aus welcher Richtung ich gekommen war. Wie war es möglich, dass es mir einfach nicht gelang, unseren Gesprächen die gewünschte Richtung zu geben? Anna war keinem Argument mehr zugänglich. Sie hatte ihren Entschluss gefasst, sie wollte die Scheidung und war nicht mehr davon abzubringen. Und ich sollte sie gefälligst in Ruhe lassen, nicht stören, während sie ihre neue Freiheit genoss. Aber das letzte Wort war noch nicht gesagt.

Ich sah mich um.

Wo war ich?

Die schmale Straße war links und rechts von weiß gekalkten Mauern gesäumt, aus denen dunkel die Schatten von hohen Bäumen ragten. Mein Gott, ich hatte mich in diesem Gassenlabyrinth verlaufen! Kein Auto fuhr vorüber, keine Fußgänger. Es herrschte eine unheimliche, gespenstische Stille. Die Straße war nur spärlich hier und da vom

Kreis einer Laterne erhellt und dazwischen herrschte Dunkelheit.

Einer meiner ärgsten Albträume hatte sich verwirklicht. Nie hatte ich mich auf unseren Reisen nach Italien, Griechenland oder Israel und schon gar nicht damals in Ägypten alleine in unbekannte Stadtviertel vorgewagt. Ich hielt nicht viel von solchen Abenteuern und hatte nie Bedauern verspürt, wenn ein unvorsichtiger Tourist von lokalen Halunken überfallen wurde. Und jetzt würde vielleicht mir dieses Schicksal blühen. Jeden Augenblick konnten aus dem Schatten der Bäume ein paar Delinquenten herausstürzen, um mich auszurauben. Wie immer trug ich mein Geld, meine Papiere, meine Kreditkarte in der Bauchtasche unter meinen Kleidern. Ich traute den Portiers in diesen Ländern nicht und ließ meine Wertsachen nie in einen Safe sperren. Und jetzt war ich hier in diesem finsteren Viertel, kein Mensch weit und breit und trotzdem hatte ich ganz deutlich das Gefühl, dass mich jemand beobachtete, mich unsichtbare Augen verfolgten.

Vielleicht hatte mich Annas Liebhaber heimlich bespitzelt, um mich außer Gefecht zu setzen, um mich loszuwerden, möglichst für immer? Mit ein paar Kumpanen konnte er mir hier ungesehen ein Messer in den Leib rammen. Die Polizei würde sagen, ein Raubüberfall an einem Touristen, das war hier gewiss an der Tagesordnung!

Ich begann zu laufen, immer schneller. Bald geriet ich außer Atem. Es rächte sich, dass ich nicht mehr sehr athletisch war, denn ich geriet schnell außer Atem. Aber ich lief weiter. Keine Geschäfte, kein Hotel, keine Touristen, überall nur Schatten, unsichtbare Augen. Mein Laufen wurde allmählich zu einem Torkeln, aber die Angst war stärker als die Erschöpfung. Ich kam an eine Kreuzung. Dahinter lag ein kleiner Laden, in dem ein schummriges Licht brannte. Ich stolperte in den Laden und musste mich an einem der Regale festhalten. Ich keuchte und rang nach Luft. An der Kasse saß ein grauhaariger Mann und starrte mich an. Ich rang immer noch nach Luft. Der Schweiß rann mir über das Gesicht, den Rücken und die Brust.

Er sagte etwas, das ich nicht verstand und verschwand im Hinterzimmer.

War ich in diesem Laden in Sicherheit? Ich wollte bereits die Flucht ergreifen, als er wiederkam und mir mit einem Lächeln ein Glas Wasser reichte.

Meine Kehle war staubtrocken, brannte geradezu, aber um keinen Preis wollte ich sein Wasser trinken. In diesen Ländern konnte man sich auf diese Weise den Tod holen. Ganz abgesehen von dem Glas, aus dem wer weiß wer getrunken hatte! Ich schüttelte den Kopf und sagte: »Mausoleum Palace Hotel?«

Er hielt mir wieder das Glas hin und forderte mich mit einem aufmunternden Nicken auf zu trinken, aber ich wehrte jetzt auch mit den Händen ab und fragte nochmals: »Mausoleum Palace Hotel?«

Sein Lächeln verschwand. Er sagte wieder etwas Unverständliches und rief in das Haus hinein. Ohne mich weiter anzusehen, vertiefte er sich in die Lektüre der auf dem Tresen ausgebreiteten Zeitung.

Ein junges Mädchen trat in den Laden, Sie fragte auf Englisch, ob sie mir helfen könnte.

Ich stammelte wieder den Namen meines Hotels. Das Mädchen erklärte mir den Weg. Ich hatte Mühe, ihr zu folgen. »Ist es weit?«

»Fünfzehn Minuten vielleicht.« Sie lächelte ermutigend.

Eine Viertelstunde! In diesem finsteren Labyrinth!

Sie fragte, ob sie ein Taxi rufen sollte. Aber das war ja ebenso gefährlich, wie die finsteren Gassen da draußen! Was sollte ich bloß tun? Sie wiederholte ihre Frage. Ich nickte. Ich war zu erschöpft, um noch eine Viertelstunde durch die Finsternis zu laufen.

Der Taxifahrer sprach deutsch. Das beruhigte mich ein bisschen. Er hatte zwanzig Jahre in Deutschland gearbeitet. Als wir vor meinem Hotel hielten, fragte ich ihn, warum er nicht in Deutschland geblieben war. Ob es ihm nicht gefallen hätte.

»Heimat ist Heimat!«, antwortete er treuherzig. Elend, Hitze, Chaos, aber »Heimat ist Heimat«! Den Menschen war nicht zu helfen.

Auf jeden Fall war ich heil wieder in meinem Hotel. Ich ging sofort auf mein Zimmer und legte mich voll bekleidet auf das Bett.

Anna hatte mein Leben in einen Trümmerhaufen verwandelt. Wie hatten mich diese Tage des Wartens, der Enttäuschung, der Ohnmacht aus mir gemacht? Wie oft hatte ich mir in diesen schrecklichen Wochen vorgenommen, mich nicht weiter aus dem Lot bringen zu lassen, zu meinen lieben Gewohnheiten, meinem mit Mühe erworbenen Lebensstil zurückzukehren, der mich seit Jahren begleitete, mir Sicherheit gab, mein Leben prägte. Umsonst waren all meine guten Vorsätze.

Nach diesem enttäuschenden, misslungenen Gespräch mit Anna – Streit sollte ich wohl sagen – lag ich hier in meinen verschwitzten Kleidern und wusste nicht, was mich unglücklicher machte, Annas Weggehen und ihr verändertes Wesen oder die Art und Weise, wie ich mich in diesen Wochen hatte gehen lassen.

Die ganze primitive Art meines Vaters, der Prolet schien aus mir hervorgebrochen zu sein, als hätte sich der Kokon geöffnet, in den er eingesponnen war. Meine Kraftlosigkeit, diese unbekannte Laxheit war wie ein bleierner Mantel – nichts war mir mehr wichtig genug, um mich aufzuraffen und mein Leben wieder in die Hand zu nehmen. Die Selbstdisziplin, die mich bis jetzt geschützt hatte, war unerreichbar wie auf einem viel zu hohen Regal.

Es zog mich hinab in die Hölle meines Vaters. Der Drang, mich zu betrinken, die Flüche und Kraftausdrücke, die ich immer verabscheut hatte und mir jetzt ständig auf der Zunge lagen, der Dialekt, den ich mir längst abgewöhnt hatte –, nichts ließ sich mehr zurück in den Kokon drängen.

Sogar meine schlechten Tischmanieren, die ich erst spät, aber umso strebsamer abgelegt hatte, kamen wieder zum Vorschein, als hätte ich ein zu enges Korsett aufgeschnürt. Wie oft hatte ich in den letzten Wochen meine Mahlzeiten direkt aus der Pfanne gegessen, nein verschlungen wie früher zu Hause, anstatt mich an einen ordentlich gedeckten Tisch zu setzen. Ich hatte geglaubt, ich hätte das alles abgeschüttelt, mir eine ganz andere, eine kultivierte Lebensart angeeignet, aber es war nur eine Maske, alles Theater.

Anna war offenbar das Gerüst gewesen, ohne das mein neues Ich, den Halt verloren hatte. Aber – wer würde nicht den Halt verlieren, wenn ihn die Lebensgefährtin nach Jahren des glücklichen Zusammenlebens vollkommen unangekündigt verlässt? Ich war mir nie bewusst gewesen, wie sehr ich meine Frau brauchte. War es nicht absolut verständlich, dass mich ihr Verhalten aus der Bahn geworfen hatte? Und jetzt war ich hier in diesem unbekannten, gefährlichen Land und riskierte Kopf und Kragen.

Morgen früh wollte ich nochmals mit Anna sprechen. Diesmal aber würde ich das Gespräch in die Hand nehmen und es auch in der Hand behalten!

»Sie will die Scheidung!«

Ich saß mit Pichler im Garten eines der unzähligen Lokale, gegenüber der Marina. Anstelle des dröhnenden Beatsounds gab es hier diese türkische Katzenmusik, die sich nur ertragen ließ, weil sie einigermaßen leise war und auch noch ein Gespräch ermöglichte.

Pichler hatte mich zum Essen abgeholt. Ich hatte keinen Hunger, obwohl ich seit dem späten Frühstück nichts mehr gegessen hatte. Ich bestellte ein Steak mit Reis und diesen Anisfusel und der Wirt stellte eine ganze Flasche samt Mineralwasser vor mich. Inzwischen hatte ich mich an den Geschmack gewöhnt und trank das weiße Gebräu aus einem Trinkhalm, denn ich hatte vergessen, einen neuen Trinkbecher zu kaufen.

Ich fühlte mich wie nach einem schweren Sturz. Zuerst hemmte der Schock jeden Schmerz, dann brannten zunächst einmal die Schrammen und Abschürfungen so heftig, dass man erst später erkannte, dass man sich den Knöchel gebrochen hatte.

Pichler schien nicht überrascht. »Das kann auch nur eine erste Reaktion sein. Haben Sie ihr die Fotos gezeigt?«

Ich nickte.

»Was hatten Sie denn erwartet? Ein Schuldgeständnis? Reue?«

Vielleicht hatte er recht. Immerhin hatte Pichler Erfahrung mit Untreue. Das war ja sein Geschäft.

Angriff war natürlich die beste Verteidigung. Hatte Anna einfach kaltblütig strategisch reagiert? Nein, das war doch unwahrscheinlich. Mein Kommen und vor allem die Fotos ihres Seitensprungs hatten sie ja sichtlich überrascht. Auch wenn ihr Freund sie vorgewarnt hatte. Ihre Aggressivität war nicht strategisch, sondern echt gewesen. Sie hatte vollkommen instinktiv gehandelt. Und das hatte mich ja auch gänzlich aus der Bahn geworfen. Denn Anna war kein aggressiver Mensch. Natürlich hatte ihr Schuldbewusstsein sie aggressiv gemacht, das Wissen, mir ohne Anlass ein namenloses Unrecht zugefügt zu haben!

So musste es gewesen sein. Denn jemandem Unrecht zu tun, macht aggressiv. Nur wenige Menschen haben die Größe, ihr Unrecht einzugestehen. Anna hatte sie leider nicht. Sie hatte sich in die Enge getrieben gefühlt und keinen Ausweg mehr gewusst. Sie musste sich vor sich selbst und vor mir rechtfertigen. Da sie ihr Unrecht nicht eingestehen und mich um Verzeihung bitten wollte oder konnte, musste sie mir ein noch größeres Unrecht in die Schuhe schieben, das ihre Fehltritte rechtfertigte. Deshalb hatte sie mir all diese Vorwürfe blindlings an den Kopf geworfen, mich angeschrien, als hätte ich sie betrogen und nicht umgekehrt.

Ja, so war es. So ähnlich war ja auch der Inhalt ihrer

Tagebücher. Ich hätte eigentlich auf ihre Reaktion vorbereitet sein müssen, dann würde ich nicht hier sitzen und mich von Pichler trösten lassen.

Und zum Schluss dann noch die Scheidung.

Warum nur hatte ich sie gebeten, wieder zurückzukommen? Was hätte sie mir denn antworten sollen? »Ja«? Damit hätte sie sich doch selbst Lügen gestraft. Sie konnte gar nicht anders, als die Scheidung anzudrohen. Sonst hätte sie mit einem Schlag die Gründe für ihr Gehen allesamt entkräftet und meinen Vorwürfen Tür und Tor geöffnet.

Ich begann, wieder Mut zu schöpfen. Gut, dass ich Pichler noch nicht zurückgeschickt hatte!

Wenn ich morgen früh wieder zu Anna ging, würde ich besser vorbereitet sein.

In Saudi-Arabien wurden Frauen wegen Ehebruchs gesteinigt, auch in Pakistan, im Jemen, in Afghanistan und wer weiß, wo noch. Nicht dass ich für Gewalttaten wäre, Gott behüte! In unseren Breiten waren die Sitten aber inzwischen so verlottert, dass sich ein betrogener Ehemann auch noch schuldig fühlen sollte, weil er für seine flatterhafte Frau nicht genug Verständnis zeigte!

Vor uns lagen dicht an dicht Segelboote, dickbauchige türkische Gulettas und Motoryachten mit ihren festlichen Lichterketten in der fast windstillen Bucht. Die meisten hatten Gäste an Bord. Man aß zu Abend, spielte Karten, plauderte und trank. Ich fragte mich, wo Anna jetzt war. Wieder in seinen Armen! In ihrem Hotel? Eher nicht, da sie befürchten musste, dass ich ihnen vielleicht auflauerte. Bei ihm zu Hause bestimmt auch nicht, denn da war ja seine Mutter. Oder waren sie derart schamlos, dass sie sich sogar von ihr nicht stören ließen? Nein, Pichler hatte ja erzählt, dieser Türke hätte ein Boot. Wo mochte es liegen? In einer einsamen Bucht?

»Sein Boot liegt hier in der Marina.« Es durfte nicht schwer sein, meine Gedanken zu erraten.

Was war romantischer, als in den Armen eines

Liebhabers auf einem sanft schaukelnden Boot unter dem sommerlichen Sternenhimmel zu liegen? Da war es keine Kunst, einer Frau den Kopf zu verdrehen!

Und ich saß hier mit Pichler, betäubte mich mit dem Raki und er schwafelte von Geduld und Verständnis.

Ich hätte nicht von ihrer Türschwelle weichen sollen! Ich war ihr Mann! Ich war ihr zu langweilig geworden, der Alltag, die Routine, das war wie Tag und Nacht im Vergleich zu glitzernden Sternen, dem lauen Nachtwind und leise klatschenden Wellen! Wie klischeehaft! Anna war leider auch nicht besser als irgendeine Verkäuferin oder Friseuse!

Ich hatte ihr alles gegeben, was ich ihr geben konnte. Finanzielle Sicherheit, Geborgenheit, Liebe – und was bekam ich dafür? Einen Tritt in den Arsch!

»Ich will zu ihr. Jetzt, sofort!« Meine Zunge war ein wenig schwer geworden.

Pichler sah mich stirnrunzelnd an.

Er winkte dem Kellner und verlangte die Rechnung. »Soll ich Sie begleiten?« Pichler stand da und glotzte blöd.

»Ja, natürlich! Wie soll ich denn alleine das Boot finden?«

Ich wusste nicht, was ich tun würde, wenn ich Anna auf dem Boot dieses Türken fand. Was auch immer, ich musste dieser Geschichte ein Ende machen!

Pichler redete kein Wort, bis wir beim Landesteg ankamen. Wenn ich ein bisschen stolperte, stützte er mich. Dabei gaffte er mich besorgt an, als wäre ich ein schwer erziehbares Kind. Der Kerl ging mir ordentlich auf die Eier. Das Boot des Türken war ein Segelboot, ich schätzte acht oder neun Meter. Es war dunkel, keine Lichtergirlanden, kein Licht aus den Kajüten.

»Anna!«, rief ich.

Niemand antwortete.

Ich versuchte es nochmals, lauter, dann noch lauter.

»Anna! Anna!«

Keine Antwort. Jemand von einem anderen Boot schrie: »Silence!«

»Es scheint niemand an Bord zu sein«, sagte Pichler.

Oder sie antworteten einfach nicht. Dachten sich:»Schrei nur! Wir lassen uns nicht stören.« Da irrten sie sich aber gründlich.

Zu meinen Fehlern gehörte bestimmt nicht, dass ich mich leicht abschütteln ließ.

»Ich will selbst nachsehen!«, sagte ich und ging an Bord.

Pichler versuchte, mich zurückzuhalten. Als es ihm nicht gelang, folgte er mir auf den Fersen.

Ich stieg die steile Holztreppe zu den Kajüten hinunter. Das war gar nicht einfach, denn mir war ziemlich schwindlig. Abgesehen von einem Ausrutscher, bei dem ich gleich über mehrere Stufen schlitterte, kam ich zum Glück heil unten an.

Alles war dunkel. Ich öffnete die Türen. Eine kleine Kombüse, ein Aufenthaltsraum, eine kleine Kajüte, eine größere Kajüte mit einem Doppelbett.

Durch die Luken schien der Mond. Mein Magen verkrampfte sich. Hier hatten sie sich geliebt. Hier hatte sie in seinen Armen gelegen. Anna!

Die Wut würgte mich, aber ich konnte die Tür nicht schließen und wieder gehen.

Ich stand regungslos und starrte auf das Bett.

»Herr Professor Habermann!« Pichler versuchte, mich zurück zur Treppe zu ziehen. »Es ist niemand hier.«

Ich schloss die Tür und stieg nach oben. Pichler wieder dicht hinter mir. Er sprang auf den Landesteg zurück und half mir, wieder festen Boden zu erreichen.

Auf dem Rückweg zu meinem Hotel schwiegen wir.

Als wir in der Hotelhalle standen, fragte Pichler, für wann er seinen Flug buchen sollte.

Heute war Mittwoch. »Freitag, vielleicht ...«

Morgen würde ich wieder mit Anna reden.

Was, wenn ich sie nicht zur Vernunft bringen konnte?

Dann würde ich so lange nicht von ihrer Türschwelle weichen, bis sie zur Einsicht kam.

An der Rezeption kaufte ich eine kleine Flasche Raki. Ich trank ein Glas im Bett und stellte meinen Wecker auf acht Uhr.

KAPITEL 16

Die Fahrt vom Flughafen nach Hause erschien mir endlos. Mir war immer noch sterbensübel. Als das Taxi vor unserer Haustür hielt, war mir derart elend, dass mir der Fahrer beim Aussteigen helfen musste.

Vor drei Tagen war ich von hier weggefahren, voller Hoffnung, nein überzeugt, dass ich mit Anna heimkehren würde.

Es waren drei Tage des Grauens. Hätte ich bloß alles ungeschehen machen können, die Zeit zurückdrehen, den Albtraum auslöschen – ich hätte alles dafür gegeben.

Im Flur traf ich auf die Hausmeisterin. »Sind Sie schon wieder zurück, Herr Professor? Das war aber ein kurzer Urlaub.« Sie gaffte mich aufdringlich an. »Geht es Ihnen nicht gut? Sie sehen schlecht aus!«

Ich war zu schwach, um mich über sie zu ärgern. Am liebsten hätte ich sie einfach ignoriert. Aber vielleicht würde man sie als Zeugin laden, wenn ich vor Gericht gestellt werden sollte. Also riss ich mich zusammen und murmelte: »Nur eine kleine Magenverstimmung.«

»Ja, ja, kein Wunder bei der fremdländischen Küche!«

Ich nickte kurz und schob mich an ihrer massigen Gestalt vorbei.

»Wenn ich wieder saubermachen soll, melden Sie sich einfach«, rief sie mir hinterher.

Ich hatte vergessen, sie vor meiner Abreise darum zu bitten. »Sicher.«

In meinem Zustand konnte ich die Treppen unmöglich

zu Fuß bewältigen, also nahm ich den Aufzug.

Hatte es schon eine Hausdurchsuchung gegeben? Hatte Gabi oder sonst jemand von Annas Verwandten eine Vermisstenanzeige aufgegeben? Oder war es noch zu früh dafür?

Ich schloss die Wohnung mit zittrigen Händen auf.

Sie war genauso, wie ich sie verlassen hatte.

Ich ging durch den Flur, stellte meinen Koffer ins Schlafzimmer, ohne ihn wie sonst gleich auszupacken und die Wäsche in den Schmutzwäschekorb zu stopfen, warf einen Blick in mein Arbeitszimmer und dann in Annas. Ihr Schreibtisch war perfekt aufgeräumt. Gewöhnlich war er übersät mit Papieren, Prozessunterlagen, Bankauszügen. Nie mehr würde ich sie hier bei der Arbeit sitzen oder am Bügelbrett stehen sehen, wenn sie meine Hemden bügelte. Nie mehr würde ich ihre Stimme hören, nie mehr würde es gemeinsame Mahlzeiten geben – es war alles zu Ende. Die Endgültigkeit dieser Situation traf mich wie ein Hieb in den Magen. Tränen begannen, über meine Wangen zu rinnen. Ich schloss die Tür, ging ins Wohnzimmer und streckte mich auf dem Sofa aus. Die Tränen tropften auf das Polster und ich wusste nicht, ob ich um Anna weinte oder um mein verlorenes Leben, aus Angst, vor den furchtbaren Dingen, die auf mich zukamen. Ich fühlte mich wie damals als kleiner Junge, wenn ich mich voll ohnmächtiger Angst vor meinem betrunkenen Vater und seinen Hieben versteckte, immer umsonst, weil sie mich unweigerlich trafen.

Die Angst fraß mich auf.

Ich versuchte, einen Plan auszuhecken. Was sollte ich der Polizei sagen, wenn sie plötzlich vor meiner Tür stand? So tun, als fiele ich aus allen Wolken? Alles abstreiten? Nein, die Reise in die Türkei konnte ich nicht abstreiten. Würde mich Pichler trotz seines Berufsgeheimnisses vor Gericht belasten? Das Foto zeigen, wie ich Anna einen Hieb versetzte und sie nach hinten taumelte?

Ich würde kein Wort sagen, bevor ich nicht mit einem

Anwalt gesprochen hatte. Ich brauchte den besten, denn auf der anderen Seite stand die gesamte Anwaltsfamilie Annas und würde darum kämpfen, dass ich auf immer im Kittchen verrotten würde.

Es war Totschlag. Den Vorsatz konnte mir keiner andichten. Was stand auf Totschlag? Ich musste sofort nachsehen.

Fünf bis zehn Jahre Freiheitsstrafe. Dagegen Körperverletzung mit tödlichem Ausgang ein bis zehn Jahre.

Darauf würde ich plädieren. Körperverletzung oder Misshandlung. Bei meinem Leumund bekam ich bestimmt nur die Mindeststrafe, also ein Jahr.

Annas Familie würde wie die Geier über unser Hab und Gut herfallen, mir die Wohnung wegzunehmen versuchen, die ja - heute muss ich sagen leider – zum Großteil von Annas Vater finanziert worden war. Ich würde meine Stelle verlieren und keine andere mehr bekommen. Keine Stelle, kein Einkommen, keine Pension, keine Wohnung.

Mir wurde wieder übel. Die Angst schien meine Eingeweide auszuwringen. Ich lief ins Bad und spuckte bittere Galle in die Toilette.

Ohgottohgott. In meinen Eingeweiden brannte es, als hätte ich Gift geschluckt.

Plötzlich loderte die Wut, der Hass in mir hoch, Hass auf die Frau, die mich in diese Lage gebracht hatte. Anna, die ich all die Jahre geliebt hatte, der ich ein guter Ehemann war, der ich nie etwas hätte zuleide tun wollen und die mich zum Dank in dieses bodenlose Unglück gestoßen hatte. Aus einer Laune heraus. Wegen eines Kümmeltürken, der sie mit der Nächstbesten betrügen würde.

Ich spülte den Mund aus und ging zu unserer Hausbar. Zum Glück war die Cognacflasche noch halbvoll. Ich nahm einen großen Schluck direkt aus der Flasche.

Ich musste mich beruhigen. Die schlimmsten Fehler machte man, wenn man in Panik geriet. Aber wie konnte ich mich beruhigen, wenn sich vor mir ein Abgrund auftat, der mich gleich verschlingen würde?

214

Hörte man nicht immer wieder, dass angesehene Bürger mit einem guten Beruf plötzlich obdachlos wurden, in Notschlafstätten oder auf der Straße übernachten mussten, jedem Spott und Hohn, ja sogar Misshandlungen ausgeliefert? Nie, in meinen schlimmsten Albträumen hatte ich mir je ausgemalt, dass mir ein solches Schicksal blühen könnte, nach all den Strapazen und Mühen, die ich auf mich genommen hatte, um kein Leben wie mein Vater führen zu müssen. Umsonst, jetzt würde meines noch schlimmer sein.

Ich nahm einen weiteren großen Schluck Cognac aus der Flasche, die ich auf den Couchtisch neben dem Sofa gestellt hatte.

Sollte ich fliehen, bevor sie mich verhafteten?

Irgendwohin, wo sie mich nicht auslieferten. Oder ich könnte untertauchen, zum Beispiel in den USA, wo es keine Meldepflicht gab. Aber dazu bräuchte ich einen gut gefälschten Pass, sonst schnappten sie mich gleich bei der Einreise. Sicher fand man im Internet oder wohl eher im Darknet Passfälscher, aber woher sollte ich wissen, wie gut sie waren? Und überdies hatte ich nicht genug Zeit für die Suche.

Vielleicht war Afrika besser – da schauten sie sicher nicht so genau bei der Einreise. Aber ein Leben inmitten von Kriegen, Krankheiten und Ungeziefer, da war ein Jahr in heimischen Gefängnissen vielleicht doch besser. Außerdem, wie lange könnte ich dort mit meinen Ersparnissen leben? Oder blockierte der Staat die Konten eines Straftäters? Nur gut, dass ich ein Scherflein aus meinen Nebeneinkünften anonym und fernab geparkt hatte, wo das Finanzamt nicht hineinschnüffeln konnte.

Ich nahm einen weiteren Schluck aus der Flasche, gurgelte ein bisschen, denn ich hatte einen Rest von dem bitteren, galligen Geschmack im Mund.

Mir war schwindlig, denn ich hatte seit gestern Abend nichts mehr gegessen. Gestern Abend – da saß ich mit Pichler in einem Restaurant mit Blick auf die weite Bucht von

Bodrum, vor uns die bauchigen Gulettas, lachende, plaudernde Menschen. Und ich hatte noch kein Verbrechen begangen.

Ich schloss die Augen. Ich war nicht hungrig, die Angst schnürte mir die Kehle zu. Außerdem hatte ich wie so oft, seit Anna mich verlassen hatte, nichts Essbares zu Hause und in meinem Zustand auszugehen, war ausgeschlossen.

Sollte ich ein Köfferchen packen, wie es scheinbar Schostakowitsch getan hatte, als er jede Nacht erwartete, vom Stalinregime verhaftet zu werden? Ich mochte seine Musik nicht, zu modern für meinen Geschmack. So viele Disharmonien. Kein Wunder, dass er sich vor Stalin fürchten musste. Anna hatte seine Musik natürlich gefallen – sie musste ja unbedingt gegenteiliger Meinung sein.

Nein, nein, kein Köfferchen, das käme ja einem Schuldeingeständnis gleich. So bald würde die Polizei nicht hier sein und vielleicht wollten sie erst einmal nur ein paar Informationen und würden mich sicher nicht gleich mitnehmen. Bestimmt würden sie vor allem ihren Bumser verdächtigen und nicht mich.

Wer wusste denn außer Pichler, dass ich in die Türkei gefahren war? Vielleicht Gabi, falls Anna gestern oder vorgestern mit ihr telefoniert hatte. Gestern oder vorgestern – es schien eine Ewigkeit vergangen zu sein, seit ich auf das Deck dieses verfluchten Segelbootes gestiegen war.

War Trunkenheit ein Milderungsgrund?

Mein Gott, ich musste dafür sorgen, dass Pichlers Scheck gedeckt war. Ich durfte nicht vergessen, morgen früh gleich zur Bank zu gehen, sonst würde seine Schweigepflicht sicher brüchig werden.

Und auf jeden Fall musste ich in mein Büro, um alles Private wegzuräumen. Auch alle Bankbelege meines Kontos in Luxemburg, die ich in meinem Büro in einer verschlossenen Schublade aufbewahrte, musste ich an einen sicheren Ort bringen.

Aber wohin? Ein Safe in einer Bank war kein sicherer Ort

mehr. Die Polizei kam ja heutzutage an jeden Safe und jedes Konto. Vielleicht ein kleines Schließfach am Bahnhof, allerdings musste ich mich vergewissern, dass da niemand nachsah, ob die Fächer regelmäßig geleert wurden. Sicher gab es auch eine Überwachungskamera, die mich dabei beobachten würde, wie ich meine Papiere im Fach verstaute. Es war einfach verhext. Alles wurde aufgezeichnet, alles wurde gemeldet – wir lebten in einem Überwachungsstaat!

Vielleicht wäre es überhaupt besser, mein geheimes Konto aufzulösen und das Geld in eines der sicheren Steuerparadiese zu verlegen. Ich musste morgen mit meinem Steuerberater sprechen, der hoffentlich imstande war, mir weiterzuhelfen.

Ich stand mühsam auf. Es war spät. Ich war erschöpft und gleichzeitig voller Unruhe. Meine Gedanken sprangen von einem Thema zum anderen – überall lauerten Gefahren und nirgends sah ich eine Möglichkeit, mich zu schützen.

Ich hasste es, so planlos den kommenden Ereignissen ausgeliefert zu sein. Es war sinnlos, heute noch zu versuchen, einen Ausweg aus dieser Katastrophe zu finden. Morgen würde ich hoffentlich wieder einen klaren Gedanken fassen können.

Ich machte mir ein paar Notizen, was ich morgen dringend erledigen musste. Im Bad fand ich noch ein paar Schlaftabletten. Ich nahm eine, spülte sie mit Cognac hinunter und ging zu Bett.

Es war noch dunkel. Die Straße war nass, die Laternen malten fahle Kreise auf den glitschigen Asphalt. Ich lief an der Häuserfront entlang und suchte nach einer offenen Haustür, aber an den Häuserfronten gab es keine Türen. Hinter mir hörte ich die Schritte dieses Kerls. Er war ein Stück größer als ich und kam mir ständig näher. Einmal wagte ich, mich umzuschauen. Sein Gesicht war eine schwarze Maske und in der Hand hielt er eine Waffe, vielleicht eine Pistole, vielleicht war es ein Messer. Das Metall glänzte im trüben Schein der Straßenbeleuchtung.

Endlich eine Haustür! Ich rüttelte daran, aber niemand öffnete. Die Schritte kamen noch näher. Ich lief weiter, aber kam auf dem vom Regen glitschigen Gehsteig nur schlecht voran. Der Gehsteig endete vor einer Treppe. Ich hastete weiter, hinauf, hinauf. Die Treppe war steil und hatte plötzlich keinen Handlauf mehr. Jetzt wurde sie zu einer Leiter, da und dort fehlte eine Sprosse. Die Leiter begann zu wanken. Ich umklammerte krampfhaft die nächste Sprosse. Ein Stück unter mir war mein Verfolger. Er rüttelte mit aller Kraft an der Leiter, die sich jetzt nach hinten bog. Die Sprosse, an der ich hing, knackte – und brach. Ich griff ins Leere und stürzte in die Tiefe. Der Sturz war endlos. Vergeblich versuchte ich, mich zu drehen. Kopfüber fiel ich dem Tod entgegen. Ich schrie vor Schreck und Todesangst.

Mein Schrei und der Aufprall weckten mich.

Es war kurz nach vier Uhr morgens. Ich war in Schweiß gebadet, mein Herz raste. Das Gefühl zu stürzen und der Aufprall saßen mir in allen Gliedern.

Die Angst war stärker als die Schlaftablette. Vor allem wagte ich jetzt nicht mehr, mich vor der Angst in den Schlaf zu retten. Denn der Albtraum erschien mir grässlicher als die Wirklichkeit, die Todesangst so grauenhaft, die Bedrohung so real, dass ich es vorzog, wach zu bleiben.

Ich ging in die Küche und kochte Kaffee. In einem der Küchenschränke fand ich einen Rest Zucker und eine halbvolle Packung Zwieback, den ich mit Heißhunger verschlang.

Ich durchsuchte die Hosen- und Jackentaschen in meinem Schrank und fand eine zerknüllte Packung Zigaretten, aus der ich eine herausfischte. Ich drückte sie wieder gerade, ein wenig Tabak bröselte zu Boden, dann zündete ich die Zigarette an und inhalierte tief. Sofort empfand ich ein wohliges Schwindelgefühl. Vom Wohnzimmer holte ich den Cognac und goss einen kräftigen Schuss in meinen Kaffee.

Ich saß eine Weile am Küchentisch, sah in die Nacht

hinaus und trank langsam eine Tasse nach der anderen. Das Schwarz des Himmels verfärbte sich allmählich in ein düsteres Steingrau, dann in ein lichtes Blaugrau mit ein paar rosa umrandeten langgezogenen Wolkenschlieren und schließlich in das helle Blau, das einen heißen Sommertag ankündigte.

Wie hatte all das passieren können? Nie in meinem Leben, soweit ich mich zurückerinnern konnte, hatte ich jemanden geschlagen. Nein, das stimmte nicht ganz. Ich war fünfzehn und plötzlich in die Höhe geschossen. Eines Tages, als mein Vater wieder total besoffen meine Mutter verprügelte und ich mich dazwischengeworfen hatte und ebenfalls seine Hiebe abbekam, meldete ich mich am nächsten Tag im Nachbarort in einem Boxclub an. Der Trainer war etwas skeptisch, weil ich offensichtlich nicht die Voraussetzungen eines zukünftigen Boxweltmeisters aufwies, aber er hatte mich – wie so viele – unterschätzt. Ich war ein schmächtiger Junge und hatte in der Schule immer einen großen Bogen um alle Prügeleien gemacht. Aber jetzt gab es ein Ziel und ich trainierte mit demselben Eifer, mit dem ich für die Schule lernte. Nach einigen Monaten begann sich mein Körper zu verwandeln. Das bekam mein Vater zu spüren, als er wieder einmal meine Mutter schlug. Ein einziges Mal. Damit waren seine Hiebe Vergangenheit.

Als ich nach O. auf die Universität ging, hörte ich mit dem Boxen auf. Sport hatte mich nie sonderlich interessiert, aber ein wenig von den antrainierten Muskeln waren mir trotzdem erhalten geblieben.

Was hatte mich so in Wut versetzt, dass ich Anna einen Hieb versetzte? Oder zwei? Ihre arrogante, provozierende Art? Mein Gefühl der Ohnmacht? Die absurde Ausweglosigkeit meiner Lage? Der Alkohol?

Mein Vater sagte gerne, mit einer Ohrfeige erreichst du bei einer Frau mehr als mit langen Reden!

Ich hatte nie auf die Ratschläge meines Vaters gehört. Und das war gut so, sonst würde ich Briefe austragen, wie er es ein Leben lang getan hatte, und wäre kein Universitätsprofessor. Mein Ehrgeiz und angetrieben vom Wunsch, dem armseligen Dasein meiner Eltern zu entkommen, hatten es mir ermöglicht, aufs Gymnasium zu kommen und dann studieren zu dürfen. Mein Vater war nicht ehrgeizig. Ihm war unser Leben gut genug. Die winzige Wohnung, die schäbigen Möbel. Nie bekam ich neue Kleider, immer musste ich die ausgetretenen Schuhe meines Vaters und seine abgetragenen Sachen auftragen, die meine Mutter notdürftig umnähte.

In der Schule hatten mich meine Mitschüler häufig wegen meiner alten Klamotten gehänselt. »Wer nichts ist und wer nichts kann, geht zur Post und Eisenbahn«, riefen sie oft hinter mir her. Natürlich war ich der Außenseiter der Klasse gewesen – aber auch der mit den besten Noten.

Anna hatte mich auf meinem Weg nach oben begleitet und unterstützt. Wir hatten uns im Haus eines Studienkollegens kennengelernt. Sie war die erste Frau in meinem Leben. Kein Wunder, dass ich mich geschmeichelt fühlte, weil diese aparte, südländisch wirkende junge Dame den ganzen Abend über mit mir plauderte.

Zu meiner Überraschung hatte sie meine Einladung angenommen, uns am folgenden Sonntag zu treffen. Ich konnte nicht leugnen, dass ich stark beeindruckt – und auch eingeschüchtert – war, als ich sie zu Hause abholte. Das große Haus, alles elegant und erlesen, der schöne Garten, ein Dienstmädchen, das mich anmeldete! Ich war recht befangen gewesen, aber Anna war so natürlich, dass ich allmählich meine Scheu verlor.

Meine Bekannten und Kollegen, die gerne mit ihren Mädchenbekanntschaften prahlten und mich oft herablassend behandelten, weil ich nie eine Freundin vorzeigen konnte, waren plötzlich voller Bewunderung und unverhohlenen Neides. Ich konnte es ihnen von ihren blöden Gesichtern ablesen, dass sie sich fragten, wie gerade ich eine solche Frau hatte finden können.

Ich hatte damals schon eine Stelle an der Universität und Anna arbeitete noch nicht in der Kanzlei ihres Vaters, sondern bei einem anderen Rechtsanwalt. Wir verlobten uns nach neun Monaten und heirateten nach knapp eineinhalb Jahren. Gewiss, sie hatte mir in den ersten Jahren beim gesellschaftlichen Aufstieg geholfen. Sie war es von zu Hause gewohnt, Gäste zu empfangen, wusste, was man wann servierte, wie man sich kleidete, wo wer sitzen sollte, kurz, sie war schon damals die perfekte Gastgeberin. Das verfehlte besonders bei meinen Vorgesetzten nie den Eindruck. Allmählich war dann ich es, der hochrangige Persönlichkeiten kannte und einlud, der unser gesellschaftliches Niveau bestimmte, das ja immer vom Mann abhängt. Was nützte einer Frau ihr gutes Elternhaus, wenn sie einen Habenichts heiratete, der es zu nichts brachte?

Natürlich konnte ich ihr am Anfang nicht viel bieten. Aber das änderte sich bald, denn ich verabscheute nichts mehr, als Geld zum Fenster hinauszuwerfen, wie es Annas Vater tat. Ich lernte schnell, das Geld zu verwalten, und so hatte ich bald ein hübsches Sümmchen zusammengespart, das in den Jahren wuchs und wuchs und heute ein kleines Vermögen darstellte. Anna konnte nicht sagen, ich hätte sie enttäuscht.

Und eines sonnigen Samstagmorgens hatte sie dieses schöne Band, das uns all diese Jahre gemeinsam durchs Leben geführt hatte, zerrissen. Zerrissen und mit Füßen getreten. »Aus! Es ist aus!«, hatte sie mich angeschrien. Aus! Aus! Aus!

Alles, was ich getan hatte, um den Schmerz des Verlustes zu lindern, hatte mich immer tiefer hinabgezogen in einen Sumpf der Selbstzerstörung. In eine tödliche Abwärtsspirale – der Alkohol, die Zigaretten, die Tagebücher, der Schnüffler Pichler, die Reise in die Türkei, die Fotos, die tödlichen Fausthiebe.

Die Bilder, wie ich halb bewusstlos vom Alkohol im Dreck der Straße lag, wie ich betrunken unserem

Hauswärter auf die Schuhe spuckte, mich an Pichler klammerte, weil ich allein nicht mehr ein und aus wusste, ließen mich vor Scham und Abscheu leise vor mich hin wimmern. Mein Oberkörper wippte langsam vor und zurück, wie bei den Männern an der Klagemauer von Jerusalem, aber die Bilder ließen sich nicht verscheuchen.

Mein Vater schien sich tief in mir eingenistet und darauf gewartet zu haben, sich meiner endlich bemächtigen zu können. Er hatte nicht gewollt, dass ich es weiter brachte als er. Immer wollte er mich zu ihm hinabziehen, zuerst mit Ohrfeigen, Fausthieben, Fußtritten und später, als er es nicht mehr wagte, mich zu schlagen, mit Beleidigungen, Schmähungen, Verriss. Es war ein Gift, das er mir tief in die Seele gespritzt hatte und das jetzt mit aller Heftigkeit hervorkam.

Ja, es war aus. Aus. Alles war zu Ende. Mein Leben, meine Karriere, mein guter Name – nichts blieb mir.

Aus. Es war aus.

Wer wusste schon von sich, wie er in extremer Not oder Bedrängnis reagieren würde? Niemand. Man urteilte so leicht über andere, wenn es einem selbst gut ging, das eigene Leben in seinen geordneten Bahnen verlief. Wer ahnte denn seine eigene Schwäche? Wie gekonnt trugen alle ihre Fassaden, jeder verbarg geschickt seine Unzulänglichkeiten und Mängel, ja identifizierte sich geradezu mit seiner Fassade. Und dann geschah plötzlich das Unvorhersehbare – man strauchelte und stürzte und dabei zerbrach die Fassade, und alle sahen auf einen Schlag die Blößen. Sie sahen sie und ergötzten sich an ihnen, denn im Grunde genommen waren sie doch alle armselige Würmer, die sich mühselig ihren Weg durch dieses dreckige Leben bahnten. Da war es natürlich ein Trost, einen anderen noch tiefer im Dreck zu sehen, das gab ein angenehmes Gefühl der Überlegenheit.

Niemand wollte das Maß seiner Schwäche kennen, niemand messen, wie lange seine ehrenwerten Prinzipien standhielten, wie lange er die Form zu wahren vermochte, und wann er um Mitleid und ein wenig Liebe betteln, zu Verrat und Betrug, zu Lüge und zu Gewalt greifen würde.

Wie zerbrechlich ist das mit so viel Mühe geschaffene Selbstbild, wie schnell alles zerbröckelt, was man für in Granit gemeißelt hält.

Auch ich hätte das Maß meiner Schwäche nie erfahren wollen, aber Anna hatte es mir gezeigt. Und selbst, als ich in meiner ganzen Blöße vor ihr im Staub lag, hatte sie keine Spur von Mitgefühl gezeigt. Sie hatte mir den Rücken zugekehrt wie einem lästigen Bettler, der am Straßenrand sitzt.

Ich hasste sie. Der Hass reichte über den Tod hinaus. »Man soll über Tote nicht schlecht sprechen«, sagte meine Mutter, wenn ich etwas Abfälliges über meinen Vater sagte. Warum nicht? Löscht der Tod jedes getane und erlittene Unrecht aus?

Nein, das Unrecht wirkte weiter und begleitete die Menschen, die es erlitten hatten.

Ich konnte nicht sagen, Gott habe sie selig. Nein. Der Teufel soll sie holen. Im Fegefeuer – wenn es eines gab – sollte sie leiden, wie ich jetzt im Fegefeuer meiner Angst litt.

Anna hatte mich provoziert. Als ich zuschlug, war ich blind vor Wut. Ich wollte sie nicht töten. Aber hätte das Unrecht, das sie mir angetan hatte, unbestraft bleiben sollen?

Ich nahm noch einen Schluck Kaffee. Er schmeckte bitter trotz der zwei Löffel Zucker.

War sie wirklich schwanger, wie sie behauptet hatte?

Wenn ja, seit wann? Sie musste sich wohl in den letzten Monaten heimlich mit ihrem Gigolo getroffen haben.

Vielleicht hatte sie es nur gesagt, um mich zu verletzen.

Ich würde es nie erfahren.

Genug! Genug!

Ich konnte diese Gedanken nicht mehr ertragen. Wie sie mich anschrie. Nach hinten taumelte. Das Blut. Dann das Geräusch, als ihr Körper dumpf im Wasser aufklatschte.

Ich musste irgendetwas tun, um mich abzulenken.

Ich stand auf, zog den Regenmantel über meinen Pyjama und fuhr hinunter ins Erdgeschoss. Ich wollte meinen Briefkasten entleeren und meine Post durchsehen.

Die Hausmeisterin wischte gerade den Flur und machte vor Schreck trotz ihrer Leibesfülle einen richtigen Luftsprung, bei dem sie über ihren Putzeimer stolperte. Der schwankte hin und her, dabei schwappte Wasser heraus.

Sie sah mich böse an, als hätte ich sie absichtlich erschreckt, und starrte dann auf meine Pyjamahose, die unter dem Regenmantel hervorragte, und auf meine nackten Füße, die in den ledernen Hausschuhen steckten.

»Guten Morgen!«, sagte ich betont kühl.

»Guten Morgen, Herr Professor.« Sie starrte weiter auf meine Pyjamahose. Als sie begriff, dass ich bloß zu den Briefkästen ging, meinen aufschloss und die herausquellende Post auffing und nicht die Absicht hatte, in meinen Lederpantoffeln und Pyjama spazieren zu gehen, begann sie das übergeschwappte Wasser aufzuwischen.

»Wenn Sie irgendetwas brauchen ...« Sie rang sich ein misslungenes Lächeln ab, das ich nicht erwiderte.

Ich schüttelte den Kopf. »Danke. Ich melde mich.« Damit stieg ich die Stufen zu meiner Wohnung hinauf.

Ich goss mir noch eine Tasse Kaffee ein – ohne Cognac – und begann, die Post durchzusehen. Ein paar Gratiszeitungen waren dabei und wie immer gab es jede Menge Post von Vereinen, die um Spenden bettelten für kranke Katzen, verlassene Hunde, Brunnen in Afrika, Wale und Delphine, Elefanten, hungernde Menschen. Einige enthielten sogar kleine Geschenke, einen Bleistift, oft hässliche, geschmacklose Glückwunschkarten, einen Kugelschreiber.

Ich warf den ganzen Kram, ohne die Umschläge zu öffnen, in den Papierkorb.

Den Brief meiner Bank in Luxemburg, wie immer in einem anonymen Umschlag, riss ich auf. Es war kein Kontoauszug, sondern eine Mitteilung.

Das Telefon klingelte.

Ich schrak so heftig zusammen, dass ich den Brief fallen ließ. Wer konnte mich um diese Zeit anrufen? Ich warf einen Blick auf die Uhr. Es war kurz nach sieben Uhr.

Die Polizei? Die kamen doch immer im Morgengrauen, um Menschen abzuführen. Würden sie vorher anrufen? Eher nicht.

Das Telefon hörte nicht auf zu klingeln, bis ich schließlich den Hörer abhob.

Es war Gabi. Ich hielt unwillkürlich den Atem an. Hatte man schon Annas Leiche gefunden? Vielleicht gleich in der Marina? Mit den Spuren meines Hiebes noch deutlich in ihrem Gesicht?

Die Angst drückte mir die Kehle zu. Es war dieselbe ohnmächtige Angst meiner Kindheit, die es mir wie damals unmöglich machte, ein Wort herauszuwürgen.

»Friedrich?«

Ich versuchte, Luft in meine Lungen zu bekommen. »Gabi.« Es war ein undeutliches Krächzen. Ich räusperte mich und griff nach der Cognacflasche. Ich musste mich beruhigen. »Hallo Gabi«, brachte ich schließlich hervor. Es gelang mir nicht, meiner Stimme einen festen Klang zu geben.

»Hab ich dich geweckt?«

»Nein, nein. Ich sitze gerade beim Frühstück.«

»Hast du Nachrichten von Anna?« War da ein lauernder Ton in Gabis Stimme?

»Nein, warum fragst du? Wie du weißt, hat sie mich verlassen.« Also hatte man sie noch nicht gefunden. Ich schloss die Augen. Die Erleichterung gab mir die Kontrolle über meine Stimme wieder.

»Naja, du warst ja bei ihr. Also dachte ich, du wüsstest, wo sie ist. Ich habe gestern den ganzen Tag versucht, sie zu erreichen. Mama geht es nicht gut, ich muss sie verständigen.«

Also wusste nicht nur der Schnüffler von meiner Türkeireise, sondern auch Gabi. Anna hatte ihr natürlich von meinem Besuch in ihrem Hotel erzählt.

Ich setzte mich an den Küchentisch. Frag doch ihren Bumser, wäre mir beinahe herausgerutscht. Nein, ich musste vor allem ruhig bleiben. Nichts Falsches sagen, am besten gar nichts.

»Ich kann dir leider nicht weiterhelfen«, und nach einer kleinen Pause fügte ich hinzu: »Ich wünsche deiner Mama gute Besserung.«

»Danke. Melde dich bitte, wenn du etwas erfährst. Ehrlich gesagt bin ich besorgt. Sie war bis jetzt immer erreichbar.«

»Gabi, sie hat sich nie bei mir gemeldet, seit sie ausgezogen ist.«

»Aber du hast doch einen Privatdetektiv angeheuert. Kannst du ihn nicht kontaktieren? Vielleicht weiß er, wo sie ist und warum sie sich nicht meldet.«

Ich schnappte unwillkürlich nach Luft. Sie wusste natürlich nicht, wen ich angeheuert hatte. Würde sie es herausfinden können? Und wenn ja, würde Pichler dichthalten?

»Ich habe ihn entlassen.«

»Ach wirklich?« Sie schwieg kurz, war aber offenbar nicht bereit, gleich aufzugeben. »Wenn er noch in der Türkei ist, könntest du ihn ja beauftragen, Anna zu suchen. Ich würde selbstverständlich die Spesen übernehmen.«

»Nein, er ist gestern zurückgeflogen.«

»Ich verstehe. Du kannst ihn ja trotzdem kontaktieren. Vielleicht hat er einen Hinweis.«

Ich schwieg einen Augenblick. Es war besser, ich gab nach, sonst würde sie womöglich eine Detektei nach der anderen anrufen. »Ich werde es versuchen. Wenn ich etwas erfahre, rufe ich dich an.«

»Danke Friedrich. Bis bald.«

Ich legte auf und stützte den Kopf in die Hände.

Was konnte ich Gabi bloß sagen, damit sie aufhörte, nach ihrer Schwester zu suchen? Sollte ich ihr irgendeine Lüge erzählen? Pichler hätte Anna mit ihrem Lover auf dessen Boot wegsegeln gesehen? Und, wenn sie Annas Lover kontaktierte und herauskam, dass ich gelogen hatte? Dann machte ich mich verdächtig.

Wo ich mich hinwandte, drohten Gefahren.

Wie sollte ich das je durchstehen?

KAPITEL 17

Die Dusche tat mir gut. Ich schloss die Augen und ließ das Wasser lange auf meinen Kopf prasseln. Am liebsten hätte ich den ganzen Tag hier unter der Dusche verbracht, wo ich nichts hörte außer dem Prasseln des Wassers auf meinen Kopf, das auch meine Gedanken irgendwie dämpfte.

Endlich raffte ich mich auf, stieg aus der Dusche und trocknete mich ab. Ich öffnete weit das Fenster. Es war wieder ein warmer, sonniger Tag. Der Sommer schien nicht zu Ende gehen zu wollen. Ich zog frische Wäsche an und nahm gerade eine leichte Sommerhose aus dem Schrank, als es an der Wohnungstür klingelte.

Vor Schreck stolperte ich nach hinten. Wer konnte das jetzt sein? Gabi? Oder hatte sie die Polizei verständigt? Hatte ich mich verraten?

Die Angst! Die verfluchte Angst!

Das Blut pochte laut in meinen Ohren. Ich fummelte an der Hose herum, blieb mit dem Fuß in einem Hosenbein stecken, sah, dass ich sie verkehrt hielt, schlüpfte wieder heraus. Wieder klingelte es. Dieses Mal länger – und, wie mir schien, eindringlicher.

»Einen Augenblick«, schrie ich durch die Wohnung. Wo war mein blaues Hemd? Ich wühlte, konnte es nicht finden. Endlich! Ich zog es aus dem inzwischen ziemlich klein gewordenen Stapel und schlüpfte hinein, während ich in die Küche lief. Ich riss das Fenster auf, leerte den Aschenbecher aus und spülte und trocknete ihn schnell ab.

Die Cognacflasche!

Ich lief mit der Flasche ins Wohnzimmer, stellte sie in den Schrank zu den anderen. Der Verschluss! Ich rannte zurück in die Küche, fand den Verschluss, lief wieder ins Wohnzimmer und schraubte die Flasche zu.

Abermals ertönte die Klingel. Länger. Ungeduldiger.

Während ich zur Tür ging, knöpfte ich das Hemd zu und steckte es in den Hosenbund. Ich spähte durch das Guckloch, konnte aber niemanden sehen. »Wer ist da?«, rief ich durch die Tür. Dabei fiel mein Blick auf meine Füße. Sie waren barfuß. In meiner Panik hatte ich Socken und Schuhe vergessen.

»Ich bin's. Irina.«

Oh Gott, die Putzfrau!

Ich öffnete und wäre ihr vor Erleichterung beinahe um den Hals gefallen.

»Hat Ihnen Frau Anna nicht gesagt, dass ich heute kommen putzen? Vielleicht ich soll morgen kommen?«

Ich schüttelte den Kopf. »Nein, nein, bleiben Sie ruhig. Ich habe vergessen, dass Ihr Urlaub zu Ende ist.«

Ich trat zur Seite und ließ sie eintreten.

»Übrigens«, ich räusperte mich, »meine Frau ist noch verreist. Könnten Sie in nächster Zeit öfter kommen? Vielleicht jeden Tag ein paar Stunden, um sauberzumachen und etwas zu kochen?«

Sie nickte. »Wann kommt Frau Anna wieder?«

»Das kann noch ein bisschen dauern.« Ich versuchte einen leichten Ton, es klang aber nicht überzeugend.

Gut, das Problem meiner Hemden, des Essens, der Wohnung, des Einkaufs war wenigstens vorläufig gelöst.

Ich kehrte in das Schlafzimmer zurück, zog mich fertig an und telefonierte kurz mit meinem Steuerberater und der Bank, um Termine für heute zu vereinbaren. Dann ging ich in mein Arbeitszimmer und verschloss die Abschriften von Annas Tagebüchern in meinem Aktenschrank.

Inzwischen hatte Irina den vorhin zu Boden gefallenen Brief meiner Luxemburger Bank aufgehoben und auf den

Küchentisch gelegt. Ich überflog ihn schnell. Hatte ich richtig verstanden? Ich las den Brief noch einmal. Aufgrund des internationalen Austausches von Bankdaten hatte man dem zuständigen Finanzamt die Beträge auf meinem Wertpapier- und Girokonto mitgeteilt.

Ich musste den Kragenknopf meines Hemdes öffnen. Etwas schien meine Brust zuzuschnüren und ließ kaum mehr Luft in meine Lunge dringen.

Es stimmte also tatsächlich, dass ein Unglück selten allein kommt. Als würde sich das Schicksal gerade jene Menschen aussuchen, die bereits im Dreck lagen, um sie noch tiefer hinunterzudrücken.

Ich musste mich setzen. Einen Augenblick hatte ich sogar Anna und das ganze Unheil vergessen, das sie über mich gebracht hatte.

Es war höchste Zeit, dass ich in mein Büro ging, um alle privaten Dokumente in Sicherheit zu bringen. Am besten ich vernichtete sie im Schredder und entsorgte sie dann in einem Altpapier-Container. In einem anderen Stadtviertel.

Ich lief, nein ich rannte zur Universität. Zum Glück begegnete ich keinen bekannten Gesichtern. Ich durcheilte die Gänge zu meinem Büro. Ein paar Dokumente hatte ich bereits in den Umschlag gesteckt, den ich vorläufig in das Safe der Bank bringen würde, bis ich ein besseres Versteck fand. Gerade hatte ich begonnen, die anderen Belege zu schreddern, als an meine Tür geklopft und diese sofort geöffnet wurde.

Es war Seeger. Er hatte diese unerträgliche Gewohnheit, einfach hereinzuplatzen.»Ich hab dich vorhin die Treppen heraufkommen sehen und wollte mal schnell Hallo sagen. Die Kuhn hat mir erzählt, du seist in der Türkei.« Er machte es sich auf einem der Sessel vor meinem Schreibtisch bequem. »Das war aber ein kurzer Urlaub. Wo warst du denn?«

Ich war einen Augenblick wie gelähmt und jetzt war es zu spät, um wie zufällig eine Mappe auf die Bankauszüge zu legen. Seeger schaute interessiert hinüber zum Schredder.

»In Bodrum.«

»Hm, hübscher Ort, aber inzwischen zu touristisch. Interessante Sammlung in der Festung. Hast du sie gesehen?«

Natürlich kannte Seeger auch Bodrum. Wo war der Mensch noch nicht gewesen? Vielleicht gab er auch nur an. Ich schüttelte den Kopf. »Leider, nein. Es ging mir nicht gut. Deshalb bin auch vorzeitig wieder abgereist.«

Seeger betrachtete mich kritisch. »Tatsächlich siehst du nicht gut aus. Vielleicht solltest du noch ein bisschen Urlaub machen und dich vor Semesterbeginn erholen. Alte Papiere zu schreddern, ist doch sicher nicht so dringend.« Dabei warf er einen Blick auf meine Kontoauszüge. Er grinste anzüglich. »Oder doch?«

Mein Gott, wie ich den Kerl hasste! Immer schnüffelte er dreist im Leben der anderen herum. Er setzte sich über jede Benimmregel hinweg, nur weil seine Mutter eine von und zu Irgendwas war und niemand seine gute Kinderstube in Frage stellte. Ich hätte ihm gern die Faust in sein blödes Grinsen gerammt. Stattdessen sagte ich: »Es sind nur alte Papiere, die ich schnell schreddern wollte, bevor ich sie in den Altpapier-Container werfe. Ich muss mein Arbeitszimmer zu Hause ein bisschen aufräumen, bevor das Semester anfängt.«

Er grinste weiterhin blöd und nickte. »Na, dann will ich dich nicht länger stören. Pass gut auf dich auf!« Damit ging er zur Tür. »Grüße mir bitte deine reizende Gattin.«

Ich rang mir ein Lächeln ab, das wohl genauso elend aussah wie ich selbst, und wandte mich wieder dem Schredder zu.

Zum Glück störte mich niemand mehr. Trotzdem arbeitete ich jetzt hektisch, schob Dokument nach Dokument in den Schredder, sammelte die Papierschnitzel auf und steckte alles in einen großen braunen Umschlag. Ich schrieb mit Filzstift »Altpapier« auf die Vorder- und Rückseite des

Umschlags, um auf keinen Fall die falschen Papiere zu entsorgen.

Ich sah auf die Uhr. Es war später geworden, als ich geplant hatte. In wenigen Minuten hatte ich den Termin bei der Bank, den ich unmöglich verschieben konnte.

Ich lief die Treppen hinunter. Ein Trupp Touristen – irgendwelche Asiaten – besetzte den ganzen Gehsteig und wollte mich partout nicht durchlassen. Vor der Universität war schon seit Wochen oder vielleicht sogar Monaten eine Baustelle mit vielen verwirrenden Absperrungen und ständig wechselnder Fahrspur. Arbeiter sah man kaum und wenn, dann standen sie meist nur herum und schauten einem von ihnen zu, der ein bisschen herumwerkelte.

Um den Touristen auszuweichen, die langsamer dahin latschten als eine Karfreitag-Prozession, wich ich auf die Straße aus.

Ich hörte gerade noch wildes Hupen – fast zugleich verspürte ich einen gewaltigen Stoß. Ich wurde hoch in die Luft geschleudert, fühlte, wie mir die Aktentasche entglitt, und in diesem Augenblick hatte ich die Gewissheit – es war aus. Das war mein Ende.

Stille umgab mich. Stille und Helle.

Wo war ich?

Was war geschehen? Warum war ich hier?

Meine Augenlider waren so schwer, ich konnte sie nicht öffnen.

Mein Gedächtnis schien gelöscht worden zu sein. Was war gestern? Was war vorgestern? Was war mit mir los? Doch, mein Name war noch da, Friedrich Habermann, Professor für Pharmakologie, dreiundvierzig Jahre.

Mein Atem ging flach. Ich schien nicht richtig Luft holen zu können. Da war kaum wahrnehmbar ein Duft im Zimmer. Ein Duft, den ich sehr gut kannte.

Anna.

Als hätte jemand das Licht in einem dunklen Raum

angeknipst, kam das Gedächtnis zurück. Der Fausthieb, das dumpfe Aufklatschen, die darauffolgende Stille, meine überstürzte Rückreise – die Angst.

Vorsichtig öffnete ich ein wenig die Augen. Und schloss sie sofort wieder.

Neben dem Schrank, zur Wand gedreht, stand Anna.

Sie sah genauso aus, wie auf dem Boot, als ich sie das letzte Mal gesehen hatte. Die Locken kurz und unbändig.

Wie kam sie hierher?

War ich ebenfalls tot? Traf man im Jenseits tatsächlich die Menschen wieder, die Teil unseres Lebens waren? War das die Hölle? Würde dann auch gleich mein Vater auftauchen?

Ich versuchte, mich zu beruhigen. Langsam, gleichmäßig zu atmen. Vielleicht sollte ich beten? Das hatte ich seit meiner Kindheit nicht mehr getan. Damals betete ich oft. Ich betete, dass mein Vater verschwinden möge, sich in Luft auflösen, nicht mehr nach Hause kommen, sterben. Meine Gebete wurden nicht erhört. Eines Tages hatte ich damit aufgehört.

Als ich die Augen wieder öffnete, war Anna weg. War es eine Halluzination? Aber ganz leicht konnte ich ihren Duft noch riechen. Oder gaukelte es mir nur die Angst vor?

Ich sah mich um. Allmählich kam ich ganz zu mir. Ich lag in einem weiß bezogenen Bett in einem weiß getünchten Raum und hing an verschiedenen Schläuchen.

Ich war nicht tot.

Ich holte tief Luft und verspürte sofort einen stechenden Schmerz in der Brust. Ich hätte gerne gewusst, warum ich hier lag, aber niemand war zu sehen, den ich hätte fragen können. Die Augenlider fielen mir wieder zu. Ich war nicht fähig, eine Klingel zu betätigen, und ließ mich zurücksinken in den Schlaf und die Bewusstlosigkeit.

KAPITEL 18

In den nächsten Tagen erfuhr ich alle Einzelheiten meines Unfalls. Ein Auto hatte mich in voller Fahrt erfasst, denn ich sei plötzlich auf die Straße gesprungen und der Fahrer hatte praktisch keine Chance gehabt, noch rechtzeitig zu bremsen.

Zehn Rippen waren gebrochen, deshalb die stechenden Schmerzen in der Brust, wenn ich hustete oder auch nur tief einatmete. Das Waden- und Schienbein und mein linker Oberarm waren ebenfalls gebrochen, die Schulter geprellt und dazu kam eine mittelschwere Gehirnerschütterung. Das Waden- und Schienbein hatte man operiert, der Oberarm war verbunden und um die Rippen hatte man mir eine breite Bandage angelegt, die mich einengte und an den eisernen Heinrich aus dem Froschkönig und die drei Eisenbänder um seine Brust denken ließ.

Die Schmerzmittel sedierten mich auch, wie mir der Arzt erklärte, und so dämmerte ich durch die Tage und Nächte, fiel immer wieder in einen leichten Schlaf und schien nie richtig hellwach zu werden.

Anna hatte ich nicht mehr gesehen. Auch ihr Duft war verschwunden. Es war mit Sicherheit eine Halluzination oder ein Traum. Oder vielleicht eine der Ärztinnen. Eine Vision im Delirium.

Die Schmerzmittel sedierten nicht nur mich, sondern auch meine Angst. Manchmal vergaß ich sie. Andere Male riss sie mich aus meinem Dämmerschlaf und schnürte mir die Brust enger zusammen als die Rippenbandage.

Könnte ich nur für immer in dieser keimfreien Welt

bleiben! Ich wurde umsorgt, die Schwestern waren freundlich und professionell, ein Physiotherapeut bemühte sich,
mir meine Beweglichkeit wiederzugeben, und die Ärzte
schienen kompetent.

Die Schmerzen wurden allmählich schwächer, ebenso
die Schmerzmittel. Und die Angst kehrte mit voller Wucht
zurück.

Kollegen besuchten mich – Seeger, Raab, Frau Dr. Kuhn
und sogar Franzens. Jedes Klopfen, das langsame Öffnen
der Tür setzten einen Adrenalinstoß frei, der den ganzen
Körper in Alarmbereitschaft versetzte.

Ich hatte das Zeitgefühl verloren. Ich wusste nicht genau,
wie lange ich schon im Krankenhaus war und wollte nicht
wissen, welches Datum wir hatten. Ich hörte keine Nachrichten, noch las ich Zeitungen.

Aber die Fragen verfolgten mich sogar in den Schlaf, und
wenn ich wach war, konnte ich kaum an etwas anderes denken. Was war in diesen Tagen geschehen? Hatte man Annas
Leiche gefunden? Oder hatte die Strömung sie hinaus ins
offene Meer getragen? Hatte jemand eine Vermisstenanzeige aufgegeben? Würde man nach all diesen Tagen noch
– wie sagte man? – die Gewalteinwirkung feststellen können? Vielleicht ja, es war ja unglaublich, was die Rechtsme-
dizin alles herausfand.

Die Ungewissheit fraß mich auf.

Ich hoffte, Gabi würde mich besuchen kommen. So ungern ich sonst mit ihr zu tun hatte, so sehr wünschte ich mir
jetzt, sie zu sehen. Sie musste wohl wieder verreist sein.
Vielleicht in die Türkei, um Anna zu suchen? Wie erklärte
man ihr Verschwinden? Als erstes würde man wohl ihren
Lover verdächtigen. Vielleicht saß er schon in Untersu-
chungshaft. Oder glaubte man einfach, dass es ein Unfall
war? Aber würde dann nicht die Polizei kommen, um mich
zu benachrichtigen? Ich war ja immerhin noch ihr rechtmäßiger Ehemann.

In manchen Stunden hätte ich am liebsten selbst die

Polizei gerufen, um der Angst und der Ungewissheit ein Ende zu setzen.

Die Polizei kam ohne mein Zutun.

Das Frühstück war gerade abserviert worden, als kräftig an die Tür geklopft wurde, und auf mein »Herein!«, zwei Männer eintraten, die zwar keine Uniformen trugen, die ich aber sofort als Polizisten erkannte. Beide waren wohl über einen Meter achtzig, ordentlich gescheiteltes Haar, diskrete, sportliche Kleidung.

Also hatte man Anna endlich gefunden.

Der Adrenalinstoß war dieses Mal derart heftig, dass mein Herz wie wild zu schlagen anfing, mein Atem stockte und das Blut in meinen Ohren so laut brauste, dass ich die ersten Worte meiner Besucher nicht sofort verstand.

Sie stellten sich vor, dabei zeigten sie einen Ausweis, aber ich konnte mir ihre Namen nicht merken. Ich glaubte nicht, dass es mir gelang, meinen Schreck und die Angst, die wie ein großer Felsbrocken meine Brust zusammendrückte, zu verbergen.

Ich schnappte nach Luft und mein Atmen musste wohl wie ein Röcheln geklungen haben, denn einer der Polizisten fragte, ob ich starke Schmerzen hätte. Der Arzt habe ihnen erlaubt, mich für ein paar Fragen aufzusuchen.

Hatten sie Beweise gegen mich? Wussten sie denn, dass ich zurzeit von Annas Tod in der Türkei war?

»Es geht schon wieder«, brachte ich mühsam hervor. Sie schienen es zum Glück meinen Schmerzen und den gebrochenen Rippen zuzuschreiben, dass meine Stimme ein tonloses Krächzen war.

»Wir brauchen nicht lang«, sagte derselbe Polizist, der sich nach meinen Schmerzen erkundigt hatte und offensichtlich der Ranghöhere von den beiden war. »Wenn es Ihnen zu anstrengend wird, können wir ein anderes Mal wiederkommen.«

Ich nickte. Eigentlich wollte ich abwarten und so wenig

wie möglich preisgeben, aber die Schmerzmittel hatten wohl mein Gehirn eingenebelt und die Panik löste meine Zunge.

»Es war ein Unfall!«, sagte ich, ohne zu überlegen.

»Ja, ja, natürlich, war es ein Unfall«, erwiderte der Ältere der beiden. Dabei sahen sie sich eigenartig bedeutungsvoll an. Als dachten sie: »Diese Tour kennen wir!«, oder: »Das sagen alle!«

»Ich wollte es nicht!«, würgte ich noch hervor und wollte gerade fragen, wo man Anna gefunden hatte, als derselbe Polizist wie vorhin sagte: »Natürlich wollten Sie es nicht.«

»Ich bin unschuldig!« Ich hatte meine Stimme immer noch nicht im Griff und bei der letzten Silbe wechselte sie in eine höhere Tonlage, dass es wie Falsett klang.

»Leider muss ich Ihnen da widersprechen. Nachdem wir verschiedene Augenzeugen gehört haben, müssen wir davon ausgehen, dass Sie schuldig sind.«

Augenzeugen? Pichler?

»Schuldig? Welche Augenzeugen?«

»Sie sind ja praktisch vom Gehsteig gesprungen, ohne im Geringsten auf den Verkehr zu achten. Gemäß Paragraph 25 der Straßenverkehrsordnung dürfen Fußgänger nur in besonderen Ausnahmen die Fahrbahn benutzen. Der Fahrer des Unfallfahrzeugs hatte nicht die Möglichkeit, rechtzeitig abzubremsen, weil sie ihm ja direkt vor die Stoßstange gesprungen sind.«

Ich musste die Augen schließen. Natürlich! Sie waren wegen des Unfalls hier und ich Trottel hätte beinahe ein Schuldgeständnis abgelegt.

Vor Erleichterung holte ich tief Luft und zuckte vor Schmerz zusammen.

»Wie gesagt, wenn Sie zu starke Schmerzen haben, können wir auch morgen oder übermorgen wiederkommen«, wiederholte der Polizist sein Angebot.

»Nein, nein, das ist nicht nötig. Es sind die gebrochenen Rippen, wissen Sie, das schmerzt sehr beim Einatmen.«

»Können Sie uns vielleicht kurz den Hergang des Unfalls aus Ihrer Sicht schildern?«

Ich berichtete von den Touristentrupps, die den Gehsteig besetzt hatten, von meinem dringenden Termin und vor allem, dass das Auto aus der falschen Fahrtrichtung gekommen war, da die Straße vor der Universität wegen der ewigen Baustelle ja nur einbahnig befahrbar war, und zwar in die andere Richtung.

»Haben Sie denn nicht bemerkt, dass die Fahrtrichtung seit einigen Tagen geändert worden ist?«

»Nein, ich war mehrere Tage verreist.« Ich biss mir auf die Lippe. Das hätte ich besser für mich behalten sollen.

»So, so«, sagte wieder derselbe wie vorhin. Der andere durfte offenbar den Mund nicht aufmachen. Vielleicht wurde er gerade angelernt. Unsere Regierung suchte ja händeringend nach zusätzlichen Polizisten, nur klappte es mit der Aufnahmeprüfung nicht so recht. Das lag wohl an dem miserablen Niveau, auf das unsere Schulen herabgesunken waren. Der Schweigsame zog einen Notizblock heraus und notierte sich etwas.

»Ja, haben Sie denn nicht gesehen, dass die Autos in die andere Richtung fuhren?«

Ich zuckte mit den Schultern. Wieder durchfuhr mich der Schmerz. »Ich hatte es nicht bemerkt. Vielleicht war gerade wenig Verkehr oder die Ampel kurz vorher rot.«

Die beiden nickten. »Das könnte sein. Wir werden nochmals den Fahrer befragen. Das Polizeiprotokoll haben wir an die Staatsanwaltschaft weitergeleitet, es ist aber unwahrscheinlich, dass es zu einem Verfahren kommt, es sei denn, sie wollen Schmerzensgeld fordern. Das Fahrzeug, das Sie angefahren hat, war ein BMW X7, ein SUV, und ist nur sehr geringfügig beschädigt worden. Sie können den Schaden selbst begleichen oder Ihrer Versicherung melden. Wenn Sie sich für die Versicherung entschließen, müssten Sie uns noch Ihre Versicherungsgesellschaft nennen, damit der Unfallgegner das Nötige unternehmen kann.«

Ich nannte ihnen den Namen meiner Versicherungsgesellschaft, die Nummer der Police wusste ich nicht auswendig, aber das schien kein Problem zu sein.

Die beiden bedankten sich und gingen.

Ihr Besuch hatte mich erschöpft.

Dass die Worte bei meiner anfänglichen Panik nur so aus mir hervorgesprudelt waren – ich konnte es nicht fassen. Ich war immer so stolz auf meine Selbstbeherrschung gewesen und jetzt das! Wie würde ich erst reagieren, wenn die Polizei wirklich wegen Anna kam?

Nicht auszumalen.

Schmerzensgeld. Ich brauchte einen Rechtsanwalt. Es war dringend. Wenn ich nur nicht so schwach gewesen wäre!

Verdienstausfall.

Der Abgabetermin! Ich musste meinem Auftraggeber sagen, dass ich im Krankenhaus lag und bis auf weiteres keine Berichte liefern konnte. Wie sollte ich die Kraft finden, mich um Termine, Fristen und so weiter zu kümmern?

Außerdem, wo war mein Handy?

Es hatte mir in diesen Tagen – oder waren es Wochen? – nicht gefehlt. Aber jetzt müsste ich wohl diese Leute anrufen. War es nicht in meiner Aktentasche?

Die Aktentasche!

Meine Bankpapiere!

Seit dem Unfall hatte ich kein einziges Mal an die Aktentasche, meinen Banktermin und den Termin mit dem Steuerberater gedacht. Alles schien so fern und berührte mich so wenig wie ein Erdbeben in Ostasien.

Jetzt erinnerte ich mich, wie mich der Wagen in die Luft geschleudert hatte und mir dabei die Aktentasche entglitten war.

Irgendjemand musste sie aufgelesen haben. Einer der Umstehenden? Vielleicht die Polizei? Aber die beiden Polizisten hatten nichts erwähnt.

Ich klingelte nach einer Schwester.

Wenn ich eine Aktentasche gehabt hätte, dann müsse sie wohl hier im Schrank sein, sagte sie und sah gleich nach.

Sie schüttelte den Kopf. »Vielleicht haben Sie sie jemandem mitgegeben? Oder Ihre Frau hat sie mitgenommen?«

Ich konnte mich nicht erinnern. Irina hatte mich vor einiger Zeit besucht und ich hatte sie gebeten, mir ein paar Toilettenartikel und andere Sachen von zu Hause zu bringen. Hatte ich ihr die Aktentasche mitgegeben?

Oder war Anna doch keine Halluzination gewesen? Nein, ich durfte mich nicht verrückt machen.

Wahrscheinlich stand die Tasche zu Hause in meinem Arbeitszimmer. Und wenn sie ebenfalls überfahren worden war, dann hatte die Polizei wohl alles aufgelesen, was noch zu finden war und bei mir zu Hause oder bei der Hausmeisterin abgeliefert. Oder der Wind hatte die Papiere in alle Himmelsrichtungen verstreut und sie waren in einer Mülltonne gelandet.

Ich schloss die Augen, war aber zu aufgewühlt, um zu schlafen.

Ich hörte, wie die Schwester zur Tür ging. Vielleicht konnte sie mir ein leichtes Beruhigungsmittel geben? Ich wollte wieder zurück in den wunderbaren Dämmerzustand der vergangenen Tage.

»Natürlich«, sagte die Schwester zwischen Tür und Angel, »War der Polizeibesuch sehr anstrengend?«

Ich schaffte ein müdes Lächeln und nickte.

Kurz darauf brachte sie mir ein kleines Pillchen, das ich dankbar schluckte. Ich fragte nicht, wie die Medikamente, die ich einnahm, hießen, noch erkundigte ich mich nach ihren Wirk- und Trägerstoffen und auch nicht, wer der Hersteller war. Es interessierte mich nicht.

Ich hatte früher dieses Gefühl, Nebel im Kopf zu haben, gehasst und mich geweigert, Schlafmittel oder starke Schmerztabletten zu nehmen. Seit Anna mich verlassen hatte, konnte ich mich nicht genug betäuben. Zuerst mit Alkohol, Zigaretten und Schmerztabletten und jetzt mit

Schlaf- und Beruhigungsmitteln. Früher hätte ich mich für diese Schwäche geschämt, aber jetzt ließ ich mich gern betäuben und sank dankbar in einen traumlosen Schlaf.

KAPITEL 19

Es dunkelte, als ich allmählich zu mir kam. Seit meinem Unfall dämmerte ich durch die Tage und Nächte, wusste nicht, welchen Wochentag oder welches Datum wir hatten. Ich liebte diesen Dämmerzustand, der mir das Gefühl gab, meine Ängste und Sorgen wären in eine weiche Daunendecke gehüllt und sie fern und harmlos erscheinen ließ. Alles schien hinter den Filter eines Weichzeichners gerückt zu sein. Nur wenn Besuche kamen, kehrten mein volles Bewusstsein und die Angst zurück.

Als ich die Augen öffnete, bemerkte ich, dass jemand im Lehnstuhl beim Fenster saß. Es war ein Mann, aber ich kannte ihn nicht. Es gelang mir nicht, die Augen offen zu halten.

Was wollte der Unbekannte?

Noch ein Polizist?

Jetzt war ich wach. Mein Gehirn noch schwerfällig wie zähflüssiger Teer, aber wach.

Ich blinzelte ein paarmal, aber die Züge des Mannes blieben in der Dämmerung unscharf.

Er hatte bemerkt, dass ich wach war, denn er stand auf. »Soll ich das Licht einschalten, Friedrich?«

Daniel! Annas ältester Bruder!

Auch der Rest von flüssigem Teer verflüchtigte sich.

Ich hatte Daniel seit Jahren nicht mehr gesehen. Er war der unerträglichste Snob der Familie. Am Anfang hatte ich mich von ihm einschüchtern lassen, aber nicht lange. Meine Stelle an der Universität und meine Ehe mit Anna gaben mir bald die nötige Selbstsicherheit, um ihm Paroli zu bieten. Das war dann das Ende unserer Beziehung.

Jetzt würde ich endlich erfahren, ob man Anna mittlerweile gefunden hatte. Endlich Gewissheit haben.

»Ja, bitte.«

Er musste mir wohl die Überraschung – und vielleicht auch die Angst – angesehen haben, denn, als er das Licht eingeschaltet hatte, lächelte er recht selbstzufrieden, wie mir schien, und rückte einen Stuhl in die Nähe des Bettes.

»Wie geht es dir? Hast du Schmerzen?«

Ich nickte. »Danke. Es geht besser.«

»Gut. Ich sehe, dass dich mein Besuch überrascht. Hast du erwartet, alles würde im Sand verlaufen?«

Was sollte ich darauf sagen? Am besten, ich schwieg. Es war zu verfänglich, nach Anna zu fragen. Dieses Mal würde ich meine Zunge im Zaum halten – nicht wie heute Morgen, als ich beinahe unaufgefordert ein Geständnis abgelegt hätte.

»Wir wollen es kurz machen.« Er sah mich prüfend an. »Bist du in der Lage, mir zu folgen, oder soll ich morgen wiederkommen? Die Schwester sagte, du hättest ein Beruhigungsmittel genommen.«

»Es geht schon.« Meine Stimme war ein bisschen unsicher, aber das konnte man meinem Zustand zuschreiben.

»Was auf dem Boot passiert ist, hat schwerwiegende Folgen, wie du dir denken kannst.« Er machte eine Pause.

Himmel, woher wusste er?

Pichler? Genügte ihm die Unsumme nicht, die er mir abgeknöpft hatte?

Sollte ich mich verteidigen?

Nein, besser ich schwieg, bevor ich mich verheddderte. Ich nahm mir vor, nur in Anwesenheit meines Anwalts zu sprechen.

»Wir haben bis jetzt davon abgesehen, Anzeige zu erstatten. Unsere Familie will keinen Skandal und eine Anzeige würde deine schöne Akademikerlaufbahn wohl auf immer zerstören.«

Ich hatte unwillkürlich den Atem angehalten und stieß

ihn jetzt in einem Stoß aus. Sofort zuckte ich vor Schmerz zusammen.

Er bemerkte meine Schmerzgrimasse nicht oder schenkte ihr keine Beachtung.

Hatte er gesagt keine Anzeige? Hatte er das wirklich gesagt? Bedeutete das, wo kein Kläger, da kein Richter?

Alle meine Befürchtungen, Arbeitslosigkeit, Gefängnis, kein Dach über dem Kopf, ein elendes Pennerdasein – nichts davon würde eintreten?

Konnte es wahr sein?

Kein Skandal bedeutete, dass niemand ein Sterbenswörtchen erfahren würde! Es war ein Unfall. Anna hatte das Abendessen nicht gut vertragen – ein vergammelter Fisch, eine verdorbene Muschel. In der Nacht war ihr sterbensübel geworden, sie hatte sich über die Reling gebeugt, um sich zu erbrechen. Ein leichter Schwindel, vielleicht vom Raki, vielleicht vom Wein. Wie schnell so ein Unfall geschehen konnte!

Ich schloss einen Augenblick die Augen. Danke! Danke! Danke! Ich musste meine Erleichterung mit einem Stoßgebet in den Himmel oder auch nur an die Zimmerdecke schicken. Mein Gott, ich würde weiter an der Universität arbeiten können, meine Studenten, mein Ansehen, meine Kollegen – alles würde beim Alten bleiben!

Die Angst, die wie ein reißendes Tier in meinen Eingeweiden getobt und mich tagsüber nicht losgelassen und meine Nächte zu Albträumen gemacht hatte, begann sich sehr langsam zu lösen, denn ich konnte noch nicht ganz fassen, dass ich gerettet war. Gerettet von all meinen Ängsten und Nöten, dank Daniels Zauberformel.

Hatte er das wirklich gesagt?

Meine Erleichterung war zu groß, als dass ich sie hätte verbergen können. Ein Pokerface hatte ich anscheinend nicht.

»Ich sehe, du bist einverstanden, dass wir das gütlich unter uns regeln. Ich hatte auch nichts anderes erwartet. Ich setze einen Vertrag auf, damit keine Unklarheiten bestehen, und bringe ihn in den nächsten Tagen vorbei. Ich komme mit einem Notar – er ist ein Freund von mir – er kann dann gleich die Unterschriften beglaubigen. Die Spesen gehen zu deinen Lasten, wie es in solchen Fällen üblich ist. Weißt du schon, wie lange du noch im Krankenhaus bleiben musst?«

»Nein. Vielleicht noch eine Woche, vielleicht auch etwas länger, dann gehe ich auf Reha.«

Ich wollte ihn fragen, ob man Anna gefunden hatte. Warum erwähnte er sie mit keinem Wort?

Die Schwester kam herein und erkundigte sich, ob ich etwas essen wollte, da ich das Mittag- und das Abendessen verschlafen hatte.

Ich schüttelte den Kopf. »Könnte ich ein Glas heiße Milch bekommen?«

»Natürlich.«

Daniel ging mit der Schwester zur Tür. »Gute Besserung. Wir sehen uns also demnächst.«

»Anna?« Ihr Name schien mir nicht über die Lippen kommen zu wollen. »Was ist mit Anna?« Es war kaum mehr als ein Flüstern.

Daniel drehte sich abrupt zu mir um und kehrte wieder ins Zimmer zurück.

»Eine Tragödie!« Er sah mich finster an. »Es ist eine Tragödie.« Er stand vor meinem Bett. »Nie hätten wir geglaubt, dass du gewalttätig bist. Ich habe dir alles Mögliche zugetraut, aber nicht Gewalt. Das war ein großer Irrtum. Dein Vater war ja auch gewalttätig. Er hat deine Mutter geschlagen – das hätte uns eine Warnung sein müssen. Wie der Vater so der Sohn. Gewalt und Missbrauch in einer Familie prägen die Kinder. Das hatten wir nicht bedacht. Wir hatten seinerzeit versucht, Anna zu überzeugen, dass es ein Fehler sei, dich zu heiraten, aber sie ließ es sich ja nicht ausreden. Es war ein Fehler. Ein gewaltiger Fehler. Aber jetzt ist es zu spät.«

Ich wollte sagen, dass ich das alles nicht gewollt hatte,

dass ich kein Mörder war. Dass ich vor Verzweiflung und Eifersucht nicht mehr gewusst hatte, was ich tat. Dass sie sich, kaum war sie ausgezogen, gleich einen anderen ins Bett geholt hatte. Noch dazu einen Türken!

»Ich wollte nicht ...«, fing ich an, aber das Wort »sie töten« wollte mir nicht über die Lippen kommen. Daniel sah auf die Uhr und unterbrach mich: »Ich muss los. Es ist spät. Ich habe eine Verabredung. Also bis bald.« Und mit ein paar großen Schritten war er bei der Tür und ging hinaus, ohne sich noch einmal umzudrehen.

Die Schwester brachte mir die Tasse heiße Milch. »Sie haben fast den ganzen Tag geschlafen«, sagte sie. »Ich lasse Ihnen ein leichtes Mittel hier, falls Sie heute Nacht nicht schlafen können.«

Ich trank ein paar Schlucke.

Jetzt wusste ich genauso wenig wie vorher. Warum hatte Daniel so um den Brei herumgeredet? Ich wollte wissen, ob sie Anna gefunden hatten oder ob sie immer noch vermisst wurde. »Eine Tragödie!«, hatte er gesagt. Natürlich war es eine Tragödie.

Aber welche Erleichterung zu wissen, dass niemand Anzeige gegen mich erstatten würde, dass mein Leben nicht zu Ende war, dass ich diesen grauenhaften Sommer unter einem riesigen Grabstein verscharren konnte.

Einen Vertrag würde er aufsetzen, hatte Daniel gesagt. Rechtsanwalt in jeder Lebenslage. Da hatte er eine Schwester verloren und dachte an einen Vertrag.

Sie würden mir das Fell abziehen, diese Haie! Aber was konnte ich dagegen tun? Nichts. Sie saßen am längeren Hebel. Sie wollten keinen Skandal, gut, das war verständlich. Die Schönen und Reichen wuschen ihre Dreckwäsche nicht in der Öffentlichkeit – nicht wie das gewöhnliche Volk, dessen intimste Geheimnisse in diesen Fällen ans Tageslicht gezerrt und breitgewalzt wurden.

Daniel hatte recht. Für mich wäre eine Anzeige der Ruin. Das Ende meines bisherigen Lebens. Nicht nur eine

Gefängnisstrafe, sondern auch eine Schadenersatzzahlung in Höhe meines Vermögens, wenn nicht mehr. Keine Universität würde mich mehr einstellen, nichts würde mehr bleiben von meinem Aufstieg, meiner Karriere. Das hatte Daniel ja gleich erwähnt.

Ja, ich war in ihren Händen. Sie konnten mich bestrafen, sich an mir rächen – ich war ihnen wehrlos ausgeliefert. Ich war sicher gewesen, dass mich Annas Familie nie mehr würde demütigen können und jetzt hatten sie mich in ihrer Hand. Umsonst hatte ich mir geschworen, ihnen die alten Beleidigungen heimzuzahlen. Wie eine Fliege saß ich wehrlos in ihrem Netz.

Der Hass auf Anna loderte so heftig in mir auf, dass ich nicht mehr ruhig liegen konnte. Ich stieß die Decke zurück und warf mich auf die Seite. Der Schmerz ließ mich sofort zusammenzucken. Es musste mir wohl ein kleiner Schmerzensschrei entschlüpft sein, denn eine Schwester steckte den Kopf zur Tür herein. »Geht es Ihnen nicht gut? Brauchen Sie etwas?«

Ich schüttelte den Kopf. »Nein, danke.«

Ich ließ mir das Gespräch noch einmal durch den Kopf gehen. Woher wusste Daniel, was passiert war? Von Pichler? Das wollte ich nicht glauben. Natürlich hätte er der Familie ein Foto zuspielen und nochmals kassieren können. Nein, das war unglaubhaft. Oder doch nicht? Höchstwahrscheinlich war jemand von der Familie in die Türkei gereist, um Anna zu suchen. Aber was hätten sie dort erfahren? Und warum wussten sie, dass ich der Schuldige war und nicht ihr Exote? Vielleicht hatte es doch noch andere Zeugen gegeben? Es war eine heiße Sommernacht, viele schliefen auf Deck, weil es unten in den Kajüten zu heiß war. Sie konnten den Streit gehört und beobachtet haben, was sich auf dem Boot abspielte.

Oder hatte Daniel geblufft? Und ich war ihm in die Falle gegangen? Hatte mich die Angst schon wieder falsch reagieren lassen?

Ich brauchte dringend einen Rechtsanwalt. Schon wegen des Vertrags, mit dem mich Annas Familie um Hab und Gut bringen wollte.

Wenn ich nur mein Handy hätte, das alle Telefonnummern enthielt! Es war ja in der verschwundenen Aktentasche. Der Gedanke an die Aktentasche mit all den geheimen Bankunterlagen trieb mir den Schweiß auf die Stirn. Wer konnte sie genommen haben? Wer immer es war, konnte mich aufgrund der Dokumente erpressen. Wenn die Polizei die Tasche aufgelesen hatte, würden sie die Dokumente vielleicht dem Finanzamt übergeben haben. Nein, sie hätten sie mir wohl ins Krankenhaus gebracht.

Ich hätte mich bei den Polizisten erkundigen sollen.

Wie viele Fragen! Wie viele Zweifel! Und immer noch keine Klarheit, ob man Annas Leiche gefunden hatte.

Es war alles zu viel.

Ich griff nach der Schlaftablette und schluckte sie mit der restlichen Milch.

Der Nebel in meinem Kopf kehrte wieder zurück. Ich schloss die Augen. Ich wollte vergessen. Vergessen. Meine Lider wurden schwer. Ich tauchte ein in den Schlaf, der alle Gedanken fortschwemmte.

Der Schlaf brachte Vergessen.

Vergessen.

* * *

Ich wünschte, ich könnte vergessen. Vergessen, dass ich Anna je begegnet bin, vergessen, dass sie meine Frau war, vergessen, was in diesen letzten Wochen geschehen ist, vergessen, wie tief ich ihretwegen in einen Sumpf von Alkohol, Betäubungsmittel, Zigaretten, Selbsterniedrigung gesunken war, vergessen, welche Blößen ich mir gegeben habe, vergessen all ihre Anschuldigungen in den verfluchten

Tagebüchern, die Beleidigungen. Vergessen, dass sie je existiert hat.

Aber wie soll ich die Ungerechtigkeit vergessen?

Zwei Fausthiebe. Es waren nur zwei Fausthiebe. Ein kurzer Augenblick, in dem ich den Kopf verloren hatte. Nicht mehr als zwei, drei Wimpernschläge wiegen schwerer, als über vierzig Jahre eines praktisch musterhaften Lebens.

Sie haben keinen Milderungsgrund gelten lassen, weder Annas unverzeihliches Verhalten, meine Verzweiflung, noch ihre Lügen und Untreue – und nicht zuletzt meinen alkoholisierten Zustand. Wegen dieser zwei Fausthiebe muss ich O. verlassen, meine Wohnung, meine Karriere, meine Kollegen, meine Bekanntschaften. Ganz zu schweigen von der finanziellen Seite.

So wurde es vertraglich geregelt.

Ja, vergessen. Wie schön wäre es, all die grauenhaften Bilder wegzuwaschen, auszulöschen. Aber es gibt kein Vergessen. Das erlittene Unrecht ist eingebrannt in mein Gedächtnis auf immer.

Ich hasse Anna mit jeder Faser meines Seins. Sie trägt die Schuld an all den grauenhaften Ereignissen und ich muss an ihrer Stelle büßen. Die Rechnung bezahlen.

Gottes Mühlen mahlen langsam aber gerecht, sagt man.

Ich bin geduldig.

Ich kann warten.

Ende

Helga Murauer
Hauch der Hydra, Thriller
Ein Kongress in Senigallia. Im Ruheraum der Dolmetscher hört Sara Fazzan, wie einer der mächtigsten Männer Italiens den Mord an einem korrupten Lokalpolitiker plant.
In der italienischen Politik gärt es. Neue wollen an die Macht und scheuen vor keinem Verbrechen zurück.
Sara gerät unversehens in ein tödliches Räderwerk undurchsichtiger Intrigen. Könnte auch der Mann, in den sie sich Hals über Kopf verliebt hat, seine Finger in diesem mörderischen Spiel haben?

Der Revolutionär, Kurzkrimis
Pierre, ihre große, verloren geglaubte Liebe, meldet sich nach Jahren wieder. Warum suchen sie zwei Männer des FBI auf und drohen mit Gefängnis, wenn sie ihm Unterschlupf gewähren sollte?
Die Physiotherapeutin
Ihr neuer Patient liegt mit nacktem Oberkörper auf ihrem Behandlungstisch. Über seinen Bizeps windet sich schuppig grau das Tattoo einer Viper, eine ungenähte, längst verheilte Narbe verunstaltet seine Wange.
Sie hat den Mann noch nie gesehen. Sein Geruch, der beißende Geruch der Brutalität - ist sie ihm nicht schon einmal begegnet? Und warum steigt plötzlich Grauen in ihr auf?
und
Der Duft der Feigenbäume
Der Vertrag
Das Kropfband
Die Guy-Fawkes-Party

Über die Autorin

Helga Murauer wurde in Innsbruck geboren, studierte in Mailand moderne Sprachen und Literaturwissenschaften und absolvierte eine Dolmetscherausbildung. Sie lebte viele Jahre in Italien, mehrere Jahre in Libyen, England und der italienischen und französischen Schweiz. Neben ihrer Dolmetschertätigkeit für die Europäischen Institutionen und zahlreiche internationale Organisationen übersetzte sie eine Reihe von Romanen. Seit einigen Jahren lebt sie wieder in der Nähe von Innsbruck und arbeitet als freiberufliche Autorin. Nach dem Politthriller »Hauch der Hydra« erschien von ihr das E-Book »Der Revolutionär«, eine Sammlung von Kurzkrimis. Der spannende Beziehungsroman »Eine harmonische Ehe« ist ihre dritte Veröffentlichung.

Mehr über die Autorin: **www.helgamurauer.com**
www.facebook.com/HelgaMurauerAutorin/